曹丰泽 著

一个

在非洲打灰的1001天

人民东方出版传媒
People's Oriental Publishing & Media
東方出版社
The Oriental Press

图书在版编目（CIP）数据

在非洲打灰的1001天：一个现代化的故事 / 曹丰泽著．-- 北京：东方出版社，2025．4.

ISBN 978-7-5207-4205-4

Ⅰ．I267.1

中国国家版本馆CIP数据核字第20249Z6T20号

在非洲打灰的1001天：一个现代化的故事

（ZAI FEIZHOU DAHUI DE 1001 TIAN: YIGE XIANDAIHUA DE GUSHI）

作　　者：曹丰泽
责任编辑：申　浩　窦若鹏
出　　版：东方出版社
发　　行：人民东方出版传媒有限公司
地　　址：北京市东城区朝阳门内大街166号
邮　　编：100010
印　　刷：华睿林（天津）印刷有限公司
版　　次：2025年4月第1版
印　　次：2025年4月第1次印刷
开　　本：710毫米×1000毫米　1/16
印　　张：20.75
字　　数：248千字
书　　号：ISBN 978-7-5207-4205-4
定　　价：69.00元
发行电话：（010）85924663　85924644　85924641

推荐序

另一种幸福人生

韩少功

很多中国人以前的世界史，其实只是半部世界史，仅涵盖欧洲、北美、东亚所组成的北半球，所谓高理性与工业化的那一圈。这种史观的可靠程度另说。至于此外的南方国家，在不少人眼里则是一大片辽阔的空白。这也难怪。那些地方一直穷、乱、差，好容易有了些独立国家，也大多顾不上构建本土历史的自我认知。而殖民者、传教士、游客的描述，难免夹杂诸多偏见、误解、想当然、猎奇性噱头，以至书架上很多南方国别史，单薄得几如旅游手册。

直到近些年，随着中国与南方国家的经济关系日益加深，不少商人、打工者、技术人员从那里归来，才带来大量新的知识。尽管这些茶余饭后的打拼故事，多出自草根，多偏于感性，但以鲜活、丰富、现场感、细节化的质地，正由下而上积累成连线与坐标，或可补救主流学界旷日弥久的盲区。

曹丰泽的这本非洲叙事作品，便是深入盲区的又一重要收获。从文体上说，这是一本非虚构，或回忆录，或大随笔，只是依托一位中国工程师的亲历性经验，夹叙夹议，信马由缰，有一种说到哪里算哪里的随意。但它呼啦啦释放出各种生龙活虎的洞见，一层层剥开彼岸之谜，竟让我一口气读得停不下来。

说起来，非洲几乎是一片天宠福地，至少在作者这位水电专家眼里，其罕见的水资源蕴藏，足以让现有水电量大增数十倍，换来可持续、多效能、低技术门槛的万千金山银山。但要命的是，大部分非洲人至今还用不上电。问题在哪里？在作者看来，私人资本对任何回报慢、周期长的建设根本不感兴趣。走马灯似的“民主制”政客更不愿对长远规划多看一眼。某些半拉子“国家”，政令出不了首都，即便遇上明君，几番折腾下来，也管不住下面各行其是的酋长部落……这就是技术以外的问题了。再往深里看，不少非洲草民信命而不思变，乐天而不忧贫，任性而不谋私——或者说不知如何去“谋”（以至荒废外人援建的水井，更愿意恢复一趟趟去河边顶水罐的旧习），也不知下一步的“私”在何处（包括子不识父，父不识子，身边一大堆娃血缘混乱，家产积蓄也就利少弊多或几无可能）。如此种种，当然更是“技术之外的阻碍”（作者语）。

由此可见，一个理工男，真要办成实事和大事，因现实处境的倒逼，就不能不遭遇制度与文化，不能没有人文学者的脑袋，想避开知识的跨界和交叉也难——甚至得从“家庭”“国家”这一类最基础的概念从头开始掰扯。可贵的是，作者这些涉及社会学、人类学、政治经济学、哲学的广泛追问，不是来自书本，不是来自书本来自的书本，而是一种“活”出来的学问，一种“干”出来的学问，充满实践者的尘灰和汗臭，有一种文青、书虫、“做题家们”最缺乏的痛感思维和大地思维。在这里，文理互补天经地义，知行合一最为要紧，哪怕是一些实验室和图书馆里的名校学霸，也只有在社会现实的反复毒打之下，才可能完成自己完整的教育、有机的教育、真正用得上的教育，即比那些连篇累牍、旁征博引、饱读诗书、刷题无数更重要的教育。

当然，行是知的重要条件，却并不构成充分条件。因为很多思考点，不是当事人想不到，倒是取决于愿不愿意去想。放眼看去，乌泱乌泱的人不都在实干吗？哪一个青年不是在职场里累得气喘吁吁？不用说，那也是行，那也是实践，只是“内卷”的累，摸鱼的累，鸡贼的累，在社会金字塔每一个细分层级上日夜苦战群雄的累，或可累出毫米级的出人头地，累出自己的好房和好车，但再多物质占有也不一定填得满人生的空虚——这正是作者一直怀疑和鄙夷的某种成功学精算，是他宁可远远逃离繁华都市的主因。相反，他在工地食堂里吃得再恶心，也愿意比一比邻村饥儿们的饭碗。他在森林中和落日前忍不住迸放诗情，却愿意理解外输劳工们只能靠工资卡安放乡愁。他哪怕被各种糟心事逼得要发疯，也忘不了欣赏和好奇黑兄弟们那种手舞足蹈的快乐天性，忘不了自己这只“忙碌的蚂蚁”终能在雄伟大坝竣工那一刻分享泼天的欢欣……这就是说，他心中永远有他者，有民众，有天下，有许多人所没有的关怀半径和同情温度，有一种跨阶层、跨民族、跨千山万水的设身处地和将心比心。大悲乃得大慧。大智才有大仁。这种骨血里的平等待人，这种人类共同体的情怀，庶几乎已是他的生理本能反应，总是能滋养、激活、调集、升温他的脑细胞，及时奔向他人每每闪开的疑点，那些隐秘的知识富矿，那些人类思想创造的最前沿。

作者是一位年轻的清华博士，今后的路还很长，最终能走到哪里尚属未知。他与同辈人所处的时代如此茫然莫辨。用他的话来说，“40 亿用刀叉或筷子吃饭的人”与“40 亿用手吃饭的人”，构成了当下世界最大的经济分裂和风险蕴积。而“一带一路”所代表的弥合和补救，还面临漫漫长途。另一方面，新能源、人工智能等所代表的新技术革命，正逼近历史巨变的临界值。至少在发达经济体一方，越是魔变出几乎无限的产能和日渐贬值的生活资料，就越可能催生普遍的精神危机，进而把人们抛入各种不知所措，抛入一个个陌生而极端的政治旋涡，一轮轮喧嚣而空虚的文化海啸——不是吗？如果刚需层面的活下去不再是问题，或者说不再是大问题，那么接下来，不谋稻粱又谋什么？好活与赖活的升级版区别在哪里？如何活得有尊严、有安全、有温馨、有乐趣、有意义岂不成了更大的难事？一旦失去价值观的锚定，不“内卷”则“躺平”，这样的人生能不让人抑郁？先“双标”再“饭圈”，连上流精英都学会了这种阿片瘾发作式的行事逻辑，你也觉得正常？

看来，这一代人比前辈们其实更加任重道远。

倒是前辈们“身在福中不知福”，享受了更多简朴——然而单纯和笃定的时光。

作者是清醒的，深知问题的复杂性与艰巨性，因此一再避开高调，更愿意用个人欲望、世俗利益、商业博弈的人间烟火，默默熬炼自己的坚贞与高洁。他不一定能抵达目标，但他已经上路和突围，开始了一个生气勃勃的过程，而目标本身从来就是“过程的”。他不一定功业辉煌，但他至少已经在一步步富积自己的感觉、学养、修为、见识与回忆、隐忍与自由、忧伤与快乐，在改造世界的过程中首先改造自己，找到一种最合适自己也最能满足自己的生活方式，一种差不多既是工匠又是游侠、既是蚂蚁又是大象的生活方式，在另类的人生赛道上绝尘而去，虽千万人吾往矣。

好吧，他其实并不那么孤单。历代的仁人志士一直都是这样的，现在和将来的很多人也会这样做。

2024 年 7 月

目 录

03

文明的边疆

04

在“一带一路”的毛细血管之间

自 序

我有一个问题，喜欢经常拿出来考我的朋友们：在这个世界上，使用人数最多的吃饭方式是什么？是用刀叉、筷子，还是别的什么东西？

答案是徒手。这个世界上有超过 80 亿人口，其中惯用刀叉和筷子的总人口数加起来只有 40 亿。其余的 40 多亿人，都是惯用手抓食物的。

这听上去好像有些反常识。在我们很多人的潜意识中，世界被笼统地分为“东方”和“西方”，二者的重要分野之一就是使用筷子还是刀叉。至于用手抓饭吃的那部分，则仅仅是世界被东西方填充之后的边角料，那里没什么空间，也没什么人，唯一的曝光机会就是作为猎奇素材出现在短视频平台上。可是现实果真如此吗？用手抓饭吃的整个中东、非洲、南亚次大陆以及大半个东南亚，和这些土地上生活着的超过全球总人口数 50% 的人口，当真可以被这样轻易地开除出我们的认知，变成这个世界上“可有可无的边角料”吗？

在我们的文化中，人们会习惯性地向“上”看、向“上”比。这里所谓的“上”，在个体层面，是那些在世俗意义上比我们更成功的人，他们更富有、更有权力，是我们渴望成为的目标。相应地，那些所谓的“下”，即世俗意义上“不如我们”的人，则理所应当地被我们忽视——凝视他们被认为是一种“没出息”和“不长进”。毫不意外地，到了国家的层面，得到我们目光最多的也仍然是那些所谓“比我们先进”的发达国家。它们的工业化起步比我们早，物质生活比我们富裕，它们在国际秩序和全球产业链中占据着比我们更优越的地位，获取着比我们更高的利润，是我们渴望成为的目标。相应地，那些所谓“比我们落后”的国家，也理所应当地被我们忽视，关注它们同样被认为是一种国家层面的“不求上进”。

我们必须严肃地认识到，集体性地秉持这样的思维方式，乃至把“半个地球”武断地开除出认知，会让我们丧失多大的发展机会，会给我们造成多大的损失。

我写作此书，恰是出于扩大当代中国青年视野之考虑。我们的地球上有200多个国家和地区，80多亿人口。终年盘踞在国际舞台中央、享受着聚光灯照射的国家和人口只是少数。那些聚光灯外的人口，他们或许发展得比我们晚，物质财富积累得比我们少，在国际上也很难拥有所谓的话语权，但是在智识层面，他们同我们一样，都是人。但凡是人，在生物学意义上，就不会有什么“高低贵贱”之别——我们所能理解的知识和技能，他们也能理解；我们所享有的喜怒哀乐，他们也一样享有。他们能构建自己的政权和共同体，探索属于自己的发展路径，以自己的方式进行着对于增进本国人民福祉的探索。这些组织、路径和探索与我们的实践不尽相同，很多时候无法一一对应，但人类社会的发展终究不是自然科学实验，没有那么多“放之四海而皆准”的物理定律。我们的道路并无高下之别，都是在各自的处境下摸索出的最符合自己实际情况的方式罢了。

这些国家各自的情况也不尽相同。它们有的“底子厚”，有的“底子薄”；有的营商环境好，有的则民生多艰；有的和平稳定，有的战乱频仍。在国内的语境中，它们都被笼统地称为“一带一路”沿线国家，很少有人对其加以区分。而具体到撒哈拉以南的非洲，更堪称“人类有史以来发明的所有负面概念的总回收站”，人们往往不问其国别、民族、地理、经济之间的巨大差异，而将其整体笼统地抽象为“贫穷、战乱、野蛮与荒诞”。这些笼统的概念果真成立吗？在某种意义上讲或许成立，但任何一个活生生的国家都绝非符号。当你亲身到访这些国家中的一个或几个时，你会不由得感慨这些国家、这些人群之间的巨大差异，宛如群星闪耀，堪称璀璨。如果需要具体地研究这些国家，就必须实事求是，具体问题具体分析，而绝对不可以抱着朴素的幻想一概而论。

事实上，就连“一带一路”这个概念本身也并非一个浑然天成的整体性概念，它是建立在过去几十年间中国从官方到民间与以第三世界国家为主的“一带一路”沿线国家的高强度交往基础上的。换句话说，是先有了数十年的“一带一路”实践，之后才有水到渠成的“一带一路”提法。在这浩如烟海的实践当中，有国家主导的基本民生援建，有大型国企推动的基础设施承包项目，有理想主义者们的主动献身，有私人企业老板们的“富贵险中求”，更多的则是普通劳动者在养家糊口的驱动下背井离乡的打拼。这些实践中有人成功，有人失败；有人正直，有人狡诈；有人热血沸腾，有人牢骚满腹。他们的目的各不相同，但他们共同造就了“一带一路”的繁荣，没有贵贱之别。

“一带一路”是个“筐”，数不尽的跨国经济、政治、文化行为都可以被装进这个“筐”里。这种自发性、多样性、市场性、自由性，正是“一带一路”真正得以繁荣的根本原因。它如同一个复杂的热带雨林生态系统，每天都有无数个新的个体出生和成功，也有无数个老的个体死去和失败，整个系统则在这样的生生不息中蓬勃发展。

本书要讲的，正是我本人在这片浩如烟海的“一带一路”实践中所亲身经历的一组多样性案例。从2021年到2024年，我在东南非以工程师和企业管理人员的身份工作了3年，足迹遍布坦桑尼亚、赞比亚、南非等10个国家。3年下来，我对于非洲的社会有了初步的观察和思考。在常年深耕于非洲的“老海外”看来，这些内容当然十分粗浅。但是在国内，却很少有亲历者愿意把这些内容写成文字记录下来。对于“一带一路”感兴趣的青年人要想直观地了解这些“第三世界”国家，甚至没有一个成体系的途径，只能靠互联网上严重失真的只言片语。那些真正高水平的、成功的“一带一路”参与者，他们的知识和信息则是高度封闭的，外部根本无从获知。本书的内容或许过于幼稚浅显，但总归聊胜于无。如果真能抛砖引玉，引发同领域内更高水平作者的创作热情，进而使得“一带一路”实际参与者们与国内关注者们之间的信息更加对称，那将是我最想看到的情形。

需要强调的是，相对于“一带一路”，东南非是一个更小的概念；我本人所亲历的，只是东南非社会中一个小小的切片；至于本书中所能表达的，则更是我本人所亲历内容中苍白而单薄的一个侧面。这些内容未必有很高的站位，也未必有很深的理论价值，涉及主观判断的内容时，也未必足够的理性和中立。但我在此保证我讲述内容的真实性，其中既包括客观事件的真实，也包括讲述过程中我本人情感的真实。我不奢望一些小小的案例能够直接为实践提供什么参考或警示，我所期望的，是各位对非洲、对“一带一路”感兴趣的读者能够管中窥豹，观察其背后蕴含的多样性与差异性本身。

除此之外，我写作此书另有一些私心。我本人是一个在东亚升学秩序下的典型好学生，在人生的前 20 多年，凭借自己过人的做题能力，在一次又一次的“独木桥”考试中一路高歌猛进。但也恰恰是这些一次又一次的所谓成功，让我看到了优绩主义对陷于其中的参与者们自由人生的剥夺。

究其根源，我只是一个容易厌倦的浮躁青年，沉不住气、难成大事。假如同样的生活和工作场景在我的人生中反复出现，我就会立即感到心烦意乱，如同被人勒紧了脖子，必须立即做出改变才能喘上这口气。这个毛病我注定改不了，也不想改。这些年来，我已经逐渐意识到，自己不适合做那种“十年磨一剑”的大国“工匠”。就我个人而言，衡量成功的标准并不是在某个领域中持续深耕，进而取得令人瞩目的成绩，而是有能力在尽可能多样的场景中生存下去，让尽可能多的人生形式发生在我短暂的生命中，并以此为乐。正如罗伯特·海因莱因在《时间足够你爱》中所说：“一个人，应该能够换尿布，策划战争，杀猪，开船，设计房子，写十四行诗，结算账户，砌墙，接脱臼的骨头，安慰濒死的人，服从命令，发布命令，携手合作，独立行动，解数学方程，分析新问题，铲粪，电脑编程，做出可口的饭菜，善打架，勇敢地死去。只有昆虫才专业化。”驻外生活是我人生的重要一站，也是我暂时逃避这种致命重复感的避难所，但绝不可能是我的归宿。直到我死的前一天，我都不想有任何的归宿。

只是我想，像我这样容易厌倦的青年，在全国 14 亿多人口中，应该不会只有我一个。如果你在阅读此书时，对我的生活方式和思维逻辑能够认同，我十分期待你能与我取得联系，我的现实生活极端需要这样的朋友。我在非洲的经历中，有许多不宜在书中公开讲述的故事，但我仍渴望通过私下的渠道与我现实中可以信任的朋友交流。

01

荒蛮的召唤

我幼小之时一心向往远方，大人说成长会治愈这种心痒。当岁月的流逝证实我已长大成人，他们开的药方又变成中年。等到了中年，他们又说再大一些我就会降降温。现在我已经58岁了，也许他们还会说，年老了就好了。从来就不见效。轮船的四声鸣笛总让我汗毛直竖，踮起脚后跟。飞机掠过，发动机轰鸣，甚至马蹄敲击路面的声音，都会令我浑身战栗，口干眼燥，手心发烫，令肠胃在肋骨编织的牢笼里涌动翻腾。也就是说，我没有长进。换言之，本性难移。一旦做了流浪汉，终身都是流浪汉，恐怕此病已无药可医。

——约翰·斯坦贝克 《横越美国》

窒息的起源

非洲的故事，好像必须得从北京开始讲起。相比于这个世界上的其他超大城市而言，北京有一个难以替代的特色，那就是它平等地带给每一个居住在这里的人无甚差异的痛苦，无论你是小区保安还是亿万富翁。从2012年考入大学，到2021年博士毕业，我在北京居住了整整9年。

1994年，我出生在黑龙江省大庆市。这座城市为人们所知，是因为这里有举国闻名的大油田，以及其在计划经济时期的中国工业中发挥的支柱作用。不过对我而言，大庆这座城市的特殊之处远不仅限于此。大庆的城市格局，以及依附于其上的市民的生活方式，与这片土地上的绝大多数城市都有着显著的差异。在建设之初，这座城市就秉承着“地上服从地下”的规划理念，地下哪里有油，地上对应的地方就会建立油田和技术服务单位，进而形成相应的定居点。这些定居点之间联系紧密，但并不严格地依附于单一的中心而存在。这些定居点也并不如同传统的农业乡镇那样贫穷而闭塞，它们由受过高等教育、掌握着前沿技术的高级知识分子组成骨骼，由接受过先进思想、组织纪律性强的工人阶级构成血肉。从经济水平上讲，它们并不逊色于那些单中心的大型城市，甚至还稍有超越；但从生活质量上讲，它们却巧妙地没有牺牲掉在我看来一个人理应享有的空旷。换言之，这种定居点集群并没有牺牲一个人应有的生存空间去换取相对优渥的经济水平。如果说有什么牺牲的话，那可能是便利性——由于分布过于零散，定居点之间的交通并不容易。在经济发展到一般工薪家庭也能负担得起二手汽车之前，人们想要出行，就只能各显神通。不过到 21 世纪的第二个十年，随着私家车逐渐普及，出行问题已经从根本上得到了扭转，这最后一个小小的不足也不值一提了。

18 岁之前，我已经适应了这样空旷、富足，只是稍有不便的生活方式。时至今日，我仍然为我的家乡感到自豪，认为它毫无疑问是地球上最优秀的人类城市之一；唯一的问题在于，我已经在这个城市生活了整整 18 年，而它即便再好，应该也配不上我的整整 18 年光阴。

显然，北京不是一座这样的城市。

北京带给人的痛苦，好像没有必要当作一个严肃的话题来展开探讨。在我看来，永无休止的交通拥堵、恶劣的空气质量、没完没了的人山人海、高昂的房价，这些都不是造成窒息感的根本原因。窒息感的根源在于，它们不会因为你善于忍受，或者随着你的努力奋斗、收入水平升高而得到任何改善——劳斯莱斯和比亚迪会平等地堵在路上，富人和穷人平等地呼吸着胶质的空气。九死一生地走到了尽头，爬到了顶端，等待你的或许不是什么天堂，而只是个更加无趣的烂泥沼。

我有一个十分要好的朋友，是一位亿万富翁的秘书。秘书朋友跟我讲述了这位亿万富翁的日常生活。富翁每天早上 6 点多就要起床，比他公司的员工起得还要早，随后坐着他的劳斯莱斯经过一个半小时的车程从别墅“挪”到公司——这段并不远的距离，在北京的早高峰就需要一个半小时。他的孩子每天要上若干个补习班，老婆也没有好脸色，两人大概只是一种经济上的合作关系。忙完白天的工作，他带着客户去往某个连音响都未必好使的商务 KTV 应酬。一掷千金后，这位富翁的实质性消费内容已经结束了，因为他的身体素质已经不足以支撑他进行下一步的、更加深入的“进阶”服务了。

“随后他还要再坐一个多小时的车，才能‘挪’回家里，每天睡眠不到 5 小时。”秘书朋友讲，“顺带一提，我老板的转氨酶指标已经 1000 多了，标准值应该是 50 以下。他现在能活着，我觉得都是一种医学奇迹。”

秘书朋友每次伺候他的老板和客户在商务 KTV 开始应酬之后，都会知趣地走到包房外面蹲着抽烟。有时他会遇到疲惫的“工作人员”也偷偷溜出来抽烟。他们蹲在一起，四目相对，除了偶尔借个火之外，倒也没有什么实质性的交流。众生皆苦，诚然如此，但是此时此刻他觉得包房里的老板好像比他和这些“工作人员”还更苦一些。因为假使他们努力一辈子，再加上百里挑一的好运气，最终也不过是达到包房里那个转氨酶指标 1000 多的老板的状态。付出了那么多，挣得了亿万身家，也不过是换来一具转氨酶指标 1000 多的身体，瘫坐在包房里力不从心。更何况，现在的他至少还年轻，只要他肯下决心，生活还有扭转的机会，可里面那位已经没了其他的可能性。

劣质、痛苦却极度昂贵，这是一种典型的监狱物价体系下的生活。

当然，这口“大锅”已经远远超出北京这一座城市所能背得动的程度，上升到了哲学的层面。此时此刻，我们必须言归正传，回到那个 18 岁的幼稚的我。

除了北京的城市氛围以外，清华大学的人文风气是更令当年的我“叹为观止”的存在。假如说北京带给我的窒息感是一瓶云南白药，那么清华就是瓶盖中间封着的那颗红色保险子。坦率地说，这种文化，在我看来，是一种单纯为了竞争而存在的竞争文化。获胜不是为了什么，获胜本身就是目的。任何一件事情，包括而不限于学习成绩，只要设定了一个排名，那么学生们就一定要去争个你死我活。应该承认，在有限的、重要的领域适当地鼓励竞争确实有助于学生们发挥主观能动性，把事情做好，把知识学得更扎实；但是日日夜夜永无休止的竞争，对于大多数精力并不出众的普通人而言实在是难以招架。像成绩、科研、竞赛、学工这些所谓的重要领域的竞争有多激烈我想不必多说，单举一个大三结束时的实习作为例子便可让诸君体会到这种窒息感。其实，清华提供的实习机会比学生数量要多两三倍，其中原本不需要竞争——刚开始也确实没有什么竞争。但是这时，某家单位突然提出“只要学分成绩排在前 50%的学生，并且要筛选简历”的时候，事情就开始起了变化。事后证明，这家单位没有任何特殊之处，仅仅是突发奇想，随意地设置了一个要求，就让这群万里挑一的“天之骄子”抢破了头——被选中的人扬扬得意，宛如凭借自己的努力拿下了年薪百万的高管职位；落选的则垂头丧气，再看其他的实习机会只觉得索然无味。此时此刻，筛选已经不再具有任何意义，筛选本身就是意义。还有一个“竞争实例”则更加离谱，是我在宿舍楼的楼道里看到了一张卫生打分表，两名学生正在目不转睛地盯着它看，其中一个对另一个说：“目前对我们有威胁的宿舍是108B。”

我本人也是清华学子中的一员，我讲这些也别无他意。单从智商上讲，清华学生毫无疑问都是优中选优的佼佼者。在未来的人生中，他们的下限也大概率会超出大多数人努力一生的上限。但或许正如每个人——不论多么幸运——都有自己的十字架要背负一样，一个人不论多么聪明，也必然有为他量身定做的“诈骗陷阱”让他晕头转向地跳进去。聪明与好胜，在这时变成了让我们陷入内耗与自残的“免疫系统疾病”。大家深陷其中，却浑然不觉。比如，为什么我会对刚刚提到的这家实习单位的套路这么熟悉？因为我就是当年的中招者之一，经过毫无意义的层层筛选，进入这家实际上并没有任何优越性的单位实习去了。

这一切与非洲有什么关系？的确，当我意识到北京的“监牢”本质和清华的优绩主义陷阱之时，“非洲”这个选项还尚未出现在我的脑海中。不是我认为它好或者不好，而是根本就没有这个概念，也没有想过要去这个地方。对于包括当时的我在内的绝大多数深受优绩主义毒害的青年而言，不仅仅是非洲，整个亚非拉的第三世界地区在地图上等同于一片汪洋。我能叫得上它们的名字和它们首都的名字，却不把它们识别为可以肉身前往的地方。在优绩主义分子眼中，这个世界上只有中国，以及比中国更发达的屈指可数的几个国家可以称得上是陆地。尽管如此，相对于我所处的环境中的绝大多数优绩主义分子，包括而不限于名校学子、海淀家长而言，我已经足够幸运——我隐约认识到了这种优绩主义好像是一条不归路。

我大致勾勒出了平行世界中被优绩主义洗脑的我的全生命周期生活画像：

我从黑龙江省 20 万考生中杀出重围，以全省第 7 名的成绩进入清华大学。从本科到博士，漫长的学制结束后，我和我优秀的同学们一样，在北京获得了一份投资公司之类的体面的工作，拿到了一份相对于同龄人而言高得离谱但是相对于北京的房价而言低得可以忽略不计的薪水。我每年没有几次机会可以离开北京，受小长假的时长限制，即使离开了也只能在周围的人造景区转转，按照他人给我安排好的路线，度过一个被人安排好的假期。我娶妻生子，生活的重心开始转向孩子的学习。我拿出大把的金钱为他寻找各种补习班并购置学区房，付出极其高昂的溢价去支付本来根本不值钱的东西，家里堆满了各类补习班的纸袋子。从概率统计上来讲，均值回归支配着我的基因。即使我作为他的父亲可以考上清华大学，并且对他投入了很多资源，他考上一本的概率仍然不高。自然地理与社会心理的压力让每个人的情绪都濒临崩溃。绝大多数的夜晚，都发生着“愚笨”的孩子与因为辅导功课而歇斯底里的妻子的永无休止的争吵，而我则瑟缩在一旁，一刻也不敢停息地做着家务，生怕露出破绽，妻子将火气发泄到我头上。我买了一辆价格不菲但毫无驾驶体验的大空间增程式家用车，在难得的休息日载着鸡飞狗跳的一家人经过两小时的堵车来到北京市郊的某个人造露营地，再花半小时寻找一个停车位，祈祷不要与其他车辆发生剐蹭。露营还没开始，我却已经觉得精疲力尽。搭起帐篷，露营地的灰尘、泥水与从家里带来的食物残渣粘在衣服上，妻子对此抱怨不休，不断地用一些便捷去污剂之类的东西在衣服上涂抹。我带着上天赋予的不可多得的智力天赋拼搏半生，在每一个环节都是最好的学生、最好的员工、最好的领导，我的账面资产超过了地球上 99% 的人，但同时我已经阳痿多年。

这就是我可以预想的生活。

这就是我的人生吗？如果这就是我的人生，那么我宁可现在就死。

大概在 2016 年，我刚刚以全系第一名的成绩被保送读博。那时，我已经在北京生活了 4 年，并且可以预见还要再在北京生活 5 年。我不知道自己的出路在何方，但通用的解决方案无非就是三种：改变，适应，或者逃离。按照当前时兴的说法，就是“要么狠，要么忍，要么滚”。

第一种方案是首先被排除的。一个数千年的古老民族，能够广泛形成深入人心的“吃得苦中苦，方为人上人”的优绩主义传统，其背后一定有着深层次的原因与合理性。即使是不世出的伟人，也不可能在一两代人之内改变这种根深蒂固的文化基础，何况是我。从城市职能上讲就更是如此，北京作为一个大国的首都，必然要汇集这个国家中最能“卷”的那部分人，其他大国的首都本质上也一样，无非是程度上有所区别，“五十步笑百步”罢了。我不过天地间一蜉蝣，能改变得了谁？

第二种方案我确实认真地思考过。忍耐是否可行？当然是可行的。我是一个万里挑一的顶级“做题家”，那就必然意味着我拥有超出常人的忍耐能力。别人吃不了的苦我都能吃，别人受不了的罪我都能受，不然我也考不上清华，这是明摆着的事实。但是这条路径解释不了一个终极问题，那就是我的忍耐究竟是为了什么。假如我对于这种人生的忍耐是为了将来有一天可以不再过这样的生活，可以获得真正的自由与空旷，那倒也值得；或者说，我每天忍受这样的生活可以贡献出我的价值，为中华民族伟大复兴提供一份独属于我的功劳，那就算再苦一些我也大可以甘之如饴，更别说发出这种小布尔乔亚般的无病呻吟了。但现实显然并不是这么一回事。这种忍耐首先没有尽头，它的尽头仅仅是下一场忍耐。我在一个体系中忍耐的胜利，只是给我进入下一个体系中加倍忍耐的资格。从中考、高考到本科、博士，再到工作、家庭，其中我所期待的瞬间一个都没有。前途光明我看不到，道路曲折我走不完。至于贡献价值——北京是一个人才过密化的城市，人口的拥挤背后所暗含着的，是人才的拥挤。在这里，第一，我不可能奢求自己的工作或者角色是不可替代的——这里的每一份工作本质上都是“你不干有的是人能干”；第二，我甚至无法保证我的工作是有价值的——即使这份工作我不干，别人也不干，系统的运转很有可能也不会受到一点儿影响。莫说为国家做出贡献了，我很有可能连一丁点儿的自我价值实现都看不到。我只是巨轮上的一只老鼠，尽我所能地发挥我的聪明才智，从这艘巨轮的木板上啃下一些营养物质把自己喂肥。我生活在一座我厌恶的城市，还要求着它赏我口饭吃，最后的结果只会是连我自己都看不起自己。

那么，就只剩下了第三个选项。

客观地说，北京这座于我而言的巨大“监狱”虽然严酷，但它有一个好，那就是实际上并没有一堵高墙或电网阻止我逃出去。限制我的，其实只有我内心里的那堵优绩主义高墙，它告诉我只要活着，就必须在意别人眼中的排位。说到底，我也只是个在优绩主义文化下浸淫了20多年的普通人，并且还在这套体系里混得风生水起，让我抹掉头脑中根深蒂固的思想钢印也确实不是一朝一夕就可以完成的。即使早上的我看着北京马路上堵得严丝合缝的车流，下定决心要逃离北京，逃离一切东亚摩肩接踵的大城市；晚上的我瑟缩在床上，仍然会担忧离开了这一切的自己究竟还能不能生存，能不能被社会接纳。当我周围的大环境都在一窝蜂地往同一个方向涌时，我想要逆行，不仅需要智慧，更需要强大的能量。我貌似并不具备这么强大的能量。

还有一个问题则更加直接：逃离了北京之后，去哪儿？

就算换一座城市，生活质量提高一些，本质上也还是“换汤不换药”，我仍然克服不了那个基本的难题：不断侵袭而来的空虚与无聊。我仍然看不到自己的价值，我的努力仍然只是在从这个现有的结构中尽可能地啃下来一块儿把自己喂肥。随着时间的推移，我仍然会陷入日复一日的重复循环，如同我们在每一个疲惫至极但又不得不早起的清晨所经历的“鬼压床”的梦境——我每每以为自己挣扎着醒来，洗漱出门，实际上肉体仍然躺在床上，在梦境当中反复循环。

我所能想到的唯一答案，就是每一个确定的地理坐标点都不是答案。我如果能够保持自己一直在路上，就不会坠入这种空虚的深渊，至少暂时不会。至于最终的归宿在哪里，不妨暂且交给时间。我只要能确保自己活到明天，就等到明天再来决定也并不迟。

当然，这一切的前提，是我能够依靠自己的力量抹掉自己的思想钢印。换句话说，我得先出发，然后才轮得上去考虑什么时候降落，在哪里降落。人潮汹涌，我该怎么踏出这第一步呢？我首先想到的暂时性的解决方案是旅游。那时的我有一笔不菲的奖学金，还能通过写些科普小文章赚外快。虽然那点儿钱在现在看来并不多，但对当时还是学生的我而言却是一笔巨款。我只身去了很多国家，胆子越来越大，甚至在犄角旮旯里找到了去切尔诺贝利禁区旅游的途径。苏联时代糟糕的服务业在禁区内得到了极其完好的保存，这里只有一家旅馆，旅馆旁边只有一家餐厅。餐厅的伙食极为糟糕，让我吃出了“苏联解体”的感觉。我记得有胡萝卜汤加某种树叶一样的蔬菜碎，“树叶”和土豆做成的沙拉，感觉掺了造纸纤维的干巴面包，以及一杯姑且可以被看作饮料的、红色但基本无味的水。晚餐还有一道大概是牛肉做成的肉饼，味道比上述那些还要更加糟糕。服务员们都是一副凶面孔，食客们也没有好声气，教人活泼不得。尘封了30年的世界令我震撼，也让我的旅行感受上升到了全新的层次。在切尔诺贝利冰冷的旅馆里躺了一夜之后，其余走马观花式的旅游好像再也不能满足我的需求了。身处北京的时光变得更加空虚而令我难以忍受，这种空虚却已然无法再通过其他简单的旅行排解，我必须寻求更加深入的出走。

就在这时，非洲映入眼帘。

初探非洲

2018年6月，在博士二年级即将结束之际，我完成了论文开题报告并且通过了答辩。根据培养方案，我需要在接下来的暑假中完成一次为期6周的博士生实践。博士生实践的本意是让博士生们到基层政府挂职，从而了解中国社会的基本运转模式。这给了学生们一个亲身了解基层治理的机会，便于大家做出理性的职业选择，同时也是一次非常有效的科普，可以防止我们这帮博士在象牙塔里成长为脱离实际的书呆子，对基层社会治理发表类似于“何不食肉糜”这样的见解。

到 2018 年，这项制度逐渐完善，可供选择的部门种类增加了。学生们不仅可以选择去地方政府，还可以选择去中资企业派驻国外的大型项目。学校的本意，可能是响应国家号召，鼓励学生们参与“一带一路”，去海外开开眼界，看看那些出海企业是怎么干活的。至于毕业后直接投身这类工作，恐怕在清华的学生中不是最主流的选择。

学校对接了不少企业，可供选择的国家非常之多，遍布各个大洲。在这些国家当中，最热门的是新加坡、泰国这样的传统旅游胜地，以及欧洲、北美等发达地区，平均每个挂职岗位都有几个人去竞争，还要面试。这些国家我在过去的几年里已经去过了，没必要浪费这个宝贵的机会再去一次。因此，我直接排除了所有热门旅游目的地，选中了非洲的两个项目。我和朋友两个人合计了一番：他是研究混凝土矿物掺合料的，所以去位于西非的赤道几内亚房建项目；我是研究大体积混凝土抗裂的，所以去位于东南非的赞比亚大坝项目。我们提前通好了气，以免“撞车”，又像本科那次一样莫名其妙地被人挑挑拣拣。最终我们都得偿所愿。

在当时的我看来，去非洲不同于去其他国家，是件大事。虽然当时的我已经去过很多像乌克兰这样的欠发达国家，并且安全地回来了，但是非洲毕竟不同。肉身前往非洲，在我心中跟潜入深海无异，难免有一点儿恐惧。我需要提前准备许多东西，首先是疫苗。听说非洲的卫生条件相当堪忧，各式各样的致命传染病横行无忌，令人闻之色变。但其实仔细研究下来，我发现好像也没有那么可怕，主要是以下几种：

1. 艾滋病。在中国的舆论环境下，艾滋病是最令人闻风丧胆的传染病，也是对非洲最严重的刻板印象。在非洲，尤其是东南非，艾滋病是普遍存在的疾病，但是它在人群中的感染率缺乏准确的数据。以赞比亚为例，该国的艾滋病人群感染率在各大官方数据中从 5% 到 33% 不等。这些数据连数量级都对不上，可以说毫无参考价值，唯一可以肯定的是感染率非常高。但在现实中，艾滋病恰恰是最不必担心的一个，因为它的传播途径极为有限且固定。首先，作为一个健康的成年人，母婴传播从逻辑上讲已经无法发生在你身上；而性传播和血液传播的风险都可以通过有意识的自我防范措施得到避免。

2. 埃博拉。2018 年，埃博拉也是一种极其凶险的传染病，它的致死率非常高，有统计表明甚至超过 50%。感染者死状悲惨，因此埃博拉才能在媒体上被广泛关注。但实际上，埃博拉的传播途径也非常有限，对于绝大多数人而言，只要没有在埃博拉集中暴发的社区生活，不去接触埃博拉死者的尸体，感染埃博拉的概率就微乎其微。我要去的赞比亚并不是埃博拉的疫区，所以无须担心。

3. 黄热病。在国内黄热病并不太为大家所知，它是一种通过伊蚊叮咬传播的急性传染病，主要发生在热带，病原体是黄热病毒，临床以高热、头痛、黄疸、蛋白尿、相对缓脉和出血等为主要表现，不仅死亡率高，而且传染性强。2018 年，包括赞比亚在内的十多个非洲国家都是黄热病的疫区。幸运的是，黄热病是有疫苗的，在国内就可以接种，扎一针就行了。接种后，防疫人员会发给你一个黄色封面的疫苗接种证明，俗称“小黄本”。前往疫区国家时，你必须出示这个“小黄本”才可以入境，否则就会被拉去集中接种，或者干脆被拒绝入境。

4. 霍乱。霍乱由霍乱弧菌引发，通过接触被霍乱弧菌污染的食物或水源感染，每年约有290万新发感染患者和9.5万患者死亡，几乎所有死亡都发生在发展中国家，其中60%的新发病例和68%的死亡病例发生在非洲。这是一种非常知名的传染病，在古代曾经造成过东西方诸多主流文明的大规模减员。但实际上，霍乱的传播高度依赖于肮脏的供水，只要给排水条件基本达标，上下水不要掺杂，人畜粪便不进入饮用水当中，霍乱就不容易传播。2018年我准备去赞比亚的时候，首都卢萨卡就声称正在闹霍乱。后来在非洲待久了我才知道，这地方年年都“闹霍乱”，准确地说是霍乱从来就没断过，但是都集中在那几个既贫困落后，又人口非常密集的区域，这两个条件缺一不可；稍微富裕一些、供水系统健全，或者虽然贫困落后但是远离城市的区域，都很难暴发霍乱。针对霍乱是可以接种疫苗的，目前最常见的疫苗是一种胶囊，未接种过的人需要吃3颗，分别在接种的第0、7、28天各吃一颗。如果之前曾经接种过，再去疫区只需要额外再吃一颗即可。

5. 疟疾。疟疾由疟原虫引发，通过蚊虫叮咬传播。事实上，它是中国人前往非洲所能遇到的最为凶险的传染病，不仅死亡率高，而且传染性极强，最要命的是，迄今针对疟疾并没有有效的疫苗。不同于细菌、病毒这样的简单病原体，疟原虫本质是一种寄生虫，生物学结构相当复杂，研制疟疾疫苗极为困难。每隔一段时间，就会有新闻报道，某大型医药公司研制出了疟疾疫苗，让我们有兴趣的可以去试接种，但最后又都被证明要么效果非常有限，要么干脆就没效果，很快便销声匿迹了。如此反复循环，我们对疟疾疫苗出现的新闻也就不再感到兴奋。疟原虫有不同的种类，正确治疗需要找准类型，如果找不准，或者不幸感染了恶性疟疾而没有及时对症治疗，病情就会迅速发展，后期治疗需要大量输血，即便如此仍然凶多吉少。后来我在非洲长期生活，经常能听到有中国人得疟疾死亡的消息，其中还有刚刚大学毕业、来非洲工作没几天的小姑娘，闻之令人痛心。这些年来，我身边的同事虽然没有因为疟疾而死亡的，但是绝大多数人都至少得过一次。只要发现及时，对症用药，疟疾还是能够很快被治愈的，只不过得了疟疾是出了名的遭罪，药物对人体也有不小的副作用。想要预防疟疾，除了注意防蚊，多吃肉、蛋、奶增强自身抵抗力之外，也就只剩下向你所相信的神祈祷了。

因为人生地不熟，又无人可咨询，除了接种相应的疫苗之外，其他的准备只能依靠自己多年的旅行经验来做了。虽然这些准备后来大部分都被证明是无用的。

首先是签证。由于出行时间短，只有一个半月，我不必办理专门的公务签证，只需办个商务签证。那张签证十分简陋，只是一张印着赞比亚国徽的空白贴纸，上面有签证官手书的我的签证号、入境时间和居留时效。商务签证的有效期是 30 天，多出来的半个月，快到期时在赞比亚的移民局办理一次延期即可，但这已经是 6 年前的事情了。如今赞比亚早已对华免签，如果想要前往，你只需要凭返程机票和酒店订单就可以在赞比亚海关获得 30 天的停留许可，不必费此周章。

其次是食品。我不是挑食的人，中餐、西餐都能吃。但考虑到非洲堪忧的卫生状况，生怕实在没东西可吃，我决定还是自带一些。回想 2017 年年底我去摩尔多瓦旅行时的经历，那边相熟的留学生托我带了不少咸鸭蛋、香肠、咸菜、火锅底料之类的中国食品，他们肯定比我更懂久居海外时最想吃什么，于是我决定遵照他们给我下的订单为自己准备一份。

再次是衣服。这是最没有技术含量的事情。“直男”基本就没什么衣服，我所有的衣服甚至装不满宿舍的柜子。我把它们全部打包装进箱子，又额外买了十多条内裤和袜子，以免一时遇到洗衣服不方便的场合，即便这样，全算下来也没装满半个行李箱。至于洗衣液、洗漱用品那一类又便宜又重但又必不可少的生活用品，我在网上查到的所有驻外前辈都在言之凿凿地讲，这些东西项目上一定会发，或者至少在当地超市都可以买到，所以我决定不带。

然后是药品。在这方面，我确实费了不少心思。我知道非洲不比其他地区，缺医少药是这里的常态。当地的医院根本不可能指望得上，项目上可能会有基本的医疗服务和药品，但是我不敢肯定。如果真出了点意外，会不会存在花钱也买不到药的情况？要是真有那一天，那可是“叫天天不应，叫地地不灵”。常备的退烧药、止泻药、抗生素类是必须的，还有外伤消毒用药、治口腔溃疡的药、常见的眼药，甚至速效救心丸我都备下了。抗疟疾药物，我在国内实在是没找到，只能寄希望于项目上能有了。

最后就是带够钱。在国内提前兑换好赞比亚当地货币不太现实，我便在银行多换了一些小面额的美元，以应对路上可能出现的意外，主要是赞比亚海关可能出现的索贿行为。虽然我的签证手续一应俱全，但是仍然不能排除海关“没事找事”故意索贿给我造成麻烦的可能性。那时的我还没有学会如何跟海关周旋，还是个循规蹈矩的“小做题家”，满心想的都是万一我惹海关人员生气了，他不让我入境，把我送回国怎么办。

做好了一切我能想到的准备后，我把剩下的一切交给未知，等待启程。

从国内前往非洲的航班主要是由以下几家航空公司运营的：

1. 阿联酋航空，在阿联酋重要城市迪拜转机。经常出国的朋友应该非常熟悉这家航空公司，不光是非洲，阿联酋航空经营的前往欧洲或者美国的航线也有不少。阿联酋航空的机票相对昂贵，但乘坐体验也相对好，机龄较新。它的航线比较多，前往非洲大部分国家的航线这家航司都有，转机时间往往也不太长。它还有一个优点，就是迪拜的机场免税店众多、好逛，但是价格不菲，性价比比较低。

2. 卡塔尔航空，在卡塔尔首都多哈转机。这家航司与阿联酋航空类似，餐食更好，但是航线略少。乘机体验不错，但是票价相对昂贵。

3. 埃塞俄比亚航空，在埃塞俄比亚首都亚的斯亚贝巴转机。这家航司堪称中国赴非务工人员的“长途大巴公司”，虽然机龄普遍较老，乘坐体验较差，准点性也堪忧，但是价格相对较低，而且航线众多，你能想到的非洲国家它几乎都能到达。之所以称之为“长途大巴”，是因为它的很多航线运转起来确实和大巴车完全一样——它会把三四个客流量不大的站点串成一个环线，按照顺序挨个站点飞，到站的旅客就下飞机过海关，再等本站的旅客登机，其他人不用像国内的航班经停那样全都下飞机，也不用挪位置，这样每次经停的效率都很高，也降低了航班运营的成本。2018 年，我就是坐着这家航司的航班第一次来到非洲的。

4. 肯尼亚航空，在肯尼亚首都内罗毕转机，与埃塞俄比亚航空类似，只是航线略少。

5. 其他航司。通常而言，与中国关系较好、人员来往较多的国家都会开通与中国城市的直航航班，其中到广州的最多，其次是北京。一旦开通直航，不仅从该国往返中国会变得便利许多，也廉价许多，而且相应的机场（通常是首都机场）也会成为周边国家往返中国的中转站，可供选择的航班也会增加。比如坦桑尼亚航空，虽然规模不大，但是近年刚刚开通达累斯萨拉姆往返广州的直航航班，这显著降低了两国人员往来的时间成本和金钱成本。

从北京出发是在夜里 12 点，埃塞俄比亚航空狭窄的座椅空间对我这种高个子的人来说非常不友好。我得把腿蜷缩着，收起手臂，佝偻起来，一动不动，才能不受他人的影响，也不影响他人。这样的姿势必须保持 12 小时，才能到达中转站亚的斯亚贝巴。在接下来的几年里，由于经常要坐这样狭窄的跨国航班出差，我已经掌握了在飞机上迅速入睡的能力和无缝倒时差的能力，但彼时的我还不能。我看着飞机上曲折的阿姆哈拉语字符，脑子里装着对非洲大陆的畏惧与幻想，硬生生挨过了这 12 小时，终于到了亚的斯亚贝巴机场。

2018 年的亚的斯亚贝巴，其实要比 2024 年繁荣得多。这 6 年间，准确地说是从 2020 年 11 月开始，埃塞俄比亚爆发了一场残酷的内战，这场内战持续至今仍未真正结束。战争发生在埃塞俄比亚北部的提格雷人民解放阵线与埃塞俄比亚政府之间，个中是非曲直我们暂且按下不表，唯一可以确定的是，埃塞俄比亚的经济在这场战争中遭受了严重的打击，如今的埃塞俄比亚早已不比过往。但在 2020 年之前，埃塞俄比亚是整个东非最热门的投资目的地，甚至一度被称为“东非小中华”。这种投资，已经超出了我们对非洲投资项目的刻板印象，比如基建投资或者简单的小商品外贸，把中国的塑料拖鞋、手机壳倒卖过来赚个差价。它已经到了第二阶段，是真正意义上的、可以在中等投资周期内实现盈利的轻工业投资。埃塞俄比亚人口众多，历史悠久，相当一部分人口已经适应了工业化的生活方式，具有较好的组织纪律性，这在非洲是极为难得的。在2020年之前，许多私人资本已经开始涌入埃塞俄比亚，投资到诸如纺织成衣、电子设备这些来料加工的初级轻工业里，其中中国资本是绝对的主力军。埃塞俄比亚政府也大力扶持本国工业，修建了众多产业园。从网络上查到的数据显示，2019/2020财年，埃塞俄比亚的工业产值同比增长9.6%，在GDP中的占比达到29%。

对建筑施工行业而言更是如此。2018年我在亚的斯亚贝巴转机的时候，机场正在翻修，四处张贴着负责修建机场的那家施工企业与中国进出口银行的广告，还有许许多多各行各业、我叫不上名字的中资企业的展板。机场里十分拥挤，到处都是中国面孔，其中有的是西装革履的老板，更多的则是穿着随意、满脸沧桑的农民工。机场候机区域的座位早已坐满，这些无所谓体面的劳动者干脆席地而坐，掏出飞机上吃剩的餐食慢慢地咀嚼。他们有的是来埃塞俄比亚的，有的则是经由亚的斯亚贝巴机场转机前往其他非洲国家的，但毫无疑问，他们的目的绝不是旅游，而是赚取一份相比于国内更高的薪水养家糊口。

事实上，无论何种行业，之所以来到非洲进行投资，很大程度上是看中了这里的廉价劳动力。如果来非洲建厂，还要花高价从中国国内雇用基础劳动力来干活，这既不符合所在国的相关制度（各国都会保护本国就业），更不符合成本效益原则。因此，这些从中国过来的农民工虽然看起来“灰头土脸”，但实则大都是技术过硬的老师傅，来非洲做的要么是工长，要么是技术员。他们需要指导数个甚至数十个当地工人工作。

无论是观感还是体验，当时的亚的斯亚贝巴机场都与长途汽车站十分相似。空气黏糊潮湿，摩肩接踵的人群散发着沉闷的酸臭味，与消毒剂和建筑材料的味道混合在一起，令人感觉空气仿佛变成了一种有质感的固体。“叮叮咣咣”的装修声完全掩盖了航班信息的播报声，令人心烦意乱；显示屏上滚动播出的航班信息却是上周六的，我究竟在哪个登机口出发只能靠打听。厕所要排队，好不容易排到了，我却发现马桶已经被粪便堆满，马桶外面污水横流，无处下脚。自来水不好用，也没有厕纸，唯一能够证明这间厕所仍然有人管理的证据是马桶的旁边有个装满水的桶，上面漂浮着一个塑料瓢。

就是这样一个已经混乱得超出了我文字表述能力范畴，甚至带点“安那其主义”的机场，承载着上百万人翻身的梦。

从亚的斯亚贝巴前往赞比亚首都卢萨卡的航班果然晚点了，我在这座混乱的机场里硬生生靠了 6 小时。登上下一程飞机时，我跟登机口的检票人员反复确认这趟航班真的是飞往赞比亚的，而不是马里或者索马里。不知道是因为我的英语口音和东非的标准口音相差太大，还是有其他的误解，第一位检票人员还真的否认了这趟航班飞向赞比亚（现在想来她可能只是不知道卢萨卡是赞比亚的首都），吓得我赶紧和周围的乘客反复确认航班号，最终才敢登上飞机。

飞机到达卢萨卡机场时，已经是赞比亚当地时间下午 3 点。赞比亚位于东二区，换算成北京时间已是晚上 9 点，距我前一天到达北京首都机场开始办手续已经过去了 24 小时。听飞机上的其他中国乘客说，在赞比亚过海关时最好在护照里夹上 50 美元，否则容易受到海关的刁难。熬了一天一夜没睡觉，并且被亚的斯亚贝巴机场的厕所恶心到的我火气正盛，偏不信邪，拿着光秃秃的护照就递给了海关人员，心想："大不了你硬跟我要钱的时候我再跟你讨价还价。"怎料海关人员检查了一遍我的签证，询问了我的入境目的之后，直接给我盖章放行了，根本没跟我要钱。事后我才知道，这是因为当时卢萨卡机场的海关刚刚装了摄像头，海关人员还处在遵纪守法的蜜月期，看到我的签证手续齐全，就直接放我过去了。后来当海关工作人员逐渐摸清了摄像头的性能和海关反腐的规律，各色伎俩就又逐渐回来了。但无论如何，摄像头配合海关反腐，哪怕只是做面子工程，也极其显著地降低了海关的腐败程度。接下来的几年中，在我去过的十多个非洲国家里，赞比亚海关的刁难和索贿是最少的。

我拖着行李箱走出机场，映入眼帘的是热带特有的、极为显眼的绿色，那种闪亮的绿色与东亚温带季风区植被沉重的墨绿色截然不同，看上去欢快而湿润，让我一路上的疲惫和烦躁瞬间少了一半。卢萨卡位于南纬 15 度，7 月是南半球的冬天，加之这里又处高原，因此气温不高。但是赤道的阳光强烈，环境的色调看上去比国内整体明亮两个等级，阳光晒在身上令皮肤微微刺痛。

项目上已经派了一名同事过来接我。我们要去的水电站项目位于卢萨卡东南方向 60 公里的山里，从机场坐车过去要大约 3 小时。与国内的工地一样，非洲的工地在用车上也具有高度的同质性：当时这些车以丰田系为主，要么是"兰德酷路泽""普拉多"这样的 SUV（运动型多用途汽车），要么是"海拉克斯"这样的大皮卡。2023 年，我到莱索托项目上工作时，大街上跑的车已经有相当一部分被替换成了中国品牌的车。在工地上，"长城炮"也替换了"海拉克斯”。不过倒退回2018年，日系车，尤其是丰田汽车，在非洲仍然占据着绝对的统治地位。这些车绝大多数都是二手的，它们进入非洲国家的渠道十分可疑，可能有相当一部分是走私来的。在赞比亚这个实行右舵左行的国家，大街上还有不少左舵车。很多车辆的寿命看起来已经超过了20年，它们原本是日本、韩国或者西方发达国家的报废车，通过某种途径进入非洲后，经过简单地修理就继续投入使用了。至于它们什么时候能够真正退役，大概只有天知道。后来有一次，我恶趣味地在大街上随机统计了过往的50辆车，发现里面只有17辆的车灯是完好的，其余33辆的车灯要么根本不对称，两只“眼睛”一个“站岗”一个“放哨”；要么全都坏了，根本就是漆黑一团；更有甚者，其中2辆车甚至没有完整的前脸，车头整个凹了进去，用胶布缠着，别说车灯了，我压根儿就想不通这几辆车为什么还能行驶。小型私家车是这样，大型营运车辆也是如此。我在赞比亚大街上看到的大大小小的公共汽车，上面几乎都印着日文。有些是印着“××幼稚园”——那应该曾经是幼儿园的校车；有的印着“××株式会社”——看起来这是某家公司的通勤车。有些“依维柯”“大金杯”就更厉害了，上面印的是“××病院”，假如我们往好处想，显然这是退役的救护车了。这些“依维柯”与其他报废车一样，被非洲人民当作私营的公共交通车辆使用，他们倒也并不忌讳什么。

从机场回项目的路线要穿过卢萨卡市区。卢萨卡是一座比较符合我审美的城市。除了市中心的政府机关周围有几座苏式风格的高层建筑，推测可能来自勃列日涅夫时代的援助，整座城市的建筑普遍都在3层以下，一般的民居甚至只有1层，即使是富人区也是如此。在富人区，城市被纵横交错、宽窄不一的道路切割成若干个比较规整的方块，较大的方块通常是购物中心、学校等公共设施，较小的则是饭店或者富人的私宅，它们都被深锁在围墙之中，很难分清。围墙之内受土地所有者自由支配，你可以全盖成房子，也可以设计成花园或者菜地，由你决定。穷人区则是另一副光景：这里没有任何的围墙与院落，也看不到现代的给排水设施。电线杂乱无章地接入，但好像只有少数家庭才通电。这里的户与户之间没有明晰的界线，妇女们坐在房子门口剥玉米或者洗衣物，有的则在烧火煮着些什么——后来我才知道这是在煮“恩西玛”，一种干燥的玉米面糊糊，当地人的主食。这些房子有的是用砖砌筑起来的，有的则是用彩钢板随便搭建的。很难想象这些彩钢板“建筑”真的能承受风雨的考验。贫民区狭窄的街道上有很多青壮年男性，他们本该是繁忙的劳动力，但是此时却三五成群地聚在街上无所事事，目光随着路过的车辆移动，看着令人脊背发凉。

赞比亚路上的行人

但是必须承认，总体而言，卢萨卡的城市面貌比我来到非洲之前想象的要好得多。这里大大小小的街道只是略有些脏乱，有些垃圾没有及时清理，昭示着当地政府可能并没有足够的财政预算来做市政服务；但是远远不至一些自媒体所说的满街污水横流的程度。贫民区里的大量闲置劳动力固然让人有些恐惧，但即使是穷人，整体来说也算安居乐业，并没有随处可见的暴力行为，或者满街的乞丐。这里玩耍的小孩也没有衣不蔽体，更没有因为重度营养不良而高高鼓起的大肚子。当然，非洲的范围极其广博，内部的差异性也极大，我上面描述的种种刻板印象在非洲并非不存在，但至少在赞比亚的首都卢萨卡，情况还好。

车子开出城时，正好赶上赞比亚工薪阶层的晚高峰，因此发生了一点拥堵。理论上讲，交通是否发生拥堵，取决于道路容纳量与车辆数量的比率。假如道路多而且宽，车辆少，交通就会通畅；反之则会拥堵。在现实中，车辆本身的价格，远远低于修建道路所涉及的直接和间接的总开支平摊到每个车辆使用者身上的价格，私人获取车辆的难度更是远低于政府投资修建公路的难度。因此，欠发达国家几乎都会出现私人物品增速远快于公共物品的情况。卢萨卡的车辆绝对数量并不多，但是道路更少，因此发生拥堵在所难免。不仅是交通，其他方面也存在类似的问题，比如电力——购买家用电器，无论是开支还是难度，都远低于政府修建发电站，并将供电网络铺设入户，因此除了极少数电力资源极为丰富的国家（比如老挝等水能资源极为丰富的国家），欠发达国家通常都处于缺电的状态，很少会发出了电没人来用。2023 年我再到赞比亚时，随着赞比亚道路投资的增加，交通状况改善，大街上的交通拥堵已经缓解了不少。

出城后大约半小时，车子到达了小镇凯富埃，然后在这里拐上岔路，开始进山。凯富埃镇因凯富埃河而得名，它原来寂寂无闻，但因为我们正在修建的水电站，这个小镇变成了人员和物资的重要中转地，逐渐繁华了起来。这里有一家大超市，一般的物资都可以在超市里买到。平坦的铺装道路在拐进山的那一瞬间就结束了，剩下的 30 公里都是崎岖的山路，要跑上整整 1 小时。听同事说，即

水电站项目营地照片

使是被普遍认为结实打造的丰田“兰德酷路泽”，在这样的山路上跑上一年半载之后，也开始变得时不时就“趴窝”。比如我们现在乘坐的这辆，在不停的颠簸下就不断发出怪异的声响。这条路上的手机信号时断时续，如果真的“趴窝”了，并不保证能主动呼叫到救援，不过偶尔出现的往项目上运送材料的大卡车倒是可以帮到我们。在接下来的 1 小时里，我们一直在认真地祈祷汽车不要出故障。热带的太阳落得快，仿佛没有黄昏的概念，下午 6 点一到，天色迅速暗淡下来，好像上一秒还亮得刺眼，下一秒就突然看不清路了。我们靠着远光灯和司机朴素的直觉在盘山路上小心翼翼地行驶，尽力躲避着道路上的一个个大坑，同时努力地识别着每一个急转弯，防止一不小心冲下悬崖。

终于，星星点点的灯光映入眼帘——项目驻地到了，天色也已经完全黑了下来。

项目驻地位于一座矮山的山顶。可能是因为周围有更高的山脉遮挡，这里的风并不大，也不冷。保证我所在的营地是项目的主营地，主要居住着中方管理人员、赞比亚当地的高级职员，以及帮厨、女佣、小车司机等当地服务人员，总共两三百人。水电站是个大工程，不同的作业区域距离很远，每个作业区域还有自己的施工营地，中方来的施工管理人员和技术人员与当地工人分开居住，分中方人员营地和当地工人营地。中方营地统一做饭，当地工人则通常几人一伙，轮流煮饭吃。中方营地里也住着一些当地的技术人员，公司给予他们与中方管理者相同的食宿待遇，但他们往往吃不惯中餐，也会去当地工人营地买饭吃。2018 年，我去下凯项目的时候正值施工高峰期，全项目有将近 500 名中国管理人员，超过 5000 名当地工人，俨然就是一座小城市。

主营地的生活环境远远优于我的想象。这座营地原本就是合同的一部分，待到水电站建成，我们将主营地移交业主后，它会被改造成一所高中。体育馆、操场、食堂等设施直接保留，办公室变成教室，我们的宿舍变成教师和学生的宿舍，听起来是一件造福一方的好事。因为本身就是按照永久建筑的标准建造的，无论是宿舍还是办公室，质量都非常不错。宿舍是单层的小别墅，每栋别墅有 4 个房间，普通的中方员工 2 人一间。我是客人，项目还专门优待，给我配了个单间。客厅里还有四达电视公司安装的卫星电视，当地频道和中国频道都能看。宿舍里热水和电力的供应稳定充足，各类生活用品一应俱全，我出发前的种种担心都是多余的。

第二天，我发现这个项目不仅住得好，而且吃得也很好。后厨有一名中国大厨，带着十多个当地帮厨，每天要做两三百人的饭。早餐有不同的主食花样，中午是六菜一汤、三荤三素。大厨的手艺相当不错，帮厨也都对烹饪中餐熟练得很，菜式每天都不重复。菜是河南口味，虽然有些偏咸，但考虑到员工每天都要在工地上泡一整天，大量出汗，菜做得咸一些也算是正当合理。最令我震惊的是晚餐：大厨做了一大盆的麻辣小龙虾。在国内，我对“麻小”这种又贵又没什么肉的东西通常没什么兴趣，但这一盆麻辣小龙虾实在是看得我目瞪口呆——这哪里是小龙虾，分明就是大龙虾！每只小龙虾从头到尾足有我的手掌长，即使剥出的虾肉，也和鼠标差不多大。我抓着一只虾，盯着它反复确认，证实这确实只是一只长得十分巨大的小龙虾，而不是用海里的大龙虾冒充的。

比看到小龙虾更让我震惊的，是同事们的反应。大家看到这一盆小龙虾的第一反应，不是疯狂地往嘴里“炫”，而是叹息一声：“怎么又是小龙虾。”我不敢相信自己的耳朵，这等吃喝你们都嫌不好，那你们平时吃的都是些啥？龙肝凤髓？

其实事情没有那么复杂。赞比亚的小龙虾十分廉价，食堂经常做，大家只是单纯的吃腻了而已。相比起来，同事们普遍对烩面和凉皮更感兴趣。小龙虾是凯富埃河的特产，当地人没有吃这种奇形怪状的甲壳动物的习惯，因此在中国人到来之前，凯富埃河里的巨大小龙虾泛滥成灾，一文不值。前些年中国人刚到这里时，看着河里的小龙虾，惊为天堂，先是自己用安全帽舀上来吃，后来嫌效率太低，就让当地人去捞，然后花钱去买。一麻袋的小龙虾折合人民币 8 元，本质上只是支付给当地人捞虾的工费。当地人搞不懂这些奇怪的中国人要捞这玩意儿干吗，但是 8 元实在是一笔“巨款”，所以大家还是很开心地去河里捞虾，卖给中国人。后来，随着在赞比亚的中国人越来越多，小龙虾的需求量逐渐增大，当地人已经逐渐意识到了小龙虾是一种有价值的资源，价格也逐渐上涨。但是即使再涨价，也不过就是涨到了每公斤人民币几元而已，成本的大头仍然是人工和运费。

我不管那么多，既然别人不吃，那正好我吃。此后食堂每次再做小龙虾，我都要拿一个盆来装，然后找个角落专心致志地扒虾，除此之外什么都不吃，有时候吃完了一盆还要再续吃一盆，直到我实在吃不下为止，还从来没遇到过小龙虾被吃光了的情况。小龙虾肉是一种优质的蛋白质来源，多吃也没有什么负罪感。凯富埃河里的小龙虾不仅个头儿大，而且肉质十分紧实，鳃也是白色的，与国内的小龙虾相比简直是天壤之别。我不禁在想，假如我能找个渠道把它卖到国内去，是不是就能发财了。

赞比亚的小龙虾

总而言之，2018 年在赞比亚的 6 周是我人生中少有的快乐的 6 周。除了吃得好、住得好之外，因为当时觉得反正将来也不会真的来这家公司工作，所以也就不必太在意自己的形象，跟领导和同事相处起来也就毫无压力。至于工作，的确，我这次是带着课题来的，总不能每天就是吃吃喝喝，不务正业。课题具体的内容我已经忘了，大致就是研究如何控制下凯富峡大坝的开裂。当时的我还是个学生，并不真正了解大坝的施工，只是结合我在学校里所学的知识“滥竽充数”一番。经过我“认真细致”地研究，我发现下凯富峡大坝已经在胶凝材料中使用了 60% 掺量的高品质粉煤灰，混凝土的温升值应该是不高的，那就没必要去搞复杂的冷却通水，更不必去花几个亿买膨胀剂来补偿收缩。一言以蔽之，你们干得挺好，不用折腾了。

把工作搪塞过去之后，我就开始到处“骚扰”同事。山下的大坝施工营地有一位袁大哥，负责招聘当地工人。他看着很年轻，有一种忧郁的文人气质，却一脸沧桑，给我感觉好像经历过许多故事。海外的中国员工人手不足，都是一个人当几个人用，他也一样。大坝上的上千名赞比亚当地工人都要经过他的面试、筛选和分配，才能最终入职，来到大坝工地上班。入职后，工人们的薪酬福利、出勤考勤，日常的大事小情和纠纷调解也都归他管。因此，虽然他在项目内部的职务很低，但在当地工人眼里却是最大的 Boss（老板）。可能也正因为如此，袁大哥跟当地人的关系好像比中国同事更加密切。相比于国内的纷纷扰扰，他好像也更加熟悉非洲的环境。其他同事都很盼着回国休假的日子，经常会掰着手指头数日子

大坝工地的一角

等回家，只有他好像很享受在非洲的时光，不怎么喜欢休假。我到现在还记得，有一次我兴冲冲地去问袁大哥，听说赞比亚是一夫多妻制国家，情况是不是属实。袁大哥盯着我的眼睛，认认真真、一字一顿地回答我："任何国家都有所谓的'一夫多妻制'，只不过看你有没有钱。"说话时，他的眼神里写满了故事。5 年后，我还会和他在莱索托的项目上相遇，那时的他已经升任项目高层，分管外事工作，并且成为旅非华人中的一位知名作家。那是后话了。

袁大哥给我讲，非洲人对生死的态度与我们截然不同，许多人对此比较淡然。他经常注意到有些工人，前几天还好好的，突然就变得精神萎靡，然后不来上班，几天都不见踪影。他以为是溜出去开小差了，一问周围的工友才知道，这个人已经死了，大家刚刚参加过他的葬礼。大家对于同事、朋友甚至亲人的离世都很淡然，也并不关心这个人究竟是什么原因过世，只是一视同仁地办个简单的葬礼。我们知道，这是艾滋病末期的典型症状，因为自身免疫系统已经遭到破坏，一场小小的感冒或者外伤感染就会迅速要了他的命。

连"死"都不是"大事"，那么生死之间就更没有什么"大事"了。这里的人每天都很快乐，这是真话，不是谣传。不管是在工作还是生活中，大家的表情总是轻松愉悦的，仿佛这种愉悦不是来自外部的环境，而是来自基因当中最底层的设定——没有什么道理，人活着就该快乐。2018 年，赞比亚的最低工资标准是 700 克瓦查，折合人民币大概 470 元。建筑工地的工人肯定要比普通人高一些，有时能到上千克瓦查，这在赞比亚的劳动阶层中可是一笔巨款。每个月发完工资，工人们都会集体失踪一个星期，工程往往被迫停工。一个星期后，大家才会陆陆续续地回来，签到上工。原来，他们拿到工资之后，第一反应就是去城里的酒馆快活几天，把手上的钱花掉。他们的消费曲线比较别致，类似于一种指数曲线，第一天花掉一半，第二天花掉剩下一半的一半，以此类推。即使没有钱了，他们抱着一瓶啤酒也能聊上一整天，丝毫不影响他们的快乐。在疯狂地消费之后，有些头脑还算清醒的工人会记得剩一点钱，给家里的老婆、孩子（或者至少是自己）买一些足够接下来一个月吃的玉米面，有些人则干脆分文不剩，甚至欠了外债。快乐并不能提供卡路里，他们怎么活过接下来的一个月？这对我来说一直是个未解之谜。

一个半月来，要说有什么让我苦恼的事情，那就是我一直在莫名其妙地咳嗽——不发烧，也没有其他症状，就是单纯咳嗽。事后想来，可能是被当地某种独特的过敏原刺激到了。下凯富峡项目上有一间简易的医务室。麻雀虽小，五脏俱全，这里的药品远比我想象的要全面，甚至还有一些专业的医疗设备。项目上没有医生，但是有一名护士，可以为我们提供基本的医疗保障。

身边有一个护士确实让我感到安心，我的咳嗽可以找她来治。但她还兼着物资采购等四项工作，比工地上的技术员还忙。忙倒不要紧，我真正关心的是，她究竟是个兼职采购的护士，还是兼职护士的采购员。我怕是后者。幸运的是，她确实是一名真正的护士，手法非常专业、熟练。我吃了几天药，发现不太管用后，她又为我准备了一套雾化设备罩在脸上，让我感觉自己仿佛置身国内的正规医院里。适逢技术部经理过来取药，看到我病恹恹地瘫在病床上不时地咳嗽两声，他走到我跟前，认真地给我提出了他的解决方案。

“你这就是没有抽烟导致的。我刚来非洲的时候也咳嗽，怎么治都治不好。但是后来学会了抽烟，一下子就好了！你看看，这么多年再也没有咳嗽过。”

我没有采纳他的建议。后来在莱索托，我们再次相遇，他已经是莱索托项目的总工程师，而且还戒了烟，这是后话了。

因为咳嗽一直不好，我决定去卢萨卡城里的正规医院看病。卢萨卡最靠谱的医疗机构并不是公立医院，而是中国的医疗队，或者欧洲人开的私立医院。赞比亚实行全民“免费医疗”——这并非谣传，但是客观地说，并没有真正意义上的医疗可言。病人们只是去医院门口永无休止地排队，什么时候能排到，只有天知道。赞比亚本国几乎没有靠谱的医生，稍有水平、有理想的当地医生都会选择去私立医院，跟着西方来的正规医生慢慢学。公立医院的医生水平大都可疑。到了开药环节，情况更是可悲，有没有药只能凭运气，通常连一瓶生理盐水都开不出来。不过，对于当地人来说，医疗服务的糟糕好像并不是什么问题。医院里的病人们虽然病痛缠身，但是也并没有悲伤或者急躁的样子，看上去还是和外面的人一样轻松，只是坐在那里静静地等待，治不上就治不上，好像并不认为现场获得医疗服务是一件理所应当的事情。

河南省派来的医疗队就驻扎在卢萨卡的一家大型公立医院里。医疗队除了负责给在赞比亚的中国人看病、体检之外，也负责给当地医院的医生进行培训。有时，医疗队也会给当地病人治病，但是显然，区区几十名中国医生的力量是杯水车薪的。许多诊疗的过程都伴随着高危的血液接触，尤其是外科手术，这给医生们带来了很大的风险和心理压力。虽然同在非洲，同受一份背井离乡的辛苦，医生们的任务要比我们更加艰巨。

医生用一套寿命看起来不少于40年的“老古董”X光机给我拍了胸片，但也没检查出什么毛病来，只能作罢。反正也不是大问题，只是咳嗽而已，实在不行就听技术部经理的建议，抽烟试试。

倒是给我拍胸片的医生一直在和我闲聊。他们的主要任务还是培训和指导当地医生，传授一些前沿知识和临床经验，除非特殊情况，否则很少直接操刀做手术。与我们自负盈亏打拼市场的建筑施工企业不同，他们出国是任务式的，货真价实的人道主义援助。通常来说，每个省会对口援助一个落后国家，省内的各家三甲医院都有参与。医生们可以主动申请参加援外医疗队，一年一轮换，对于参加援外的医生，不仅经济上有补贴，在职称晋升上也有倾斜。看来在这一点上，各行各业都是大同小异。大家都有生活压力，不能光靠情怀活着。

从医疗队出来之后，我直接来到了附近的超市。与国内一样，非洲国家也有商业综合体，里面有超市，有电子产品、服装和家电的各色专卖店，也有各种饭店。除了服装的款式和食品种类依据不同国家的审美和生活习惯与国内有所区别之外，整体的格局和形式与国内的商场没太大区别。最大的区别在于物价，在非洲，商业综合体内的绝大多数商品在我们看来价格极高，电器价格是国内的 3 倍，生活用品和小工业品的价格则在 5 倍以上，有的甚至达到了 10 倍。当我看到 1 根折合人民币 100 多元的擀面杖的时候，我终于哑然失笑：你干脆用这根擀面杖把我打晕，我兜里的钱全是你的，何必还要卖呢？

2018 年，赞比亚绝大多数的工业品无法自己生产，必须依靠进口。它又地处内陆，交通不便，因此商品价格高昂。赞比亚的冷链运输不太可靠，因此我在当地很少能吃得到包装完好的冰激凌，冰激凌总是那种融化后又复冻的黏黏糊糊的状态。不过，赞比亚是优质玉米和牛肉的产地，出产的牛肉和牛奶既便宜又营养、美味，但这种低廉的价格仅适用于初级农产品范围，若是进阶到加工阶段，比如“奶制品”，那么情况就不同了。赞比亚的牛奶产量虽然大，产业却不具备深加工能力，要是想吃奶酪、黄油，就又得从南非进口了。

在赞比亚实习的这几周，我还认识了一些在非洲创业的华人老板。他们有的是开中国超市的，从中国进口小商品过来卖；有的在赞比亚开了农场，利用这边廉价的土地和劳动力种植蔬菜，卖给赞比亚的华人和当地人。华人的饮食习惯对蔬菜的要求高，要吃几十种不同的绿叶菜，这些绿叶菜除了华人之外没人会种。当地人则不然，他们只需要诸如西红柿、洋葱、胡萝卜等少数几种蔬菜就可以满足需求，不认识那么多的中国绿叶菜。还有一些华人老板是开工厂的。受制于赞比亚薄弱的工业基础，只有生产初级商品的工厂

华人老板开办的蔬菜农场

能开得起来——只要商品加工工序和配套稍微复杂一些，工业生产就几乎无法开展。一旦原材料和中间产品都需要进口，生产成本就会飙升，在土地和人工费用上节约的成本就会丧失意义。有一位在赞比亚开酒厂的老板提到了一个很严峻的现实问题，他在赞比亚当地找不到可以生产合适玻璃瓶的厂家，只能从中国进口瓷瓶，再漂洋过海地运过来，这就极大地抬高了酒的生产成本，压缩了利润空间。生产链条被一个意想不到的环节卡住，最后利润被严重压缩甚至赔本，这样的情况在非洲的华人投资圈中并不罕见。

对我来说，在赞比亚的6周是一次快乐的旅程，我不是在工地上吃河南菜，就是进城吃“Turn’n Tender”，一家极其美味的赞比亚牛排店，除此以外什么有意义的事情都没干。当时一份成年男子一顿都吃不下的战斧牛排，在店里只卖折合人民币50元。这还是堂食的价格，如果自己买肉回来烤，价格会更低。回国后，再想吃如此品质的牛肉可要贵上几倍。6周的时间很快过去，我也踏上了返回北京的航班。

坐着出租车从北京首都机场前往市区，我的脑袋好像一下子要炸开了。如果我不曾去过非洲，北京的种种逼仄和压抑仿佛还可以忍受；可是从非洲一回来，原先已然麻木的痛苦感受就再也控制不住。出租车刚刚驶上机场高速，还没进城就开始遭遇堵车，一直堵到了清华大学的校门口，每一步都是在挪动。空气是灰蒙蒙的一片，雾霾的味道甚至已经开始接近腐臭的大酱。公路两旁绵延不断的高层住宅紧紧相连，墙皮大块地剥落，阳光难以进入，但即便是这样逼仄的住宅，价格也足以耗尽我半生的收入。我开始更加渴望逃离北京。

2019年秋天，突然又有了一次机会可以让我前往非洲，这次是去埃及。我们课题组在埃及的一处城市建设施工项目上接了个课题，派我和一位师兄过去做现场实验。我对于一切能够出差的机会都视如珍宝，这次也不例外，恨不得穿上裤子就立刻出发。学校的公务出差审批流程颇有“中世纪遗风”，我就挨个儿部门跑，硬着头皮盯着人家把系统打开，给我点击通过。

我不了解埃及，但是也知道埃及地处北非，无论是气候、地理、人种还是文化都与撒哈拉以南的非洲国家截然不同。只不过，这种不同对我而言仍然停留在纸面上：撒哈拉以南的非洲多数地区气候相对湿润宜人，以热带雨林气候和热带草原气候居多，比如我之前去的赞比亚，就是典型的热带草原气候，而北非则是以地中海气候或者热带沙漠气候居多，酷热干燥；撒哈拉以南的非洲以黑种人为主，北非则以白种人居多；撒哈拉以南的非洲宗教文化复杂多样，既有基督教、伊斯兰教，又因地域差异而有各自不同的原生文明，北非则以伊斯兰教为主。

但是当我真正到达埃及之后，我才深刻地认识到这种南北非的差异有多么惊人。埃及全国有1.15亿人口，其中有4000万人居住在狭小的开罗城及其周围，剩下的7000万人口中的绝大部分也聚居在总面积不足10万平方公里的尼罗河沿岸和尼罗河三角洲之内。这也正是古埃及王朝的版图范畴。其余90%的埃及土地，都是不适宜人类居住的、真正的撒哈拉大沙漠。不到10万平方公里的土地，承载了1亿多人口，还要腾出来相当一部分土地用来种庄稼，人口的密度、人与土地之间的矛盾，还有生活环境的恶劣不难想象。从某种意义上讲，开罗城的格局更类似于5个香港紧紧地重叠在一起。

这里的民用建筑大多为高楼，从十几层至几十层不等。又细又高的钢筋混凝土高层建筑，一根一根地插入地下，宛如立起的筷子，楼与楼之间几乎没有间距，站在楼下只感觉遮天蔽日。这些楼房中的绝大多数，看起来像是没有完工的烂尾楼，不仅没有任何的外立面装饰，而且没有窗户。当地司机跟我讲，这些房子并没有烂尾，只是按照埃及的法律规定，没有安装窗户的房屋可以认定为未完工建筑，住在里面可以不必缴税；而一旦安装了窗户，住户就必须每年向政府缴纳一笔高昂的房产税，这笔税款对大部分的开罗市民而言难以负担。因此，大家主动选择不装窗户。开罗城的四周都是沙漠，风沙很大，夏季的温度动辄可以达到四五十摄氏度，没有窗户的生活是什么样？我难以想象。

埃及的一般居民区

姑且认为这些遮天蔽日的高层建筑是穷人区。富人区的情况则要好得多，但是让我感到更加压抑。与世界上其他地区的富人一样，开罗的富人也居住在专门的富人区里，有自己的土地和院落，盖着别墅，只是开罗富人的别墅与其他地区富人的别墅看起来不一样：他们的院墙和别墅的外墙几乎完全重合，硕大无比的房屋紧贴着土地的产权边界，几乎没有院子。这种对土地空间的极致利用，暗示着土地资源的极度紧张。据当地人说，埃及的富人之所以有这个惯例，是因为他们确实不需要院子。在伊斯兰文化的影响下，女人不能抛头露面，只要出了房子，哪怕在院子里也要把头巾佩戴整齐，严丝合缝，不能让人看见“羞体”，于是她们干脆选择不出去。反正外面又热又晒，还有风沙，也不如屋子里舒服。有的埃及富人有好几房妻子，孩子也多，把土地都盖成房子还能多几个房间给大家分。

听了他的分析，我沉默了，感觉进入了一个比北京那位亿万富翁更加绝望的结界之中。

超过1亿的埃及人口，生活在不足10万平方公里的尼罗河流域周围，而这不足10万平方公里的土地也恰恰是埃及全国仅有的可供耕种的土地。这是一场人与农作物的零和博弈，埃及每多一栋楼，就必然要少一片庄稼地。随着埃及人口的暴增，全国的粮食需求越来越高，可是耕地面积却越来越小。尽管近年来埃及政府正在“朝沙漠要地”，在开罗城外的大沙漠中建设新城来安置这些日益暴增的人口（不少中国施工企业也参与了这些沙漠新城项目），但是这改变不了水源和粮食缺乏的困境。大到城市建设，工业、服务业的发展，小到每个人的日常生活，都需要源源不断地消耗水资源。今年费尽心机地建了座新城，装下100万人口，明年又多生出了200万人口，资源只会愈加紧缺。在这样的大背景下，如果放任市场来进行调控，结局必然是上千万的埃及穷人没有饭吃，造成重大的社会动荡。对此，埃及政府采取了一种“大饼补贴”的政策，通过对埃及人日常所吃的主食馕饼进行补贴，一个普通的埃及人可以用人民币几分钱购买到一张硕大的馕饼。这样一来，普通埃及人的生命就得到了保障，至少不必担心饿死。可是，埃及的粮食无法自给，实行“大饼补贴”就意味着它要花钱从国外进口粮食，那么钱从哪里来？2019年，埃及进口粮食的钱主要来自三个渠道：一是石油出口的收入，埃及的石油产量虽然远不及其他中东国家，但“勒紧裤腰带”还是能匀出来一点用于出口的；二是苏伊士运河的收入，苏伊士运河是全球最重要的船舶航线枢纽，从西欧到东亚的海运船舶如果不走苏伊士运河，就必须绕行数千海里走南非的好望角，因此苏伊士运河的利润十分丰厚；三是旅游业的收入，埃及守着祖先留下的一份特大礼包——金字塔，依靠金字塔，埃及每年的旅游业产值高达100多亿美元。此外，埃及民间还有一个重要的创收渠道，就是出国务工。在国内没有工作的埃及壮劳力会前往周边富裕的阿拉伯国家，诸如沙特阿拉伯、卡塔尔、阿曼等国，成为廉价而辛苦的体力劳动者。他们用自己的汗水支撑着这些发达国家的幸福生活，换取微薄的报酬，再汇回国内，换成埃及镑，供养一家人生活。这些外汇则被埃及政府拿去进口粮食，变成“大饼补贴”，让埃及社会维持脆弱的稳定。

这是2019年的逻辑。不过近年来，这套系统好像越来越难以维持了。首先，受到国际形势影响，随着国际航运业的情况时好时坏，苏伊士运河的收入也在波动，何况从技术角度讲，苏伊士运河的运行本身就没有大家想的那么可靠。发生在2021年3月23日的苏伊士运河货轮搁浅事件就造成了整整6天的运河瘫痪，共有450艘船只因搁浅事件被卡住。受到全球新冠疫情影响，埃及的旅游业也遭受了重大打击，即使到2023年，元气大伤的旅游业也没能完全恢复。寰球经济不景气，旅游是被各国中产阶层首先削减掉的开支。另一个严重的问题是从2022年开始的俄乌冲突。俄乌冲突发生前，两国都是国际粮食市场上重要的出口国，埃及“便民大饼”的很大一部分都是用从这两国进口的小麦制作的。冲突发生后，埃及的粮食进口遭受了严重冲击。2019年秋天我去埃及的时候，埃及镑对美元的汇率是 1∶0.06，即 1 埃及镑兑换 6 美分；到 2024 年，这一汇率已经变成了 1∶0.02，1 埃及镑只能兑换 2 美分。

或许，所有这些原因都只是表象。真正的深层次原因，还是来自埃及不受控制飙升的人口造成的越来越大的资源缺口——包括而不限于粮食。2024 年，埃及的人口已经达到了 1.15 亿，而 2019 年我去埃及的时候，这个数据还仅仅是 1.05 亿。短短 5 年的时间，埃及就增加了 1000 万人口。这 1000 万人口不仅要多消耗相应的资源，而且其生存和居住的空间又必然要侵占原有的耕地，让本就不富裕的粮食生产承受更大压力。当然，另一方面，在现代社会，人不仅仅是消费者，也是生产者，依靠人口红利实现崛起的国家也是存在的。那么，这多出来的 1000 万人能不能创造出相应的财富呢？对于埃及而言恐怕不能。因为想要创造更多的财富，就意味着需要从国际分工中抢夺更多的市场份额和工作岗位。而根据国际劳工组织统计，2023 年埃及的劳动参与率仅为 46.2%，远低于全球平均水平 61.4%。换句话说，埃及一半以上的适龄人口都是得不到任何就业机会的。连工作都没有，又何谈创造价值？在物质生产能力注定难以提高的基础上，总人口还在迅速扩张，这就形成了一个典型的马尔萨斯模型，酿成悲剧只是时间问题。这个过程中，旅游收入多一点还是少一点，粮食进口容易一点还是困难一点，最多只能改变马尔萨斯临界点到来的时间，但改变不了结果。

现在让我们倒退回 2019 年的秋天。那时的我还没有把这些理论系统地想清楚，我只是直观地感受到，像赞比亚或者大庆这些地方带给我的心情舒畅，与北京或者开罗这些地方带给我的压抑感，它们本质上缘自同一个原因，那就是人口密度。对人口密度的敏感可能根植于我们晚期智人的基因深处，我们意识不到它，也讲不出马尔萨斯理论的所以然来，但是看到拥挤的人群、狭小的私人生存空间，就会自然而然地感受到来自基因深处的恐惧。它可能来自原始时代我们的祖先对于丰富的自然产品的渴望，毕竟更密集的人口意味着低垂的果实和易于捕获的猎物都已被其他智人剥夺殆尽，留给你的生存机会十分渺茫。或者说，我内心深处对迁徙的渴望会不会也来自这种远古遗留的恐惧？未知的远方意味着未知的风险，但也意味着有更少的人与我瓜分未知的果实与猎物。相比于留在原地默默接受分配，让慢性饥饿逐渐消磨掉自己仅存的能量缓缓死去，还不如带上弓箭，踏上未知的土地，去尝尝那已经多年无人尝过的低垂果实。不管最后是“五鼎食”还是“五鼎烹”，总要好过日复一日地吞咽这些干涩无味的生果子。

出 发

从埃及回来之后，我开始认真地思考博士毕业后的出路。清华大学的直博学制是5年，我2016年入学，应该在2021年6月毕业。如果我没有更高的学术追求，那么应该开始准备毕业找工作的事情了。

我确实没有更高的学术追求。学术行业，说白了也只是个行业，是三百六十行中的一行，不是凌驾于万物之上的象牙塔。流水作业本身当然没什么不好，它原本就是一种工业化生产中用以提高效率的手段；但是我了解自己，假如我长久地沉浸在这种枯燥无味的状态里，会很容易陷入“只流水，不作业”的状态。

这个问题，与其说是学术行业的问题，不如说是当今整个世界的问题，或者说是这个时代的问题。如何评价当今这个时代？狄更斯在《双城记》开篇的那句名言——“这是最好的时代，这也是最坏的时代”，如今广为流传，不管懂不懂这句话的含义，很多人都喜欢把它拿出来用一用。但是只要你稍微思考一下，就会发现现在这个时代比狄更斯笔下的变革前夜更令人感到无力。准确地说，现在这个时代，既不是最好的时代，也不是最坏的时代。它温吞吞的，不冷不热——它什么都不是。如果你非要加个最，那么它是最平庸的时代。这个时代并不太差，世界上大多数平民的日子都还过得下去；埃及人人都有几乎免费的大饼吃；中国——这个曾经全世界最大的饥荒源头，如今已经完成了全面脱贫，温饱不再是困扰全社会的大问题，更别说那些发达国家了。可是在此之上想要有更高的追求，对于普通人而言，好像看不到太多的渠道和出路。在这个时代，人类远没有实现和平，战火在世界各地接连不断地燃烧，每天都有残酷的人道主义危机发生。但是现在爆发世界大战，到处民不聊生了吗？那倒也还没有，大国之间保持着核威慑下的理性，没有爆发全面战争，各国的战略定力一个比一个强。世界上大部分的人从出生起就没有经历过战争，一直在享受宝贵的和平而不自知。在这个时代，信息的获取变得极其简单和廉价，只要打开手机就有数不尽的“奶头乐”给你享用，不管是色情内容还是搞笑段子，动动手指就可以迅速呈现在你面前；但是真正的严肃知识的获取渠道却仍然停留在中世纪的水平，还是只能通过最古典的手段，也就是亲身经历才能获得，而在海量垃圾信息的干扰下，严肃知识的获取很多时候变得比中世纪还要困难。

在这个时代，世界主要大国的人口平均年龄都已经开始步入40岁，这个平均年龄决定着国家的意志模式。这是一个前列腺增生和乳腺结节高发的年龄，是一个计算房贷、评职称、辅导功课、外出钓鱼的年龄，而绝不是一个“匹夫一怒，血溅五步”的年龄。后世会如何评价我们这个时代？我不知道，但是想必不会倾注太多的笔墨。放在历史的长河中去比较，这个时代没有那么多故事，没有那么多英雄，没有那么多波澜壮阔的史诗，但也确实没有那么多惨绝人寰的悲剧。这是一个改良的时代，是一个缝缝补补的时代。生活在这个时代的我们没有那么不幸，但也没有那么幸运。

生活在这个时代的我，究竟可以做点什么，又究竟应该做点什么？这是我必须思考和面对的事情。

等一下，此时此刻，这个议题可能得先往后放放。因为在毕业找工作的压力面前，人类社会的前途命运恐怕还轮不到我去关心，眼下我需要关心的是我个人的前途命运。清华大学的学生们在找工作这件事上有一个习惯，就是疯狂地收集 offer（录取机会）。这群天之骄子在聚敛 offer 这件事上有种聚敛财富般的劲头，把几十上百份看上去可能会满意的工作全部投一遍，并且在每一份工作中走完全部的笔试、面试流程，最后拿到手十几份 offer，仿佛眼下这些 offer 的数量可以决定年薪水平一样。这些 offer 的种类可以说天差地别，一个人往往可以同时推进一系列高校、投行、央企总部、地方政府选调生、研究所，以及高中这样风马牛不相及的单位的应聘流程，而且还在准备中央部委的考试，着实令人费解。他们究竟想做什么工作，还是说做什么都可以，只要能做“人上人”就行。甚至有时候我会怀疑，他们到底知不知道“不管聚敛多少 offer，最后都只能选择一份工作入职”这件事。

但是，身处那个环境中，我也难免会被这样的求职氛围影响，变得十分焦虑。最终是懒惰救了我，虽然我的内心和优秀的同学们一样焦虑，但是，一遍遍地修改完善简历，三天两头没完没了地笔试和面试，起个大早还要情绪饱满地面对各家单位人事部门的领导，这些事情成功劝退了我。

懒惰迫使我仔细思考自己究竟能干什么工作。2020年，在我的同级清华毕业生同学当中，最热门的职业选择是地方政府的选调生。其实一直以来，从政这条路线都是清华毕业生们的重要选择，地方政府在针对清华学生的选调计划上也有特殊的倾斜。我也曾经考虑过这个“光宗耀祖”的选择，但是想到一些往事之后，我迅速地放弃了——我真的不是这块料。2018年，某政府部门组织过一个座谈会，我有幸作为青年代表出席，还发了言。那个大会开了整整一下午，4小时，每个人都穿着正装，坐在硬硬的木头椅子上，前面是硬硬的木头桌子。我个子高、块头大，椅子的空间把我紧紧禁锢住，膝盖正好被坚硬的木头桌子顶住，桌面的高度让我挺直也不是，佝偻也不是，只能以一种似弯非弯的诡异姿势僵在那里。我望向周围，大家都坚挺笔直、表情严肃地一动不动坐在那里，有些还在记着笔记，只有我像是一条离了水的大鲤鱼一般，在狭小的木头缝隙当中扭来扭去。会议结束后，我对自己的组织纪律性彻底不抱希望，同时也基本上对从政这条路死了心。

其次是留在高校里做研究。这个选项早已经被我排除了。我从2000年上学，到2021年毕业，已经在学校里待了整整21年。就算抛开不想做科研这件事不谈，我也想不通这学校里究竟有什么好待的。更何况，高校教职的竞争如今已经发展到了相当极端的程度，长聘教职的名额极其有限，普遍都要从短聘的教职开始竞争，不停地给自己搜集各式各样的头衔和“帽子”。6年一到，非升即走，到时候怎么办？即使从最世俗的角度去考虑，这条路的投入和产出也实在不成正比。

至于其他的种种比较主流的选择，是去国企、私企还是研究所？算来算去，也就那么多选择，要么留在北京，要么去个和北京差不多的巨型城市，过着大差不差的所谓城市“中产”生活。拼搏了小半辈子，说好的越来越优秀，路却越走越窄。看着这样对未来精打细算的自己，我不禁感到有些面目可憎。我已经27岁了，还算年轻，但已经没有那么年轻了。我开始长出皱纹，精力也明显不如之前读大学的时候。这么多年一路走来，我过得很不容易。从中考到高考，从学士到博士，按照这一套“削尖了脑袋往前挤”的晋升伦理，我每前进一步都要挤掉成千上万的人。为了什么？就为了让我的选择越来越少，路越走越窄？再往后，我青春的好时光还能有几年？假如我继续被这些鸡毛蒜皮的细枝末节牵着鼻子走，那么我为数不多的青春也无非就是在对生活细节永无休止的精算中白白地消耗掉。然后，我会迅速地苍老下去，身上开始散发出腐烂尸体的油脂味道。假如我就按照某一条既定的路线亦步亦趋，那么我的人生，终究也就是变成那个绝望地辅导孩子功课的可悲“中产”。那是我宁愿现在就死也绝对无法接受的人生。

电影《四渡赤水》中有一个场景。红军渡河转移，一些重武器阻碍了部队的行进速度，毛泽东下令把它沉入河里去，轻装前进。有军官骂他：“你这是在破坏革命武器！”毛泽东厉声反驳：“这些武器正在破坏革命，沉掉！”这些年来，我积攒的这些瓶瓶罐罐正在摧毁我的人生，我必须亲自把它们砸了。努力变得优秀，是为了给自己更多的选择权，而不是为了让路越走越窄。没有任何一条成文的法律规定，我的一生只能从事同一份工作，只能生活在同一座城市；也没有任何一条法律规定我的想法只能在我27岁那年彻底定型，然后必须沿着这条路坚定不移地走下去。我是一名身强力壮的成年男子，而且有文凭，也有点本事，不管选择哪条路，哪怕走到最后证明失败了，我猜这个世界也都饿不死我。与其盯着眼前这点鸡毛蒜皮的小事，不如回过头来想想，这个社会究竟需要什么。

对于当今中国的年轻人，尤其是那些有点本事、有点想法的年轻人来说，生活中的种种痛苦，究其根源来自哪里？在我看来，来自“饱和”二字。良性的竞争固然有益于社会向前发展，但是如果社会变成了赛场，每前进一步都要面临无穷无尽的竞争，甚至连喘息的机会都没有，仅仅是留在原地，都要面临“末位淘汰”的压力，这样的竞争就失去了正面意义，蜕变成了“恶性竞争”。如果人们的精力被越来越多地用于打击他人而不是提升自己，社会资源就会被大量地用于内耗，反而会阻碍社会进步。

那么，是不是这个世界真的已经进入了绝对的“生产过剩”状态，以至人才到了哪里都是一种过剩资源，彻底丧失价值了呢？当然不是。逻辑显而易见。假如这个世界真的已经进入了绝对的“生产过剩”状态，物质条件极大丰富，所有岗位都有人胜任，实现了共产主义，那还焦虑什么？

现实恐怕是另一种情况。清华同学们的职业选择是很好的观察对象。一个人能考上清华，就说明他的应试能力达到了省内至少前千分之一的水平，在河南、安徽等竞争激烈的省份甚至达到了前万分之一的水平。应试能力的背后反映的无非就是三点：智力、勤奋和方法。一个人的应试能力特别强，首先意味着此人拥有异于常人的智力；其次意味着此人勤奋自律，能忍他人所不能，并且精力旺盛；最后意味着此人善于思考总结，熟悉规则，人情世故都能通达。因此，学习最好的那部分人往往并不是高分低能的“书呆子”，恰恰相反，他们在为人处世的方方面面都是“人精”。这也是清华学生们往往能在政界崭露头角的原因。

然而，恐怕正是因为太聪明、能力太强，也太容易掌握规则，他们更容易陷入一种如同思想钢印一般的路径依赖而不自知，包括我本人。因为聪明，他们会对人生的每一步作出精密计算，确保自己选出了“最优解”；因为能力强，他们总能实现自己的“最优规划”，在最优的路上走下去；因为总能迅速摸清规则，小小年纪就学会了“戴着镣铐跳舞”，他们便会把规则奉为天条，久而久之，很多明明不是规则的事情也被他们当成了规则，甚至已经丧失了跳出规则的能力。这些无数的局部最优相互叠加，最终造成的结果就是，绝大多数聪明人富集在了像北京这样的巨型中心城市的几个特定行业当中。这些巨型中心城市吸纳了过多的高级知识分子，就算规模大、产业多、变革速度快，短期内的利益格局也仍然是一定的，不可能对这些疯狂涌入的“尖子生”照单全收。供需关系决定价格，熏香市场早就饱和了，那多出来的檀香木也只能当柴烧。大家都作出“最理性”的选择，最终的结果就是集体的“不理性”。

可是另一方面，人才和技术在许多行业、许多地区又没那么充足，他们仍然在采用20世纪的技术手段和中世纪的管理办法，工作效率极其低下。这固然有一些“以工代赈”的考虑，为了吸纳就业而有意为之或是故意纵容；但许多时候并没有复杂的“阴谋论”，就是单纯地缺乏能力和意识。我有一个朋友，在鹤岗经营混凝土搅拌站，光是在鹤岗当地的混凝土市场中引入了一种20世纪90年代就已经成熟的高效率外加剂，就赚了几百万元。我简直不敢相信自己的耳朵——这不就是我在过去几年中每天都在用的玩意儿吗？最迟到21世纪初，全国各大城市的建筑市场中，这东西就已经“烂大街”了。据他所说，一位貌似经验丰富的“老工程师”曾跟他投诉购买的外加剂“不合格”，因为“配比不对，太浓了”。他反复确认这个客户不是在阴阳怪气或者整蛊他，最后把他的外加剂拉了回去，兑了点水又送了回来，又多赚了“万八千”。这位“老工程师”对行业内技术——甚至可以说对初等数学的了解已经差到了缺乏常识的程度。莫说硕士、博士，就算随便来个在大城市搅拌站里干过的大专技术员，把这“老掉牙”的技术推广一下，少说能给鹤岗一带创造上亿元的经济效益。哪怕收入的大头都给了他老板，他自己也能挣个百十来万。如果在大城市打灰，多少年能攒出这些钱来？

要知道，这可是建材产业，是当今互联网上被骂得最狠的“夕阳产业中的夕阳产业”，仍然会有如此程度的、令人难以置信的信息差。其他行业中又有多少可以获利的信息差？在政府、产业界、高校研究所，那些被“尖子生”奉若神明的规则和秩序，本身又有多么大的局限性？

回想起我在非洲的短暂时光，这种资源错配的感觉越发强烈。2018年，我在赞比亚超市里买来装商品的无纺布袋子，折合人民币35元一个，这种袋子在国内通常会被商家免费赠送，拿回家当垃圾袋用。还有各种各样的小商品、农产品、初等工业品，利差几乎数不胜数，也确实有很多人在其中赚到了钱。我认识一个女孩，通过往尼日利亚销售情趣用品，赚足了留学的学费。如果单从个人发展的角度来说，这确实是一条非常不错的生财之道。世界上的利差简直俯拾皆是，对这些聪明人而言，只要能打破那点思想钢印，赚出自己的生存空间肯定不在话下。

如果能把站位放得高一点，脱离个人层面的那点小利，上升到人类社会来看，我们就能看到更高的利差。以我2018年实习所在的那座水电站为例。那座水电站是赞比亚的国家工程，总投资超过15亿美元，建成后能使赞比亚全国的发电量增加38%，让赞比亚从电力进口国一跃成为电力出口国。对电力行业有所了解的朋友可能知道，水电站一旦建成，就可以视作一台“全自动印钞机”，因为它后期的运行维护成本相比于同功率的其他种类发电站而言极低。最关键的是，水电站不像铁路，建好了还需要考虑客运量的问题，电是一种不愁卖的商品，只要你发得出来，各种用电的工业、民用投资立马就会跟上。水电站的建造也不是什么被少数大“托拉斯”垄断的高科技——美国人建造胡佛大坝已经是近百年前的事情了。近百年来水电站的建造技术日渐成熟，而今已经是可以流水线量产的巨大工业品了——至少在中国，能帮你建设水电站的公司如过江之鲫。比如下凯富峡水电站，按照非洲的标准来看确实很大，但在全球的水电站当中只是非常普通的一员。全球最大的水电站——中国的三峡工程，总装机超过20000兆瓦，是下凯富峡水电站的整整30倍——那也已经是20年前的工程了。可以说，只要想建设、有投资、能够提供对建设有利的稳定的社会环境，建成一座水电站，源源不断地“印钞”是没有任何技术难度和阻碍的。非洲的水能资源极为丰富。据统计，非洲的水能资源蕴藏量达115.5万兆瓦，约是当前全非洲水电总装机容量3.4万兆瓦的34倍。仅一条刚果河的水能资源，就可以满足整个非洲的用电需求。

本着好奇的态度，我简单地算了一笔账。按照每千瓦时水电站的平均建设和运营成本，就算建设期的管理粗放一点、浪费多一点、效率低一点，不妨再加上腐败损失，电价也不妨定得低一点，贷款利率高一点，一座标准水电站的成本回收周期也就十几年，远远低于使用寿命。假如优先考虑建设其中经济效益最好的那部分，周期还会更短。可现实是，即使有这么可观的投资回报率，基础的技术，优良的自然禀赋，非洲的水电站建设还是不温不火，平均三五年都不会有一个大项目，并没有像我们逻辑推演中的那样，到处都建有水电站。

我不知道这背后的问题究竟出在哪里，但我相信一定不是出在技术层面。显然，资源因为某些缘故被错配了。回想起 2018 年我在非洲观察到的情景，这种错配感变得更加真实。一方面，在中国以及西方发达国家，电力早已成了一种深入千家万户，甚至被认为是理所应当的“生存基础资源”，哪里如果停电一天半天，居民们必然会怨声载道。另一方面，在非洲，一大半人生活的场景中根本就不通电，这种所谓的“生存基础资源”从来就没出现在他们的生活中。在其他领域也是一样，各种各样的药品和医疗服务在国内几乎唾手可得，然而在非洲，偌大的医院连止痛药、抗生素、生理盐水都开不出来，平民百姓只能在病痛中无能为力。国内的各种轻工业小商品动辄几元、几十元，一般家庭都不会缺这些东西，可是到了非洲，它们的价格却要翻上几倍甚至十几倍，变成连城市里的富裕中产也消费不起的奢侈品。更要命的是，上述这些产品的产能，在中国以及西方发达国家，还会被一些人视为需要淘汰的落后产能，是“过剩”的、不被需要的。这些产能难道真的“过剩”，真的不被需要吗？我在非洲的短暂经历告诉我绝不是这样。不只是非洲，全世界 80 多亿人口中，40 亿以上的人口都生活在更加贫困落后的第三世界国家，这些国家百姓的生存境况也根本不比我看到的赞比亚好到哪里去。在他们仍然遭受着绝对短缺带来的苦难的同时，我们大言不惭地妄言“过剩”，无疑是一种“犯罪”。这种所谓的“过剩”，必然是一种“假性过剩”。

要寻找答案，我不妨亲自去非洲一试。

我对一切长期固定地点，尤其是固定在大城市的工作感到厌恶，同时又想要去了解人类社会中的这种“假性过剩”，那么最好的选择无疑就是前往欠发达国家工作一段时间。但假如从“前途精算学”的角度考虑，这个选择就显得十分“抽象”。在许多人看来，去非洲这样的欠发达地区工作是一件十分危险的事情。何况罩着“清华”这层光环，我的选择还有很多，不需要费尽心机四处寻觅，只要我肯一级一级慢慢熬，愿意把我这点心气熬没，就算再平庸，我的职业发展还是有保障的。可是去非洲呢？前途没有任何保障，未来是不是还得“削尖脑袋”调回国内，最终回到那种在大城市的机关里一级一级慢慢熬的生活？一切都是茫然未知的。这也难怪，当我把自己的想法提出来之后，并没有得到多少身边人的支持。

但是，想到那个令我恐惧的北京“中产”噩梦，我的决心逐渐坚定。毕竟，一个人在为自己的未来负责之前，要先为自己的当下负责，如果连当下的生活都是肉眼可见无法接受的，那还谈什么未来呢？去非洲、驻外，面对现实的风险和前途的渺茫，这样的选择可能的确不太理性。或许感性和理性之间的选择，原本就该如此。选择了感性的那一瞬间，我就已经赢了，因为我已经拥有了此时此刻最想拥有的结果，后面如果结局圆满，那我就赢得更多；如果迅速地遭遇失败，一无所获，那我曾得偿所愿，也不算吃亏。而假如我屈从于理性，那么从那一瞬间起我就输了，因为我已经失去了我所渴求的当下。如果理性给我许诺的利益兑现，也不过是少输一点，最多不输不赢；要是理性骗了我，利益根本没兑现，我就是彻底“赔了夫人又折兵”，什么都没有了。

我发现自己这套“歪理”听起来异乎寻常地通畅。怕什么真理无穷，我先“爽”了再说吧。

我打起精神，找了一大圈，最后还是2018年实习的老东家最靠谱。这家公司在非洲建筑施工行业深耕多年，拿下过多个在非洲数得上的大型水电工程，在海外施工界的地位颇高。我直接找到了实习时的领导商量入职的事情——此时他已经成为更大的领导，对方很爽快地欢迎我。当时，赞比亚的水电站施工已经接近尾声，进入了后期的机电设备安装环节，但是公司在坦桑尼亚还有一个大型水电站项目，正处在施工高峰阶段，可以聘任我去项目上担任副总工程师，待遇不菲。我接受了这个提案，并且表示只要一拿到毕业证就可以来上班。困扰了我好几年的职业发展的迷茫，在15分钟内被确定下来了。

毕业和入职的过程都相当顺利。除了入职的基本资料之外，我还需要办理一个“公务普通护照”。它与我们日常持有的因私护照有所不同，颜色略深，有效期只有5年。在签证政策上，公务普通护照比因私护照享有更多的便利，很多因私护照需要办理签证的国家和地区，使用公务普通护照入境可以免签或者简化签证流程。但是相应地，公务普通护照的使用需要服从公司的管理，出境时需要搭配公司开的出境证明一起使用，不能用于个人旅游，更不能拿着公务普通护照出国，再拿着因私护照回国——这是一种违法行为。随着职务级别的升高，公务普通护照还会被替换成公务护照，免签的便利更多，但是管理也更严格。

入职期间，除了和全国所有的新员工一样被画了一堆“大饼”之外，我还被非常良心地打了个“预防针”：海外施工项目的条件异常艰苦，而且考虑到2021年的实际情况，在未来相当长的时间内恐怕回国不便，如果不能接受，也可以考虑其他岗位。尽管我曾经在海外项目实习过，但是一来时间不同，二来下凯富峡项目的生活环境确实异乎寻常地好，这在诸多海外施工项目中是没有参考价值的。

我没有什么好反悔的，不过必要的准备还是要做好。有了之前去非洲的经验，这次的准备要容易得多。国际航班每人有46公斤的行李托运额，除了日常生活用品外，还有一些公司发放的药品。听闻坦桑尼亚项目极为偏远、购物不便，因此我把剩下的空间全都塞满了各种各样的食物，其中有相当一部分是长保质期的。我还带了个电锅，以备实在吃不下食堂饭菜的时候使用。这些准备在后来被证明极为明智。

带着和人一样重的行李，我终于又踏上了前往非洲的旅途。工作的感觉与之前旅游和实习时完全不同，我不知道前方有什么样的命运在等待着我，也不知道何时能够回国。这种躁动的未知比一切好消息都更加令人着迷。我会变强大吗？我会变富有吗？我能如我所愿搞清楚我所好奇的、这个世界更深层的运转规律吗？还是一无所获地回来，让现实证明我的选择是多么的荒谬可笑与不切实际？我会健康吗，我会得上疟疾吗？我会平安归来，还是不幸地客死非洲？我不知道。此时此刻，这些也都不重要，重要的是先走，先干，干了再说。

02

斯蒂格勒峡左岸营地

SYM

我要把葡萄籽埋进热土，
然后亲吻藤蔓，摘下串串果实，
与朋友欢聚，用爱温暖他们的心，
否则我为何生活在这永恒的地球上？
当那落日在拐角处悄悄盘旋，
就让这世间的生灵一遍遍地漂流，
白色的水牛、蓝色的鹰，还有金色的鳟鱼，
否则我为何生活在这永恒的地球上？

——布拉特·奥库扎瓦《格鲁吉亚之歌》

在路上

2021 年，国际航班的数量大幅缩减，非洲也是如此。过去坦桑尼亚直飞中国的航线曾经短暂地开通过，但是受新冠疫情影响很快就关闭了，此时前往坦桑尼亚只能在其北部邻国肯尼亚的首都内罗毕转机，而且转机时间长达 12 小时。肯尼亚相比于坦桑尼亚而言发展较早，经济相对领先，内罗毕机场修建得也颇为豪华——这是中国企业的作品。

在此，我先跟大家简单地介绍一下坦桑尼亚。虽然这些资料在网络上也能找得到，但是各位读者如果对非洲不甚了解，难免会忽视一些本应关注的重点，进而影响对下文的理解。坦桑尼亚位于东非沿海，赤道以南，濒临印度洋。它的全称是“坦桑尼亚联合共和国”，之所以叫“联合”，是因为它由两个地理单元合并而成：一是坦噶尼喀，二是桑给巴尔。所谓的“坦桑”，就是在二者的词首各取一部分拼接而成。其中的坦噶尼喀，是坦桑尼亚的大陆部分，坦桑尼亚 94.5 万平方公里的总面积中的 99.7%，和 6400 万人口中的 96.9%，都属于坦噶尼喀。桑给巴尔是距离坦噶尼喀约 50 公里的海岛和周围的一些附属岛屿，虽然不大，却至关重要。1961 年年底和 1964 年年初，坦噶尼喀和桑给巴尔分别独立，从英国殖民地变成主权国家，随后在 1964 年合并成为坦桑尼亚。

坦噶尼喀与桑给巴尔的体量差距悬殊，但政治地位却相对平等，这与桑给巴尔的重要性有关。从公元 10 世纪开始，桑给巴尔就是信奉伊斯兰教的桑给帝国的重要领地，后来又成为阿曼帝国的中心城市，并在 19 世纪成为阿曼帝国的首都。因此，桑给巴尔在伊斯兰世界中始终是一个相当重要的名城。这里扼守着非洲东海岸的正中央，战略位置重要，而且是天然的深水港，适合停放大型船只。在 19 世纪以前，苏伊士运河尚未开凿，欧洲开往印度洋和远东的商船必经非洲东海岸，而桑给巴尔有纯净的饮用水和食品可作补给，这给桑给巴尔和当时的阿曼帝国带来了巨大的财富。此外，桑给巴尔还是重要的香料产地，尤其是丁香。在 19 世纪，桑给巴尔的丁香产量曾占全世界的 90%。因此在近代之前，桑给巴尔的发达程度远远领先于坦噶尼喀。由于受阿曼帝国的长期统治和复杂的人口流动，桑给巴尔岛上的居民混血程度高，肤色比坦噶尼喀人浅得多。如今，坦桑尼亚虽为一个联合的主权国家，但桑给巴尔仍然保有相当程度的自治权，有自己的总统和政府。坦桑尼亚现任国家元首，女总统萨米娅·哈桑就是桑给巴尔人，出生在奔巴岛。

正是受到长期统治这一带的阿拉伯帝国的影响，如今的坦桑尼亚文化中，伊斯兰文化仍然是一个重要的组成部分。坦噶尼喀的沿海居民中信奉伊斯兰教的比例约为45%，桑给巴尔居民则有99%信奉伊斯兰教。此外，受英国殖民者影响，坦噶尼喀的城市居民也有不少信奉基督教的。在内陆的乡村地区，人们则大都信仰非洲的原始拜物教。这种宗教信仰格局在非洲国家中极为常见，殖民者带来的伊斯兰教、基督教与非洲自有的原始宗教相互杂糅，变得不那么纯粹，变得更加温和了。我们可以通过一个人的名字粗略地判断他的宗教信仰。如果叫"阿里""易卜拉欣"，那他大概率是个穆斯林；如果叫"约瑟夫""吉姆"，那他可能就是基督徒；如果叫一些听起来不大熟悉的名字，诸如"恩达里""卡玛卢"，那他多半就是坚定的斯瓦希里"红脖子"了。坦桑尼亚的开国总统朱利叶斯·尼雷尔在国内享有崇高的声望，是20世纪60年代非洲重要的社会主义政治家，很多政治理念中都有毛泽东思想的影子。他将大中型工矿企业、贸易商行和金融机构收归国有，有计划地建立一批国营企业和准国营企业，在全国大兴基建，建立了联络印度洋海岸和港口的铁路、公路系统，并在农村大规模修建学校、饮水和医疗卫生设施。虽然在具体的经济政策执行上存在失误，但瑕不掩瑜，他为坦桑尼亚存在和发展奠定的坚实基础为坦桑尼亚人所共睹。因为曾经走过社会主义道路，加之有尼雷尔这样的伟人的凝聚和引导，坦桑尼亚人精神中的共同体建构和现代意识建立相对成功。大多数坦桑尼亚人的民族自豪感强烈，对国家有很深的认同，而且相比于其他非洲国家，他们更重视自己和家人的生活水平，愿意为自己的生活负起责任。这对我们招聘和管理当地雇员非常有利。

进入现代以来，由于坦噶尼喀是坦桑尼亚绝对的领土和人口重心，坦桑尼亚的国家发展很自然地把主要精力放在了大陆部分。坦桑尼亚地处东非大裂谷，地理和气候条件都十分适合发展农业，地下矿产资源丰富，沿海又是天然的良港，而且拥有乞力马扎罗山、塞伦盖蒂草原等国际知名的旅游胜地，在发展经济上的自然禀赋非常好。近几十年来，坦桑尼亚没有遭遇过大规模的战争，尤其没有发生内战，这使得社会财富得以积累，人民的生存难度相比于其他非洲国家要低很多。虽然时至今日坦桑尼亚仍然贫困，人均 GDP 只有 1200 美元，而且贪污腐败、行政低效的现象也难以避免，但是相比于其他非洲国家，坦桑尼亚的国家运转更加健康，基层治理有效，中央政府有权力，最重要的是国家财政有钱，不管是维持日常行政还是投资基础设施，都能拿得出真金白银来。这样的财政状况在非洲是极其难得的。非洲国家的常态是，不管采矿等资源型产业创造多少财富，都很难流入政府的手中，而是被外国垄断企业与本国大大小小的“地头蛇”瓜分——然后这些“地头蛇”再想办法移民欧美——很难用到国家建设上，百姓难以获益。

应该说，坦桑尼亚具有走向现代化的起步条件。它最终能走到哪里，我们不敢妄下定论，但至少眼下这辆车能启动、能运转、有希望，这是确定的，而且难能可贵。

我在坦桑尼亚的实际“首都”达累斯萨拉姆下飞机时，已经是当地时间晚上 8 点。我的生物钟还停留在国内，困得晕头转向。达累斯萨拉姆位于坦桑尼亚大陆部分的最东端，在斯瓦希里语中意为“平安之港”，简称达市，是坦桑尼亚最大的城市，是全国的政治、经济、文化和交通中心，也是整个东南部非洲的重要港口城市。不过如今，达累斯萨拉姆不再是坦桑尼亚的首都，为了开发广袤的内陆，坦桑尼亚的首都已经被迁到了深居内陆的多多马。

尽管名义上首都已经迁走，但是各国驻坦桑尼亚的使馆仍然位于达市，坦桑尼亚政府的高官们多数时候也是在达市办公，毕竟内陆小城的吸引力无法跟灯红酒绿的达市相提并论。夜间的达市看起来和地球上任何一个热闹的大城市一样，各种饭店、酒吧的霓虹灯闪耀不停，大街上的都市男女衣着时尚，拥挤的车流嘀嘀嗒嗒响个不停。与卢萨卡不同，达市的高楼大厦鳞次栉比，上面挂着各种大银行、跨国企业和豪华酒店的广告牌。这里的道路也不像卢萨卡那样横平竖直，而是曲折地盘踞在这些高楼大厦的周围，两旁栽种着茂盛的蓝花楹，看起来平淡又安宁；道路两旁停满了各式各样的汽车。这里看上去更像是一个繁忙拥挤的东亚或者东南亚城市，如果不考虑霓虹灯招牌上我不认识的斯瓦希里语文字和大街上行人的肤色，我感觉更像是回到了20世纪90年代的上海。尽管8月正处在坦桑尼亚的旱季，但是因为沿海、海拔低且接近赤道，达市的气候远比赞比亚更加闷热潮湿，即便夜晚也是如此。海风吹来时，咸腥的空气凝成一团，仿佛可以用手抓住。这种黏腻的潮湿感让人很不舒服，但是对于黏膜系统脆弱的我而言却极其友好。在国内的时候，每到冬春季节，天气干燥，我的鼻血就会狂流不止，嘴唇也会开裂，嗓子沙哑，眼球充血发红，看上去像是一棵干枯的死树。

到达公司的代表处时，晚餐时间早已结束，代表处的厨师给我煮了一碗饺子当晚餐。厨师是一位四川大姐，和丈夫一起来坦桑尼亚打工，她丈夫在大坝项目上做工长，她就在城里的代表处做饭，两个人赚两份工资。厨房还有一个当地女孩做帮厨，厨师大姐叫她“黑丫头”。可能是大姐手艺好，也可能是我饿了，这顿饺子异乎寻常地美味，让我担忧伙食的心多少放下来一点。公司的代表处是使馆区里一处宁静的小院，曾经是中国驻坦桑尼亚大使馆的居所，后来使馆搬走，小院几经转手，成为我们这家出海国企的前沿基地。

小院中间是三栋三层小楼，其中一栋是中国员工的宿舍，一栋是办公楼，拐角处是食堂，还有一栋是当地员工的宿舍。据说这里面还有一间是当年中国援建坦赞铁路，周总理亲自前往坦桑尼亚部署时的居所。房子很旧，是那种南方常见的“半边楼”，推开宿舍的房门就是暴露在室外的走廊。这样的建筑形式有利于通风。每到傍晚，院子中心的树上就会挂满蝙蝠，数量有三四百只，叽叽喳喳十分吵闹。它们在天上盘旋的时候就像是一群鸟在飞，仔细看才会发现蝙蝠的身体比鸟更大更薄，叫声也更尖锐。

代表处小院所处的使馆区是达累斯萨拉姆富人区的一部分，环境十分安静优雅，治安也很好。这里外国人不少，除了使馆外，还有很多像我们公司这样的跨国公司的办事处。往南不远处，就是达市最早的 CBD（中央商务区），这里遍布着银行大楼和高档酒店，每天出入的都是西装革履的商业精英人士。再往南走，是密布着高层建筑的富人区，但是建筑的形制和装饰，大街上的行人和商贩卖的商品都有很强烈的印度风格——这一带应该是印度或者巴基斯坦移民的聚居地。从代表处向东不远是一处海滩，叫作“coco beach”，这是一处免费的海滩，每天都有很多当地人在此处休闲玩耍，同时也意味着这里的治安堪忧，小偷小摸的情况时有发生。在坦桑尼亚，富裕一些的中产阶级会选择去郊外的海滨酒店享受沙滩，那里消费更高，但更安静也更安全。从代表处向北，是达市富人区的主要部分——牡蛎湾，这是一座狭长的半岛，三面环海。半岛上建筑排列得较稀疏，环境更加优雅，遍布着商业综合体，豪华的私人医院、赌场、会所以及各国风味的饭店。

虽然已经到了坦桑尼亚，但我暂时还进不了项目。我要去的项目位于达市西南方向 350 公里处的深山里的鲁菲吉河上，坝址叫作

坦桑尼亚的肉汤早餐

斯蒂格勒峡谷。这里管理非常严格，需要向工程总包、业主单位层层申请，核验进场人员的资质。对于非洲的效率我早有了解，就算派人天天去门口催，尚且要拖上十天半个月，要是不催那就更是遥遥无期，甚至干脆就被忘在脑后了。惭愧地说，在非洲待久了之后，我们这些人也逐渐沾染了这种习气，变得自由散漫，有时和国内的领导开视频会议，领导还会骂我们："你们在非洲待得太久，都被逆向属地化了！没有时间观念，做事情不靠谱儿，自己还不当回事，整天傻乐！"当然，这种散漫只是和国内的平均水平相比，在非洲，我们日常还是会被当地业主和雇员急出"高血压"的。

其实，不光是这个项目，对于绝大多数的海外施工项目而言，人员入场都是个大问题，并不是像人们想象的那样，想来就来、想走就走。对于所在国来说，中国人是外国人，一个外国人来到本国工作，势必要办理各种各样的手续，经过本国有关部门各种各样的考核与审查。到了业主那里，业主也要审核：来的这个人是不是确实有必要入场？这个岗位的人员是不是一定要从中国雇用？能不能从所在国直接雇一个当地员工？如果回答不了这些问题，人员的入场就会受阻。

总之，手续办不下来，我着急也没用，只能每天待在代表处吃吃睡睡，倒也清闲自在。我待在屋里，看看项目上的资料和照片，提前熟悉工作。我虽然拥有一个博士学位，并且有不少实习和做项目的经历，但是直到此时，我对大坝的施工还完全不了解。这一方面是由中国高等教育体系的产学研脱节导致的，另一方面是因为我懒，如果没有被逼到万不得已，就实在不想开始学。我发现，大坝的结构远比我想象的要复杂，里面有各种各样的廊道、阀门、管道，远不是一座实心混凝土山那么简单。具体情况，只能等到了项目上再去深入了解了。

眼下，唯一需要我认真对待的事情就是吃饭。幸运的是，代表处的厨师厨艺很高，每天菜品花样翻新，甚至达到了国内饭店的水平。按照我在赞比亚实习的经验，项目上的伙食应该比代表处的还要好一些——至少不会差太多。想到这里，我放松地露出了微笑。然而现实会给我狠狠地上一课，这是后话了。

磨蹭了半个多月我的手续才算办好。到了出发的日子，上午8点多，我们吃过早饭，往项目驻地进发。车子沿着柏油公路往西南方向一路行驶，很快就离开了富人区，街道开始变得肮脏凌乱起来。这里大概是达市的平民区——但还不是贫民区，街道两侧是拥挤的二三层混凝土房子，底层开着一些修车的店铺和小吃店，杂乱的电线在街角缠在一起，看起来有严重的安全隐患。街道上的小孩们穿着统一制式的校服，干净利落。街区里横七竖八地停着许多车子，看起来都有几十年的岁数，跟报废车也没什么区别了，但肯定能开——它们应该是当地居民的座驾。这里的环境虽然脏乱，但人们都很忙碌，各自都有营生，想来是可以自食其力的。车子再向前开，映入眼帘的是跟我在赞比亚看到的贫民区相似的场景：铁皮做成的“房子”比赞比亚的更加拥挤，堆积在一起形成社区，其中的道路比赞比亚的更加狭窄。这里没有电力可言，也没有任何供水或排污的痕迹，青壮年劳动力坐在街角无所事事。我们快速通过这里之后，城市戛然而止。周围的土地平旷，大片的植被还是比较原始的草地和灌木，既没有集约化耕种的大农场，也没有农民自己开垦的小块耕地。很快，车子开进了山里，柏油公路结束了，接下来80% 的路程都要在颠簸的土路上行驶。

进山之后，车子陆陆续续驶过了几个村庄，样貌都大同小异。村庄大概有几十座房屋的规模，其中最大的房屋，像是一座未完工就住了人的单层别墅，屋顶和外墙一应俱全，墙是水泥砖砌的，屋顶通常是蓝色或绿色的铁皮，但是墙面没有任何粉刷，有些地方还缺了门或者窗子。按照我在赞比亚和埃及的经验，这可能并不是没有完工，而是主人的钱不够，或者认为没有必要修建。这栋最大的房子有可能是酋长或者当地富人的居所。其余的房子中，大概有30% 是和这栋房子类似形制的，水泥砖墙加铁皮屋顶，只不过规模要小很多，它们的主人应该是这个村庄里的“中产阶层”；其余的70%，则是不折不扣的土坯房。这种土坯房与中国北方农村比较常见的那种老房子有所区别，它的结构非常简单，墙壁不厚，面积也很小，有些屋顶是用茅草搭建的，有些则是用的铁皮。有些屋檐还伸出来大约 50 厘米，用纤细的木棍做支撑。这种土坯房没有窗户（可能它的材料强度和力学结构不允许它有窗户），只有一个小小的

随处可见的菠萝蜜树

门洞可以进人，有的门洞上安装了门帘，有的则是光秃秃的。后来我有一次走进这样的土坯房，发现里面唯一的家具是一张毯子。毯子直接铺在地上，几个小孩就睡在上面，没有被子。

从功能上讲，这倒也没有不合理的地方，因为非洲人的房子相当于他们的“卧室”。人们做饭是在户外直接架锅，因此不需要一间“厨房”；厕所是在户外的旱厕，只不过不是以家庭为单位，而是以村为单位；大人交谈，孩子玩耍，都是在户外，客厅自然也就没有存在的必要了。这个小小的土坯房，仅仅是睡觉时遮风挡雨的地方。

这些村庄的周围看不到耕地，也极少有井。村落的内部和周边通常有一些巨大的果树，其中以杧果树、香蕉树、木瓜树和菠萝蜜树为主——最显眼的就是比其他树高大几倍的菠萝蜜树。这些热带果树的产量巨大，果实是当地人的重要卡路里来源。由于地处热带，坦桑尼亚的杧果、木瓜和菠萝蜜都远比我们在国内能吃到的甜得多，只有香蕉是个例外。非洲有一类香蕉，外表与正常的香蕉别无二致，但吃起来毫无味道，如同咀嚼一根长条形的死面馒头，当地人往往将这种香蕉烤熟或炸熟作为主食来吃。另有一种比香蕉更加短粗的水果叫作大蕉，吃起来酸甜爽口。我们更喜欢买大蕉来吃。

坦桑尼亚小镇上的烤肉摊

除了这些好吃的水果之外，还有一种常见但不那么好吃的水果：猴面包果。猴面包树是一种极为粗壮的大树，寿命可达数千年，有时特别巨大的猴面包树会被附近的村民视为神树。猴面包果成熟后的干燥果肉质地很像面包，是猴子的重要食物，它们时常成群结队地过来采摘，“猴面包树”由此得名。尽管长得像面包，然而猴面包果吃起来却完全不像面包。它的果肉吃起来像一种酸到倒牙的干粉，尽管营养丰富，淀粉含量高，但对于人而言却很难一次性大量食用，只能冲水来喝。指望吃猴面包果充饥不是不行，但绝对需要有特殊的口味癖好，或者坚强的意志力。

在这些村庄的路边，通常会有一些妇女贩卖本村产的水果。她们并不叫卖，而是把这些水果分门别类地堆成金字塔形，然后耐心地注视着偶尔通过的车辆。大一点的镇子中贩卖水果的妇女儿童则要主动得多，看到过往的车辆会托着盘子主动上前推销。这些村庄旁贩卖的水果极其便宜，一整颗二三十斤重的菠萝蜜只需要 2000 坦桑尼亚先令，折合人民币 6 元。为什么这么便宜？因为对村民而言，菠萝蜜的生产成本几乎为零。首先，这些菠萝蜜树不是他们种的，而是周围随处可见的普通植被，本质上就是一些巨大的杂草；其次，这些菠萝蜜树结果的过程也不需要他们花费任何成本和精力，他们不需要浇水、施肥和除草，这些大树自会结出果实；最后，这些菠萝蜜他们无论如何也吃不完，菠萝蜜树结果实的速度远比村民们消耗卡路里的速度更快。

在这些菠萝蜜的生产过程中，人类所发挥的唯一作用，就是爬上树，把它们摘下来，然后搬到路边堆成一座小金字塔。再回想起我那温带季风区老家的乡亲们在西伯利亚冷空气的淫威下苦熬过冬的场景，我不禁感慨热带对人类的恩惠与偏爱就是这样的明目张胆。

车子继续往西南方向的山林中深入，村落也变得越来越稀少，但是仍然能看到人类活动的踪迹。据司机说，这些人主要是马赛人，是东非的游牧民族，与坦桑尼亚的主体民族有所差异。包括司机本人在内的大多数坦桑尼亚人自称“斯瓦希里人”，讲斯瓦希里语，民系来源多样，但都为自己的斯瓦希里民族文化而自豪。他们

坦桑尼亚烤肉 左手边为主食烤香蕉

通常身材不高，但是结实，脸圆鼻宽，女性以胖为美。他们从事的职业五花八门，从农业、渔业、手工业到商业无所不包，是一个典型的生活在大陆上的开放民族。而马赛人则有自己的独特文化，他们普遍身形瘦高，有些成年男子甚至高达2米。他们的形象高度统一：通常是三两人一组，赶着几十头牛不紧不慢地往前走，牛群的队首站着一人领头，队尾站着一人断后，中间视情况还有一人归拢离队的牛。放牧的男人们每人手持一根一人多高的尖头木棍，这是他们的长矛。他们极少会穿廉价结实的现代服饰，而是身披马赛人特有的花纹布毯，实际是红底白条的两块布，称为“束卡”——他们认为这样的“火焰”纹饰能够吓住野兽。马赛人还有捕猎的传统，在古老的马赛文化里，每个男人必须杀死一头狮子才算成年。不过眼下这个规矩的执行显然不严格了，随着近年来坦桑尼亚的国家治理逐渐正规化，对野生动物的保护也逐渐加强，马赛人中奉行原始生活习惯的也越来越少了。他们仍然很少打工——我在工地上极少见到马赛工人，但是仍然在通过自己的方式参与外部经济循环，他们会把养的牛卖给我们换取收入。许多马赛人还从事旅游业，为游客提供民俗表演服务。

再往前走，就连马赛人也变得逐渐稀少起来。终于在中午12点半，我们到达了保护区的大门。大门突兀地设在一处旷野的中央，把这条细细的土路拦腰斩断，旁边是一片不大的土质跑道，上面停着两架大约能乘坐10人的小型飞机。这两架飞机的保养状况让人实在不敢恭维。理论上讲，可以从这里乘坐飞机进入项目园区。几个月后，我在水电站的施工园区附近探索地形，就找到了与这座机场相对应的，施工园区内部的机场。说是机场，其实就是一条铺满了砂石和非洲红土的、大致平整的跑道，旁边有一座小小的茅草凉

施工园区里的机场“航站楼”

亭，可供乘客临时坐着候机，这就是“Terminal 1”（第一航站楼）。后来又过了几个月，也许是施工高峰期的人员来往多了，加之雨季来临，降雨比较频繁，他们又在茅草凉亭旁边建了个铁皮棚子，这就是“Terminal 2”（第二航站楼）了。飞机从园区内的机场起飞，可以飞到保护区大门口，也可以直接飞到达市的机场，比坐车方便得多。但是从飞机到跑道，看上去都十分不可靠，因此除非特别紧急，我们这些中国人从来不坐这些小飞机往返，而是坚持乘车。乘坐小飞机的主要是坦桑尼亚业主单位和埃及公司的人员。

从保护区大门再深入，就是真正的无人区了，我们要再开上 2 小时才能到达施工园区的大门，然后还要再开上大约 20 分钟才能到达中方管理人员居住的营地。我以为再忍忍就到了，孰料我的入场手续又出了问题。管理禁猎区大门的人不认可业主给我开的这份证明，他们需要我提供出入园区的工作证，否则就不能进入；可是那个工作证必须等我进入项目之后才能办理，“鸡生蛋，蛋生鸡”，就把我硬生生地卡在这里。现在回想起来，他们可能只是单纯地想要索贿，但当时的我还不了解这些伎俩，只能焦急地待在炽热的大门口，跟他们没完没了地“扯皮”，然后等待业主的回话。禁猎区的大门其实只是一扇光秃秃的门，旁边并没有绵延无际的铁丝网。如果硬要从旁边的草原绕过去的话，我猜应该也可以，只是一来过一会儿我们还要通过施工区域的大门，检查时如果没有这扇大门的手续会更麻烦；二来这样做也是十分危险的，万一汽车抛锚，或者陷入泥坑里出不来，在毫无通信信号的地方很难呼叫救援，那么我们就只能给附近的狮子做加餐了。

“扯皮”一直延续到下午 4 点多，终于我们被放行了。幸好此时还不算太晚，时间刚好足够在彻底天黑之前把车开到营地。保护区里面的植被与外面差别不大，时值旱季，都是些黄绿色的杂草、灌木，穿插着一些恣意生长的热带矮树，仅有的区别是保护区里的果树少些。但是要论动物，那可就和外面完全不同了。国内只能在电视上看到的动物，在这里几乎随处可见，短短 2 小时的路程，我看到了 3 群斑马、2 群疣猪、2 群非洲野牛、5 头大象和至少 20 只

羚羊

泡在水里的河马

长颈鹿，还有难以计数的角马和羚羊。每当车子经过野生动物身旁的时候，司机穆萨都会十分知趣地把车速放慢或者停下，让车上没见过“世面”的、正在欢呼雀跃的中国人拍照。他听不懂汉语，但是能说出大多数野生动物的中文名字，同时指给我们看。车子在一片肮脏的水塘附近放慢了速度，我本不以为意，因为这只是一片不大的水塘，上面漂浮着一些密密麻麻的黑色固体。我原以为那是一些污物，直到水塘里突然冒出一只河马的头来，我才意识到那些漂在水面上的黑色固体是河马的鼻孔。定睛一看，这片不大的水塘里至少挤着几十只河马。想来因为现在是旱季，白天日照太强，大多数的水塘都已经干涸，为了避暑，防止自己的皮肤被晒坏，河马们只能挤在这一处水塘里躲避毒辣的太阳。

非洲动物们的故事远不止这些，我会在后面的章节专门讲述。现在，赶在太阳落山前的 5 分钟，车子终于到达营地。这样算下来，除了在大门口耽搁的 4 小时，在其他都完全顺利的情况下，从达市到项目要耗费整整 7 小时。来不及舒展一下僵直的身体，我和我的行李就被带到了宿舍。拿着发给我的碗筷，趁着晚饭还有剩余，我得赶紧去食堂打一份回来。

全新的人生就这样匆忙地开始了。

边疆定居点

3 年过去了，直至今天我仍然清楚地记得项目上的第一顿饭有多么糟糕。当天晚上的主菜是红烧肉炖萝卜，几乎全是肥肉，肉皮上的猪毛密密麻麻，可能根本就没有刮过；萝卜块儿都是硬心，与黏腻的猪油混在一起伴随着一股若有若无的洗洁精味，味道让人一言难尽。此外还有几道素菜，其中一道是白菜，上面还粘着黑色的不明物体，可能是没洗干净。所有的菜吃起来都是同样的味道——极咸，却没有其他香味。主食是馒头，我去打饭的时候，上面停满了苍蝇。冷静地回忆一下，我在项目上干了一年半，虽然伙食一般，但也还凑合，始终没有达到这第一顿饭的恶劣程度。我至今不明白这第一顿饭为何可以糟糕到如此地步。

宿舍的环境也十分堪忧。与下凯富峡的别墅群不同，坦桑尼亚项目上的宿舍是连排的平房，每一排有 6 个房间。屋顶是蓝色的铁皮，屋内的地面是水泥的，表面没有进行过光滑处理，更没有瓷砖，只是如毛坯房一般裸露的水泥面，好在墙壁刷了白灰，算是有点文明的气息。床是硬板床，床单和被套的材质是非常容易起静电的化纤，粘在身上让人有种难以形容的燥热感。值得庆幸的是，空调和热水器都是好的，要是没有这两样，很难想象每天三四十摄氏度的高温要如何度过。项目上的网络状况非常差，只能勉强发微信文字，一张图片要接收好一会儿，视频通话更是痴人说梦。看来，想刷短视频娱乐是做不到了。

就在这时，停电了，整个营地一团漆黑，我那盛满了猪毛红烧肉的碗还没刷。我呆呆地坐在床边，好似遭受了重大打击一般僵住了，一直到电又来了，我还是一动不动。我不是没想过坦桑尼亚项目上的环境可能会非常艰苦，但它艰苦的方向和我想的不太一样。我以为我要去的是一个艰险的前沿基地，可现实更像是来到了蒙昧落后的内陆农村。这种情绪很难用语言来形容，它不是简单的“玩砸了”“战败了”之后收拾残局、愿赌服输般的悲凉，而是带有一种造化弄人的荒诞感。这时，可能是青年男子独有的那种逆反情绪发挥了正面作用，情绪低落到了极致之后，我反而油然而生了一种莫名其妙的欣喜。我看着家徒四壁的宿舍和一片狼藉的行李，还有那碗猪毛红烧肉，恍惚间居然觉得自己很酷。从小到大，长辈的那些规训开始逐渐涌上脑海，他们是经历过苦难挫折一步步从农村爬上来的坚强的共和国支柱，而我是从小娇生惯养经不起一点风雨的

坦桑尼亚的水电站营地

软弱“趴菜”，只要受了一点挫折我就会倒地痛哭，一蹶不振。那好，现在猪毛红烧肉来了，我吃也得吃，不吃也得吃，反正我也回不去，总不能跳鲁菲吉河而死吧？没的选，那就意味着我最终一定会赢。这就像是把我绑在椅子上施加电击就能长肌肉，而不需要我在健身房主动地推这推那，天下竟有这样的好事！

回想起之前在北京的种种，迷茫、无助，对密集人口发自本能的厌恶，对人生的绝望，永无休止的同侪压力，相比起来，猪毛红烧肉这点艰苦实在不值一提。

我又振作了起来。

硬板床虽然很硌，而且经常咯吱作响，但是我在路上折腾了一天之后，睡起来仍然相当甜美。因为是平房，没有客厅走廊可言，我打开房门，一步就踏到了外面。清晨的太阳刚刚升起，空气清凉而潮湿，弥漫着淡淡的树叶味道。这座营地位于鲁菲吉河的左岸，一座小山包的顶上。营地东高西低，我的宿舍恰巧在东边的最高点，向西望去，目力所及之处只有我们这一座营地，看不到其他人类活动的踪影，只有郁郁葱葱的原始丛林。我原本以为，水电站施工的声音会嘈杂得影响营地人员的休息，看来并没有。施工场地距离营地足够远，完全听不到施工的噪声，只有隔壁埃及公司的小清真寺隐约传来晨礼的声音。看着眼前的丛林，我的心情大好，这不就是我一直以来想要追求的自然地理吗？

营地占地十余亩，东西略长，南北略短。南边是出入的大门，左右分别是医务室和保安室，东西两侧分别盖着两排宿舍。北侧自东向西分别排列着仓库、厨房和食堂的组合体，以及一个篮球场。篮球场的侧面有一排板房，以前是项目上标配的娱乐室，里面有健身房、KTV 和理发室，由于防疫要求，这些设施都被停用了，改成了中国工长的宿舍，好让大家住得松快一点。由于防疫要求，食堂也被停用，大家拿着碗筷去食堂打饭，然后回宿舍来吃。办公区位于营地的正中央，是一栋厂房式的建筑。它的中央是一个办公大厅，部门经理以下的普通员工在大厅内办公；两侧则是会议室和项目领导们的独立办公室。这些办公室说是对领导的优待，其实也只是几个独立的空房间，里面摆张桌子，有个水壶，看上去仍然家徒四壁。房间的隔音效果极差，尤其是在安静的时候，在房间里打电话宛如对着整个办公大厅广播。

早饭过后，项目部开了个短会，我刚好可以认识一下项目上的同事。我有必要在此处介绍一下本项目的组织架构。这也是一个典型的大型水电工程项目的组织架构。

项目中的“一把手”，对项目上的大小事务说了算的那个人，叫作项目经理，这也是网上给土木工程专业的学生“画大饼”时常说的“三总五项”里面的“项”。鉴于这个项目的规模巨大，项目得到了提级管理，项目经理由一位公司较高层的领导兼任。他是一位经验极为丰富的老领导，曾经担任过多个海外大型项目的项目经理。

项目经理之外，整个项目最重要的两位人物，分别是总工程师与商务经理。其中，总工程师是全项目技术系统的总负责人，这便是“三总五项”里面的“总”了。从图纸审查、施工方案、进度计划、技术交底到新技术的发掘与应用，都由总工程师负责。可以说，一个项目在物理层面能否顺利实施，主要取决于总工程师。我们这个项目的总工程师还承担着更加重大的职能，就是外交。这个项目的规模巨大，层级也多，在我们之上还有一级承包商，是埃及公司组建的联营体，再往上还有业主单位。对于我们，埃及承包商的态度显得咄咄逼人，也试图给我们挖坑设套、攫取利益，有时甚至无中生有，“虚空造牌”。在技术上，我们每一个方案的细节都有可能成为对方攻击的焦点。从纯商业的角度来看，这些做法无可厚非，利用合同尽可能地为己方争取利益本来就是他们的职责所在，不能从道德的角度去简单评判。但是在实践中，这种“饱和式攻击”实在令我们苦不堪言，直接面对这些攻击的总工程师更是责任重大。

坦桑尼亚项目的总工程师是一位经验十分丰富的精英工程师，也是接下来直接带我的师父。他是个“80后”，曾经担任过多个大型海外项目的总工程师，是公司非洲分局技术方面的新一代顶梁柱。业务能力强是一方面，更重要的是长期相处下来，我发现这位总工程师有很强的人格魅力，主要体现在他的性格极其稳定。他平时的神态和表现，让我经常不自主地联想到水豚这种动物。可能因为长期处于斗争的旋涡中心，他的脾气已经被磨砺得十分成熟稳重，我从未见过他对任何人生气，不论是业主、同事还是工人，或者因为任何事变得急躁。这在工地上实在太过罕见，在这种每天跟打仗一样的环境里泡久了之后，哪怕只是在工地上转一上午，我都要骂几句。

商务经理的重要性与总工程师难分高下。他是全项目商务合同系统的总负责人，合同的变更与索赔、风险点的控制、项目能否盈利，商务经理都是直接责任人。与总工程师一样，商务经理也需要每天直面埃及人的“饱和式攻击”，而且这些攻击方方面面都与钱挂钩，这使他承担的压力比总工程师还要大。商务经理是个“85后”，虽然年轻，却是公司非洲分局最当红的合同明星。前几年刚刚接手坦桑尼亚项目时，他才30岁出头，长得像个孩子；短短3年过去，满头乌黑的头发已经白了一半。“这都是被埃及人气的”——他这样评价自己的头发。由于年纪接近，我们在一起交流的时间更多。每次提及这两家埃及公司，他都很难控制住自己的怒火，发表无法在书中直接转述的激烈言辞。我去项目上的时候，他已经外派将近两年，正要回国休假。他出国时带了 3 双鞋，此时全都被老鼠啃了，只能每天穿拖鞋上班。

除了上述三位关键人物外，项目的管理班子还包括：生产经理，负责项目施工现场的实际指挥；安全总监，负责项目整体的安全、健康、环保工作；物资总监，主管项目的物资和设备供应；总会计师，就是项目财会系统的头头儿。其中除了总会计师率领财务系统人员常驻达市之外，其他班子成员都常驻项目上。

我本来就有些脸盲，当时大家还都戴着口罩，因此我在区分各位领导的时候遇到了一些困难，只能通过衣服的颜色来辨别。幸运的是，每个人好像都只有两三件衣服，来回换着穿，而且颜色也都十分接近，因此靠衣服认人很少出错。几个月下来，这种辨别方式很有效地呵护着我，直到和领导们都熟悉了，从没有闹出过尴尬。后来在项目上待久了，大部分的衣服都被太阳晒烂，我也开始只有两三件衣服来回换着穿。

虽然不属于班子成员，但是也拿年薪的还有以下人员。

两个副总工程师——一个是我，另一个是真正的副总工程师潘总。因为总工程师的精力几乎完全被外交占用，因此项目内部的技术工作主要由这位潘总在管。刚到项目上的时候，我每天就跟着他，逐步接手这些技术工作。为了方便我尽快熟悉业务，我被安排与潘总在同一间办公室。在接下来的一年多里，我跟着这位潘总在一起吃吃喝喝，同甘共苦，建立了深厚的友谊。

几位作业处长、副处长。他们是生产经理的副手，分管大坝、拌合站等不同作业区域的白班、夜班现场指挥。

再往下是项目机关中的各个部门，包括技术质量部、合同部、物资部、综合办等，每个部门多则三四个人，少则一个人；现场是各个工区的主任、工长。这些岗位多数为中方人员，少数由当地人员担任。

项目24小时施工。在施工现场，每个作业面在白班、夜班各由一名中国工长负责。他的手下配备2—3名当地工长或技术员，通常由坦桑尼亚的大学生担任；然后是25—50名当地工人，依据各工作面工程量的不同会增减人数。

我们公司负责施工的是大坝和引水系统。在主体结构施工期间，公司直接管理的员工有中国员工约150人、当地工人约2200人。此外，工程的引水系统分包给了另一家公司，归属于我们管理的有中国员工约200人、当地工人约1500人。因此，整个水电站项目属于我们管理的共有4000人左右，在2022年下半年的施工高峰期，总人数超过了5000人。

此外，水电站的厂房、开关站和一些次要结构，属于我们的上级埃及承包商负责。他们的人员数量——将埃及人和当地工人加在一起算——粗略估计始终不低于6000人。因此在这个巨大的施工区域内，有超过10000人同时在工作。毫无疑问，这已经成了一座小型城市。

项目管理人员，也就是坐办公室的白领的作息是这样的：每天早上7：30上班，中午12：00下班吃午饭；下午2：00上班，晚上6：00下班。晚上如果没有会议，就从7：30开始到8：30再上

1 小时班；如果开会，通常是在晚上 8：00 开始，10：00 左右结束，但不一定保准，有时议题太多，会议会拖到后半夜。项目上没有周末的概念，也没有任何中国或者当地的节假日——即使有也没有意义，因为这里距离任何可以娱乐的城镇都太远，就算休息也只能待在项目上。

现场人员分白、夜两班，白班是早 7：00 到晚 6：00，中间没有休息。因为营地距离工地还有一段距离，班车早晨 6：30 就要从营地出发，在现场工作的人员这时候就要吃完早饭登车了。中午 12：00，车子会把午饭送到工地去，吃完就要开工。夜班是晚 7：00 到早 6：00，行程与白班完全对称，午夜 12：00 左右会发一顿夜宵。前面提到，之所以安排管理人员晚上 7：30 要再上 1 小时班，就是因为此时白班人员休息，方便管理人员与白班人员对接工作。

这个作息光是听起来就让人绝望。早起晚睡暂且不论，光是“没有周末节假日”这一点，就意味着工作循环起来没有休止。休息日就算再少，哪怕两周休息一次或者一个月休息一次，对于员工来说，好歹有个盼头，也是个调整状态的机会——哪怕是台电脑，开机太久了也会变卡，也要重启一下才能恢复，更何况是人呢？唯一值得欣慰的是，上班、吃饭和睡觉都在同一个地方，所以完全不用通勤。7：30 上班，只要 7：20 起床就可以了，如果饿了就去食堂拿点吃的。

按照这个节奏，我很快就坚持不下去了。因为算是项目领导，所以基本上每一场会议我都要参加，不管是技术方面还是经营方面的，一周七天里有四五天都要开会到很晚。我本来就不是一个精力旺盛的人，身体素质相比于中位数人群还要差一些，这样的节奏如果坚持下去，我感觉命都要没了。我开始厚着脸皮迟到，上班途中如果手头没活儿也会回宿舍“带薪上厕所”，顺便回床上躺一会儿。我逐渐发现，其实大家也都没有那么“死心眼儿”。如果手头暂时没有急活儿，大家也都会回到宿舍躺会儿或者干点儿自己的事。随着我对现场工作的熟悉，我发现现场的中国工长们也是如此。他们的主要职责是指挥当地工人干活儿，既然工人们都已经按部就班地开始工作了，他们的职责也就尽到了，只需要坐在一旁抽烟，盯着工人们的工作效率和工作质量就可以了。至于当地工人的工作量，那就更不饱和了。当地工人对自己有严格的“管束”，那就是只干自己分内的工作，决不多干，凿毛工就只凿毛，搬运工就只搬运，自己的活儿干完了就坐下开始聊天。我每次去工地，每个工作面上都至少有一半的人在坐着休息。显然，生命自会找到出路。

吃了几天之后，我开始逐渐适应这个食堂的口味。其实也没有那么糟糕，准确地说，是食材非常好，只是处理得有问题，并且烹饪得太差。我原本很费解，之前在赞比亚实习的时候，食堂里只有一个中国厨师，而这边有 6 个，为什么 6 个人做的菜还不如 1 个人做得好？其中一个原因可能是没有当地帮厨，所以大大小小的活都要靠这 6 个中国厨师来干，生产力就有点跟不上；而之前在赞比亚时，一个中国大厨手下有十多个当地帮厨打下手，自然游刃有余。更重要的原因也许是中国厨师太多，他们之间或许有点“政治斗争”，导致“三个和尚没水吃”了。

中国员工的伙食标准，是每人每天 60 多元人民币。坦桑尼亚的肉不贵，而且是粮食产地，蔬菜从华人开的农场集中采买，价格应该也可控，因此我们吃的食材一直有保质保量的供应。唯一的问题是项目所在地实在太偏远，交通不便，每周只有一辆运食材的车从达市开过来，因此到了周末，现存的蔬菜就会变得十分萎蔫。这对我来说倒不是问题，因为就算是新鲜的蔬菜我也一样不爱吃，我只爱吃肉。从小到大，我吃蔬菜完全是为了维持健康，每天捏着鼻子强迫自己摄入足够量的蔬菜，因此新鲜与否对我来说毫无影响。这也有个好处，那就是既然我平等地讨厌所有蔬菜，因此也就会平等地摄入它们，也就不会因为偏食导致缺乏部分营养。

比起蔬菜，肉类因为可以冷冻，所以供应得极其充足，尤其是牛羊肉。非洲的牛和羊都比国内的要小一圈儿，肉质相比于国内的更加细嫩。这里的小羊比鸡大不了多少，味道极其鲜美，不管采用何种烹饪方式都很难做得难吃。我酷爱羊肉，只要能吃到高品质的羊肉，心情就不会太差。因此，尽管食堂的烹饪手法确实糟糕，但这些保质保量供应的牛羊肉已经足以满足我对饮食的需求。

我所在的公司总部设在河南，因此河南的同事比较多，工长绝大多数是河南人，饭食也偏向河南口味。每到周五的晚上，食堂会做一些河南特色的羊肉美食，比如羊肉汤泡饼，广受大家欢迎。这也是项目上难得的轻松时刻。按河南规矩，羊汤里除了羊肉，还要有炸丸子和豆腐。豆腐从达市拉来，辗转数日，开始腐败变酸，我通常选择不放；但是炸丸子泡进汤里非常好吃，只是因为做起来费时费力，供应有限。羊肉倒是敞开供应。

比较糟糕的情况是遇到吃猪肉，尤其是猪蹄。在国外留过学或者生活过的朋友们应该都有经验，或许是因为养殖过程中没有经过阉割，国外的猪肉都有一股浓烈的骚臭味儿，不管怎么处理都很难去除。更糟糕的是，一年半以来，食堂没有一次是能够把猪蹄上的毛处理干净的。坚硬的猪毛不是在犄角旮旯处残存几根，而是遍布猪的皮肤，让人无处下口。或许是中国工长们更偏爱肥肉，食堂每次做猪肉都是以肥肉为主。热的红烧肉相对还好，但是每到周三晚上，食堂都会做凉的白切猪肉，这种做法完美地保留了猪肉的原始风味，配合冰冷的凝固油脂，味道令人很难忘怀。

每周六晚上是规定的放餐时间，这一天会给员工们做几个好菜，也会发啤酒和饮料。有时是酱大骨头，有时是卤牛肉，有时是炸鱼，此外还有几个小菜，每次不同，只有花生米雷打不动——这是给员工们下酒用的。按照惯例，周六晚上是不必加班的，通常也不会安排会议（这或许算个休息？），员工们可以三三两两聚在一起，喝些小酒，缓解一周的疲惫。至于白酒，理论上没有供应，但实际上，项目上的管理也不能太不近人情。项目地处深山老林，平时根本就没有任何机会外出，有些工长在项目上一待就是2年多，连大门都没出过。在施工现场每天工作12小时，一周7天，要是再不让人喝点酒，精神崩溃是迟早的事情。

最让我们这些年轻员工崩溃的是周日晚上的伙食。不管前面6天的菜系如何变化，周日晚上的伙食从来没有变过——糊涂面。这是一种把挂面长时间熬煮成糊状的食物，面条与汤烂在一起，无法用筷子挑动，只能端起碗来喝。从营养学上讲，这跟喝一碗浓糖水基本可以画等号，相当于用大铁锤疯狂地“敲打”胰岛。每到周日晚饭前，我和潘总都会在办公室里唉声叹气。周日的晚上是周例会，我和潘总要管现场的进度和技术，是不能缺席的，因此也没有时间可以自己捣鼓点吃的，只能硬着头皮去喝糊涂面。我一直认为糊涂面是食堂懒得做饭而糊弄我们的集大成之作，殊不知到了2022年年底，我正准备回国休假，食堂举行了一次全体投票，让员工们投票淘汰最不爱吃的菜。结果糊涂面被高票保留了下来！原来，那些现场的工长老师傅们最爱的食物就是糊涂面。在工地上累了一天之后，热腾腾地喝一碗糊涂面，在急剧升高的血糖冲击下迷迷糊糊，迅速入睡，这是他们很享受的生活方式。看来在这件事上，是我错怪食堂了。

虽然食堂的伙食质量让人难以恭维，但我必须指出的是，在这个项目上，领导没有小灶，一直吃着和普通员工完全一样的伙食。除了仅有的几次必要的对外接待，没有其他任何例外。在食堂外面的屋檐下，摆了几张用木制混凝土模板和钢筋拼接成的小桌子和板凳，项目班子的几位领导每天就坐在这里吃饭，员工们来来往往打饭都能看到。这种粗暴而真诚的公平，让员工们对伙食的抱怨降到了最低。

我来到项目上是在9月初。此时坦桑尼亚的东南部正处于旱季。这里每年6—11月是旱季，相对凉爽一些，几乎不下雨。草木的色调略有枯黄，但都活着，与温带季风区冬季树木完全凋零的状态是不同的。由于没有降雨的影响，这段时间也是我们的施工高峰期。从11月开始进入雨季。首先是小雨季，从11月到来年1月，虽然有时下雨，但是通常并不大，也不太影响施工。到1月下旬，降雨量会稍稍缩减，随后迅速增加，从2月到5月是大雨季。这段时间经常暴雨滂沱，施工会受到严重的影响，有时连续几天都只能停工。

相比于大多数中国人生活的东亚季风区，坦桑尼亚气候的可预测性实在太强了。在国内，尤其是春秋两季，我们经常遭遇短时间内的快速升温或者降温，有时前一天还艳阳高照，大家都穿着半袖，第二天突然就降了霜，地里的庄稼都冻死了。坦桑尼亚几乎不会出现上述情形，这里的天气极度稳定，尤其是在旱季。在八九月份，我经常能看到手机上的天气预报显示未来连续 14 天的天气都完全相同：每天都是晴天，同时每天的最高温度和最低温度也完全相同——21 到 35 摄氏度。事实证明天气预报并没有骗人，莫说 14 天，甚至连续两个月每天的天气和气温都完全相同也并不稀奇。难怪这里的土地如此高产，相比起来，东亚的太阳简直就是邪恶的“后妈”。即使到了雨季，只要不是大雨季下雨最狠的那段时间，每天的天气也很容易预测，通常是下午下雨，到晚饭前后停，偶尔会提前或者推迟一点。

这种可预测的天气对人而言自然是相对舒适的，但不幸的是，对于其他动物而言也很舒适，尤其是昆虫。我的黏膜系统不好，因此素来喜湿不喜干，但坦桑尼亚的雨季扎扎实实地给我上了一课。坦桑尼亚的昆虫们在旱季时相对比较收敛，因为缺水，蚊虫都不活跃；但是到了雨季，这些乱七八糟的虫子就都出来了。其中最凶险的是蚊子，因为会传播疟疾。在非洲，国内生产的各种花露水、驱蚊液都毫无用处，对蚊子来说仅仅是给食物上喷了点“调料”。在这里我们使用的是一种味道十分浓烈的驱蚊水，或者用驱蚊蜡烛，这些驱蚊产品在国内买不到，据说是因为药剂浓度太高，对人体有一定的伤害，不符合国内的规范要求。显然，要是没有疟疾，我们也不需要通过这种“杀敌一千，自损八百”的办法来灭蚊。这些驱蚊药剂还要搭配蚊帐使用，才能最大限度地降低被蚊子叮咬的概率，但仍然无法避免。

其次让人讨厌的昆虫，是一种坦桑尼亚的蝈蝈或者蛐蛐，我从未见过它的真容。但是一到 11 月，可能是感受到了空气的潮湿，这些昆虫就会逐渐苏醒，开始叫唤。它们的叫声跟国内的蛐蛐还不一样，极其尖锐刺耳，而且声音特别大，最要命的是我找不到它们的方位。从声音上辨别，这些蛐蛐应该不是待在外面的树上，而是躲在墙壁的缝隙里。我举着杀虫剂，往所有的缝隙里仔仔细细地喷一遍，能让蛐蛐安静大约 5 分钟，但是没过多一会儿，它们可能是从杀虫剂的药劲儿中缓过来了，又会恢复这种尖锐的吼叫声。这些蛐蛐几乎逼得我精神崩溃，虽然它们并不直接伤害人，但经常折磨得大伙无法入睡——即使是在工地上累了一天之后。

除此之外，还有一种叫作隐翅虫的昆虫。这种昆虫非常小，甚至比体形最小的蚊子还小很多。有时它在人身上咬一口，你只会觉得微微有些痒，顺手一抓，这时灾难就来了。小小的隐翅虫的肚子里藏了非常“给劲”的毒素，你的手和所有接触到隐翅虫体液的皮肤都会被腐蚀，火辣辣地疼，随后开始溃烂。到项目后的第一个雨季，我就不幸遭遇了一次隐翅虫的攻击。当时我只觉得肚子上微微发痒，就隔着衣服蹭了一下，没想到蹭过的那块皮肤开始剧痛无比。我毫不知情地把手伸进去摸，拿出来时手指上的毒液又不小心蹭到了腰。这下好了，梅开二度。水疱经过了一周多的疼痛才消肿，直到现在我的肚子上还留有一块硬币大小的疤痕，腰上也有几块若有若无的水疱痕迹。我的同事们身上或多或少都有一些隐翅虫或者红火蚁叮咬后留下的疤痕。这些细小的毒虫没办法防范，因为非洲的各种蚊虫很多，绝大多数无毒无害，隐翅虫只是其中体形偏小、特征不明显，且并不十分多见的一种。你不可能用防范隐翅虫的标准去防范所有蚊虫。而当某天隐翅虫掺杂在小虫群里袭击你的时候，你也根本没办法敏锐地甄别到它然后妥善处理，只能无意识地顺手一摸，然后留下一串疤。

除了这些对人的健康有危害的昆虫外，还有一种相对无害，但是更加烦人的昆虫，那就是苍蝇。非洲的苍蝇极多，即使是在卫生条件很好的高档餐厅中也是如此。因为苍蝇的密度与大环境整体的卫生水平有关，环境中的脏东西多就会滋生大量的苍蝇。在一个整体卫生条件不良的环境中，即使局部是干净的，苍蝇也仍然会迁移过来。在非洲就是这样，每次在户外吃饭，都会有几十上百只苍蝇迎面扑来跟我抢饭吃，它们在我身上的撞击甚至能够形成一定的“压强”。我很快从刚开始的反感，进化到后面的无能为力，最终则是适应和无视。我甚至会一边跟它们共同进餐一边想，要是有个机械设备可以把这些苍蝇收集起来喂鸡，那么这样饲养的鸡一定好吃极了。

不过还是那句话，生命自会找到出路，自然也自会形成平衡。具体到昆虫这件事上，我们还有克制它的手段，那就是壁虎。刚开始看到宿舍的墙上爬着壁虎，而且是好几只的时候，我的内心还是有些紧张的。因为首先我来自中国北方，本来就没见过几只壁虎；其次它们长得格外绿，又带有花纹，与国内的壁虎不同，说不定会有毒。但是后来，我发现它们会吃蚊子，这让我肃然起敬。既然能吃蚊子，那就是朋友了。面对屋子里的壁虎们，一种安全感在我心里油然而生。

除了昆虫外，还有一种重要的动物，深入工地生活的方方面面，那就是老鼠。经过一年多的观察，我把项目上的老鼠分为四个等级。第四等的老鼠是宿舍里的老鼠，它们的块头小，只有大约半个手掌长，还没有我在赞比亚吃的巨型小龙虾大。它们平时的主要活动就是在屋顶和天花板之间的空间里乱跑，“叮叮咣咣”吵得人睡不着觉。偶尔，它们也会顺着厕所的地漏潜入屋内，偷吃屋里的食物。后来，我每天都在屋里放一个粘鼠板，不管是放在床底下、沙发底下，还是厕所地漏旁边，我总能得逞，总计抓了十多只。迄今为止，我在与宿舍老鼠的搏斗中保持着全胜的战绩。

第三等的老鼠是办公室中的老鼠。这些老鼠的体形要比宿舍的老鼠大上两三倍，和我的手掌大小接近。它们经常攻击办公室里的各种木制桌子、柜子和纸张，威胁文档安全，更重要的是对办公室里的女同事们造成了严重的心理摧残。项目上的一百多名中国人里，有不到十位女同事，其中大部分都在合同部，归商务经理管。有一天晚上，我们正在会议室里开会，只听到办公室方向传来一声尖锐的惨叫。项目经理探着头往外看，试图找到惨叫的源头。商务经理头都没抬："没事儿，老鼠。继续开会吧。"我的办公室里也常年放着粘鼠板，与宿舍一样，无一败绩。只是办公室的老鼠硕大，粘在粘鼠板上还能拖着倒扣的粘鼠板跑上十几米，直到粘鼠板粘在地上。

第二等的老鼠是食堂仓库里的老鼠。这一等级的老鼠个头之大在国内很难看到，比办公室里的老鼠还要大一倍。我有时去后厨拿菜，就看见老鼠站在菜架子上，一边吃东西一边盯着我看。它们见到人根本不躲，听同事说，惹急了它们还会袭击人。

食堂的老鼠大一些可以理解，毕竟营养好，但食堂的老鼠并不是最大的。第一等的，也是最大的老鼠，是钢筋加工场的老鼠，比食堂的老鼠还要大一圈儿，甚至大得有些不像老鼠了。我至今也想不通钢筋加工场的老鼠是吃了什么才长得那么大的，难道是焊条和钢筋？或许它们有其他效率更高的觅食渠道，也就不必吃人类的残羹剩饭了。

营地的老鼠为什么这么多？因为缺乏天敌。其实老鼠的问题很好解决，只要多养几只猫，老鼠的数量就能被控制在很低的范围内，而且不会影响人的生活。但是，我们被严格禁止带猫进入营地，因为项目位于保护区里面，如果从外面带入保护区内原来没有的动物，属于“生物入侵”，会对当地生态造成破坏。我不禁产生了疑惑：老鼠本来也不是保护区内的物种，也是跟随着人类活动无意中被带进来的，没有天敌的老鼠对保护区生态也有破坏，为什么老鼠的活动就不算“生物入侵”呢？他们的解释是，老鼠随着人类的入场而进入保护区，本身不是人类的主观行为，而是一种自然的过程，是人类干涉不了的，就算对保护区造成了破坏也没有办法；但是人类不能干涉这种结果，如果干涉了就是人为造成“生物入侵”。

他们的解释非常合理，我没有再追问下去。除了动物不能带进来之外，植物也不能带。在海外的工程项目中，中国人习惯在营地里种些蔬菜水果，或是花花草草，这些在本营地内被一概禁止。也有人偷着种了西瓜，并且成功地没被管理人员发现，但是在成熟前的几天被狒狒吃了，还扔了一地的西瓜皮。种瓜人的精神之崩溃可想而知。不过，后来我们在水果采购中增加了西瓜这一项，算是弥补了大家对西瓜的渴望。

工业化是一个充满悖论的过程，往往涉及资源的自我循环。比如要想发电，首先却需要有电。我们的项目就是一座水电站，修建它的原因就是坦桑尼亚极度缺电；可是修建水电站的过程却需要投入大量的电力。现场作业的各种施工机械，砂石的开采运输，混凝土的生产，没有电一秒钟都运转不下去。还有营地里这一万多人，每天的日常生活都要用电。国内外的一些大型水电项目，因为工程量巨大，施工人员众多，位置又偏远，整个项目从开工到发电要十多年之久，项目用电是个问题。他们会选择先在上游建个小水电站，用它发的电来支持大水电站的施工。等大水电站建好，小水电站也该到使用寿命了，直接拆除、蓄水、淹没。那么建小水电站用的电怎么办？小水电站工程量小，一年就建完了，可以买几台柴油发电机来供电。我很好奇，如果水利条件确实方便，会不会先安装个更加简易的水轮机用着，从而形成一种水电工程“套娃”？可惜我没有查到这样的先例，通常水电工程“套娃”到了两层就结束了。

项目的工期非常紧张，而且鲁菲吉河上游的水利条件也不适合修建小水电站，所以水电站“套娃”这条路是行不通的。项目施工和营地生活所用的电，是从城里接进来的系统电。坦桑尼亚的电力原本就极度紧张，输电线路的质量也堪忧，因此断电是常有的事，每天断上十回八回的实属正常。我们的会议时间大部分是在晚上，这也是最容易断电的时候，有时候技术人员正在对着大屏幕上的图纸或者 PPT（演示文稿）“激情”演讲，或者领导正在“激情”训人，突然断电了，会议室里一片漆黑，场面十分尴尬。好在人的适应能力是无穷的，后来，我们已经掌握了摸黑开会的能力，突如其来的黑暗甚至不会打断讲话人的输出。我们会对着漆黑一片的大屏幕继续发表自己的技术观点，领导也会继续摸黑训人，大家的工作仍然能够有条不紊而又迅捷高效地推进下去。

比较要命的是，生活用水是靠水泵输送的，一旦断电，连水也用不了，所有的生活服务一概停止。我有一台简易的洗衣机，它的最短设定时间就是 13 分钟。有一天，营地上连续发生停电，而任意两次停电的间隔都不到 13 分钟，每次洗衣机停了就要去手动操作重新开始。反复几次之后，我感觉这“锅”衣服好像永远也洗不完了。这还不算什么，洗澡的时候突然断电才是最让人绝望的。一方面，身上满是泡沫，既出不去，也穿不了衣服；另一方面，停水了，也没法继续洗下去；更重要的是，此时漆黑一片，即使走出去也会摔倒。假如这时候正好脸上有泡沫，这些泡沫就会逐渐渗入眼睛，令眼球剧痛，而你却无能为力，因为没有水。后来我已经养成了习惯，洗澡之前先准备一盆水摆在旁边，一旦停水，我至少可以先把脸冲干净，免得被洗发水“攻击”眼睛。

除了水、电时断时续之外，项目上的网络也是时断时续的，再回想起“卡”了我一整天的保护区大门和坑坑洼洼的土路，这项目的“四通一平”真是一个都没干明白。项目上用的可能是卫星信号，极其不稳定，有时连续两三天都没有网络，我们与外界彻底失联。即使网络状态好的时候，网速也只够支撑发图片，视频通话是不可能的。在项目上待得时间长了，心情不好，想要给家里父母打个电话，但是卡顿的信号往往让人几分钟都说不清楚一句完整的话。我把一句话说了七八次，对方还在反复地问我上一个问题。我被剥夺了说话的权利，又着急，又心疼父母，心情变得更加苦闷。

更加令我难过的是北京冬奥会的那段日子。我的朋友们全都在看冬奥会，他们在朋友圈里欢呼雀跃，直播赛事，我能刷出他们的文字，却打不开照片。大家都说开幕式好看，我想上网找个开幕式的录播，即使是最低清晰度的，花几天下载下来也可以，但是这些资源十有八九是在我点击十几分钟之后才打开，然后告诉我境外 IP 地址（网际协议地址）无法观看。好不容易找到一个能下载的资源，却因为网速太慢，每次都下载失败。看着朋友圈的狂欢，那种强烈的被主流社会抛弃的悲戚感油然而生。它深深地烙印在我的记忆深处，难以忘怀。

环境的艰苦如同沼泽深处冰冷的泥水，悄无声息地渗透到生活的每一个角落，覆盖你的每一处毛孔。每个困难都并不大，假如单独出现，你都可以轻易地克服。但是当许多个这样的困难相互掺杂耦合，覆盖你的全身，那种感觉就会像是你在沼泽中行走。你把腿从深深的泥坑中拔出，只是为了迈进下一处泥坑当中，循环往复。

大雨季到来，降雨变得迅猛且没有规律。1月末的一天深夜，暴雨突然降临，随后成为常态。雨水砸在铁皮屋顶上，在房间内形成共鸣，发出如同炮弹爆炸般震耳欲聋的声响。我被雨声惊醒，转头看向我媳妇，她也醒了，嘴在动，显然是在说些什么，但我完全听不到。她凑到我耳边，扯着嗓子喊了两句，我听明白了，是在抱怨，也是在好奇，雨水砸到屋顶的声音为什么可以这么大。我摇摇头，与她四目相对，她也摇摇头，露出一种疲惫至极、恼火至极，但又有些钦佩的神情。疲惫是因为正值深夜，恼火和钦佩则是因为这大得离谱的雨。

我们被暴雨剥夺了听觉，只能呆呆地望向天花板。多年前，我们两口子在嫩江边的烧烤摊上相识。她去找她的闺蜜，我去找我的朋友，我们就这样坐在了同一张桌上。被震耳欲聋的暴雨惊醒的那一瞬，她准能想起与我相识的那天夜晚。这位酒场名媛伶牙俐齿，向我频频举杯，还不知道前方是怎样的命运在等待着她。

在我们共同生活的若干年中，她曾经多次表达过对我无趣的大学生活的鄙夷，认为我这样的“做题家”毫无青春可言，并轻蔑地将我的前女友们一概指斥为“做题家”，跟我一样没有青春。她的大学是在哈尔滨读的，在她看来，一名标准的中国大学生的夜晚应该这样度过。大伙聚在一起，首先是一顿以各种特色熘炒菜为主的东北菜晚宴，健康而养生。大家先拘谨地喝上几瓶，但不会喝醉，这叫第一悠。接下来要前往洗浴中心休息一下，洗个澡，然后上二楼，借着不大的酒劲儿聊聊天、打打牌，在汗蒸房里出出汗，这是第二悠。等到9点多，晚饭已经被消化得差不多时，就要出去吃烤串了。一顿烤串过后，大家的醉酒程度会从30%左右提高到80%，部分不够“深沉”的浮躁青年已经喝得七扭八歪。你以为这就结束了？不，这只是第三悠。接下来大家还要去KTV唱上一个通宵，一边唱歌一边还要再喝，这是第四悠。但快乐的青春之夜仍然没有结束。天亮了，唱了一夜的好朋友们还要找一家粥铺，踏踏实实地坐下吃一顿早餐暖暖胃，这样的一夜才算圆满。

我每每听得入迷，恨不得抽自己几巴掌。或许我人生的一切悲剧都来自题做得太多。要是当年少考个百十来分，也在哈尔滨随便找个大学上，每天和“狐朋狗友”们吃吃喝喝，我的青春无疑会快乐得多，人生也会少了很多毫无意义的烦恼。

我媳妇的家境和我类似，也来自一个衣食无忧的家庭，从小娇生惯养，没有什么“苦大仇深”的经历，更不相信什么“胜天半子”。她和我一样厌恶大城市浑浑噩噩的生活，只不过这种创伤心理的源头从北京换成了上海。在上海读研和工作时，因为情商高、会做人，她得到过许多称赞，只不过这种称赞的方式是夸她“像个上海人，不像个东北人”。她感到一种特别深刻的悲凉。假如一切努力的终点只是为了去做某种文明社会的皈依者，那还不如保有一份野蛮的骄傲踏上流亡的旅途。赶紧带我走吧，只要能离开，去哪儿都行。

只是流浪的路一旦踏上，就要接受流浪的一切。不管你为流浪做过多少准备，当你踏上旅程的那一刻，准备永远是不足的。盯着发出震耳欲聋声响的天花板时，后悔和不后悔都已经不可能带来任何一丁点儿的改变，只能啧啧称赞这雨声。第二天才知道，我们的屋顶已经给了我们最大的温柔和保护，因为就在当夜，另一座营地中有一间房子的屋顶被大风掀翻，屋里的人在睡梦中直接被大雨浇醒。幸运的是，没有人受到身体上的伤害，但我相信，半夜突然间睁眼看到房顶没了，瓢泼的大雨砸在自己身上，这样的心理冲击应该至少配得上两个疗程的心理疏导。

我骂北京是监狱物价体系的回旋镖结结实实地扎在了我自己身上，因为非洲的中国超市绝对是如假包换的监狱物价体系：花高价购买质量低劣的过期食品，而且没的选。由于生活习惯的巨大差异，身在海外，尤其是身在非洲的中国人会有很多只有中国商品才能满足的需求，尤其是饮食需求。比如想吃火锅，而火锅底料在非洲当地的商店中是绝无任何可能买得到的，加钱也买不到，这时就有了中国超市的生存空间。坦桑尼亚的华人数量不多，仅有的几家中国超市都在达市。我们的项目距离达市有 7 小时车程，怎么在中国超市买东西呢？针对项目上的巨大客户群，超市老板建了微信群，每天在群里发货品照片，让项目上的员工们在群里下单，微信转账给老板。老板会按照订单装箱，在箱子上写好每个人的名字，然后在每周的厨房采购车从达市前往项目驻地时装上车带回项目上。

在达市，我曾经前往这些中国超市买过东西。应该这么说，黑龙江省最偏远的镇子里的小卖部的货品都比这些中国超市全。这些中国超市的货品价格是国内同类商品零售价格的 3—10 倍不等。最受欢迎的是瓜子、泡面等速食品、老干妈辣酱，这些食品一来保质期长，动辄半年到一年；二来同质性好，各个品牌的口味差得不多，不容易“踩雷”；三来即使稍微过期也可以吃。但是那些肉制品，像香肠、卤肉之类的，需要冷藏保存，容易腐败变质，而且各个品牌的味道吃起来有明显差异，大伙就不太敢买。一个一直令我困惑的问题是，不管是在国内多么“烂大街”的食品，在这里都有可能断货，而且一断就是几个月。2021 年年底，袋装酸辣粉断货了 2 个月，当时急得潘总直跺脚；2022 年，塑封包装的火腿肠断货了半年，我十分不解，这种保质期超长、质量低劣的淀粉肠究竟是如何断的货呢？

除了货品不全且昂贵外，这些超市出售的货物还存在品牌知名度不高、临期等问题。无论如何，我们这些海外务工人员也没有别的选择，这几家超市在中国食品供应上处于完全垄断地位，他们的货品再差，我们也不可能去邻国采购，只能接受他们给定的价格和质量。后来随着我去过的非洲国家逐渐增多，我发现，在一些华人较多的国家，中国超市的数量更多，竞争也更激烈，货品的质量就会有所提高，价格也会降低不少——即使这些国家的物流成本远高于坦桑尼亚，甚至地理位置根本不沿海。

饮食监狱化的“锅”倒也并不完全来自奸商，有些问题确实要归咎于运输过程本身。除了从中国进口食品外，一些商店也会按照中国人的口味烘焙面包。这些面包的原料完全来自坦桑尼亚当地，只是模仿了中国面包房的口味和做法。作为一个适应中国都市生活的典型东亚女性，我媳妇显然是这种面包房的常客。面包房把面包做好，再等着蔬菜车将它们运来项目上，这个过程至少要两三天。新鲜是不敢指望的，但是至少可以解馋。有一天下午，她的面包如往常一样被送到仓库，她取来后发现，面包“被搬运的人不慎抠了个洞”。这个洞从外面包装的纸壳箱子穿透到包裹面包的塑料袋，一直深入面包内部。她觉得很不卫生，本想把这一块扔掉。但是“被人抠到的那一块”正好是一块密集的红豆馅。她实在舍不得这块红豆馅，于是狠下心来，还是把这块面包吃了。

中午我从工地回来，听了她的描述，越想越觉得不对劲。首先，外卖的纸壳箱子十分坚硬，人的手指应该没有那么大的力量把它戳穿，更不太可能进一步戳穿里面的塑料袋。其次，我仔细地检视了这个纸箱，发现漏洞的边缘是锯齿形的，是一个光秃秃的洞。假如是被人抠破的，那至少要有一块被手指按压下去的纸壳与箱子藕断丝连。塑料袋也是一样。

我想到了恐怖的事情。她的面包恐怕不是被搬运工用手抠破的，而是被老鼠啃穿的。为什么“被按压的那一块恰好红豆馅很多”，是因为老鼠也爱吃红豆。听到我的分析，她吓得面如菜色，但是很快就恢复了平静。是的，事情是明摆着的。如果被包装得严严实实的面包都被老鼠啃了，那这一车敞着箱的、我们接下来要吃一周的蔬菜又会被老鼠啃成什么样？我们每次去厨房，不是都能见到几只理直气壮地盯着我们看的老鼠吗？说白了，我们每天吃的菜，都是老鼠吃剩的，厨师会把老鼠啃过的地方剜下去扔掉吗？显然绝无可能。我们平时强迫自己不去想老鼠，仅仅是在自欺欺人罢了。

想到这里，她“恶狠狠”地把剩下的那一半面包也吃了，反正比食堂的饭菜干净，更比食堂的饭菜好吃。

随着我在项目上混得越来越熟，我也开始逐渐探索如何尽可能地提高一点生活质量。大约在我到项目上一个月的时候，食堂菜系的难吃程度突破了我忍耐的极限，偏巧隔壁宿舍的女孩在包子馅里吃到了一只苍蝇。在这样的环境里，饭菜上落了苍蝇实在算不得什么，要是这点苦也吃不了那就别来非洲赚钱了；但是包子馅里吃出了苍蝇，问题的性质好像就变了。这苍蝇是怎么死的，又是怎么被包进了馅里，关于这件事的想象空间大得令人绝望。我饿得发昏，在院子里踱步，偏巧质量部经理刚从工地上加班验仓回来。他比我大不了几岁，见我闲着没事，兴冲冲地拉着我想要聊会儿天，骂骂难管的工长和“脑子里有坑”的承包商质检员。晚上 9 点多了，他还没吃晚饭，食堂早就没饭了。但这难不倒他，他带我进了厨房后面的仓库，如同进了自家储藏室一样挑拣起来。他拿了鸡蛋，从冰柜里拿了肉，拣了几样看起来还算新鲜，而且上面没有老鼠牙印的蔬菜。这些还不算，他又打开一扇隐蔽的小门，从里面拿了一罐橄榄菜，甚至顺了一瓶红星二锅头。

我有点诧异，这样明目张胆的“零元购”真的没问题吗？他大大咧咧地拍了拍我的肩膀：“这有啥的？这大晚上的，我不自己做饭，难道饿着？项目上采购这些东西，不就是给员工吃的嘛！要么他做好了给我吃，要么我自己做着吃，我自己做饭，还省得食堂做了，四舍五入相当于我在给项目省钱。只要我没有拿出去卖掉换成钱，自己吃有什么问题？这项目都算不错了，好歹还有厨师。以前我干的项目小，连厨师都没有，都是员工自己做饭。”

我后来也经历了需要自己做饭的项目。那时的我已然见多识广，这些小事不会再让我一惊一乍了。但在那时，我还是有点心虚的。我鼓起勇气打开冰柜，也想学着老哥“零元购”一把。可惜那冰柜实在太冷，肉都大块地冻在一起。我拿起一坨鸡胸肉，这一坨足有 10 公斤重，几十块鸡胸肉被整个冻在了一起。我正束手无策时，走过来一位厨师，看我盯着这一坨冰疙瘩发愁，很快就明白了我的动机。“你闪开，”他说着，举起这个大冰坨往脏兮兮的地上狠狠一摔，大冰坨立刻碎成了几个小冰坨。他从中挑了一块递给我，大概包含三四块鸡胸肉。

我用带来的电锅第一次在宿舍里开了火。从那之后，每次食堂再做离谱菜系，我都要去“零元购”一番，回宿舍自己做点儿吃。一年下来，我的厨艺突飞猛进。

事实上，每当我抱怨项目上生活的种种艰苦时，内心都会陷入一种很深的愧疚。这种愧疚既不是来自某件事或者某几件事中我的表现不够好，也不是来自我本人因达不到某种道德要求而感到的歉意，而是来自这种“艰苦标准”客观存在的巨大差异所带给我的内心震撼。

2023年年初，我回国休假时，在酒桌上与父母的朋友们讲起非洲项目上的种种往事。考虑到酒桌上的欢快氛围，我隐去了部分真实情况，只讲了些“小趣闻”，就足以让饭桌上这些经常说教我们“没吃过苦”的长辈沉默了。这些长辈是20世纪80年代的大学生，在80年代末到90年代初毕业参加工作。应该这么说：假如跟改革开放前他们在农村度过的童年相比，我在非洲项目上的生活确实要好一点，毕竟他们的童年生活经常连饭都吃不饱。但是从80年代末参加工作的那一刻开始算起，他们就再也没吃过像我在非洲工作时所吃的那么多的苦。他们一边在嘴上钦佩，“小曹能吃苦，堪当中国新一代年轻人之楷模”；一边也难免在背后议论，“小曹这一番沽名钓誉恐怕是有点玩大了，这份苦已经大到了有点没必要的程度”。至于和同龄人去比，那就更加没有可比性了。在城市里工作的同学自不必说，即使是那些参加公务员选调，然后被派驻到贫困村庄去驻村的同学，他们在村里的生活也比我强得多。至少他们有网络、水电和铺装道路，没有疟疾攻击，进县城买点东西也很容易，不必吃过期半年的零食，也不至跟家里通个电话信号还断断续续，一句话要分三回说。

假如完全以他们的生活作为参考系，那我的抱怨没有任何愧疚可言，我可以理直气壮地跟他们描绘我吃过的苦，我饭碗里的每一只死苍蝇、每一颗老鼠屎都是我的“军功章”，我就是这一代年轻人的杰出代表，拥有钢铁般意志的共产党员。可是，如果换个参考系去比呢？

在我们项目上的100多名中国员工里，大概有1/3是像我这样的管理人员，包括项目领导、年轻的工程师、在项目机关工作的人员（其中还有相当一部分是女员工）等。在我们这些人当中，有些人是年轻的知识分子，成长在物质富裕的年代；有些人是已经有了一定社会地位的管理者，级别不低，而且收入可观。当我们与身边的圈子横向比较时，必然能感受到非洲生活环境的极度艰苦。在国内，哪怕是过得最惨的朋友，在衣、食、住、行这些生活体验上都比我们好得多，更不必说人类作为一种社会动物，本来就有变换环境、寻找社交的需求，长期封闭的工地生活给人造成的心理压力非常大。说白了，大家都是冲着海外工作的高工资，才愿意咬紧牙关来非洲的工地上吃几年苦。一旦攒够了钱，还完了贷款，大家都急不可待地回国，“老婆、孩子、热炕头”去了，很少有人会对非洲的生活有什么留恋。

但是，另外的2/3，也就是那些中国工长，则完全是另一番境况。这些工长的年龄大都在40岁以上，经验丰富且吃苦耐劳，我们这些年轻的工程师习惯于叫他们“老师傅”。在非洲，他们是工长，每个人手下管着几十号当地工人，他们只要负责指挥工人就可以。但是在国内的工地上，他们有一个更加耳熟能详的名字：农民工。他们在国内的工地上过的是怎样的生活？我想，即使是从未接触过土木工程行业的人也都有所耳闻。农民工住的是钢板房，每间房里住着8个人，一栋楼的人共用几间浴室和厕所。这还是比较正规的工地才有的条件，有些不正规的工地上工人们甚至睡大通铺。他们每天要在工地上扎扎实实地干上12小时，中间几乎没有休息时间。因为是计件承包，多劳多得，所以即使让他们休息，他们也不会去休息，而是抓紧多干一点。他们吃的是大烩菜，菜里面倒是有些肉，但不是所有的包工头都会给他们准备像样的好肉，大多时候是“血脖肉”“淋巴肉”。

到了海外，他们住的是有独立卫浴的四人间，有些条件好的项目，比如我们这样的项目，甚至还有双人间和单人间，房子也是砖房而不是板房。在工地上，他们不用亲自干活儿，不用在混凝土仓号（一次浇筑混凝土的空间）的钢筋笼里扭曲着身体一天十几小时地劳动。到了吃饭的时候，每顿是两荤两素四个菜，肉都是新鲜的好肉，而且不限量，只要你吃得下、不浪费，可以随便吃。当我们还在挑剔这锅肉腥不腥、膻不膻、上面有没有猪毛的时候，在人家老师傅们看来，这是逢年过节才吃得上的上等吃食！

至于谈到在国外背井离乡的问题，细想下，他们在国内又何尝不是背井离乡呢？不妨去问问深圳工地上的那些农民工，他们一年到头能回几次家，又能有几次离开工地，去城市里体验一把都市生活？同样都是一年到头奔波在外，同样是被封闭在工地里与世隔绝，那还不如选择吃得好、住得好、干活轻松赚得又多的海外项目！对这些工人师傅而言，海外项目已经是求之不得的好机会，是挤破头甚至托人找关系也想要来的地方。而同样甚至更好的待遇和生活，我们却拿来抱怨不休，甚至当个猎奇经历去讲述，还自夸是“当代青年的杰出代表”，不觉得心虚吗？这不就像是当年那些写出“伤痕文学”的知青，农村已经拿出了所能拿出的最好的条件给他们，但在他们眼里这一切都只不过是拿来哭哭啼啼的“伤痕”。这个世界的分配体系对于一部分人而言实在太过不公，这些客观条件的艰苦给我身体上造成的不适感越强烈，我内心的愧疚感就越深，进而也就越觉得没有资格去抱怨。

这还仅仅是中国人内部的差异。如果我们站得更高一点，把当地的坦桑尼亚居民也纳入考量，那么人与人之间生活质量的差距就更加触目惊心了。当地普通工人的月工资折合人民币大约2000元——在坦桑尼亚无疑属于高薪。我经常要到当地工人的营地巡视，他们是10人一间，厕所和淋浴室在宿舍外面，这种条件已经远远超出了当地一般要求的上限，属于高标准营地。营地里有人卖饭、卖生活用品，还有一些上不得台面的、我作为管理者很难知道也无能为力的东西。他们的主食是Ugali（其实和恩西玛是同一种东西，浓稠的玉米面糊糊，只是在斯瓦希里语中叫法不同），配上一些豆汤和菜泥，这就是他们的一餐，卖3元。如果加上一两片肉或者一条鱼，就可以卖到6元，这就算是一顿好饭了。

这些建筑工人每月的收入，相当于当地很多人一年的收入。或者说，坦桑尼亚这个国家的大多数人，根本就没有任何稳定的收入来源。依靠着村庄附近的水果和原始粗放的农业种植，以及外国援助的一些食品、衣物之类，他们确实可以吃得饱，地处热带的人们也不用担心受冻的问题。但是这些生活保障都是非货币化的，他们能够获得现金的渠道几乎没有。要想获得现金，要么有足够的农业剩余可以拿出去卖，要么有一份工作可以赚取薪金，可对于大多数人而言，这两种机会都十分稀缺。当我们还在抱怨经常停电、洗澡不方便、网络信号不好时，大多数坦桑尼亚人生活的村庄根本就没有上下水和电力，也没有网络信号。他们根本洗不上澡，还谈什么方便不方便？

当然，我不是一个极端的进步主义者，或者叫什么“工业党”。我并不认为现代化的都市生活就一定比田野生活更好，也不认为人就一定要在钢筋水泥丛林的“鸽子笼”里过着千篇一律的生活才是进步的。恰恰相反，正是因为厌恶这种千篇一律、复制粘贴的生活，我才逃离了大城市来到非洲。但是，这一切的前提是，人应当拥有选择的自由，应该得到基本的知识和信息，得到基本的现代生活所必备的基础设施供应。在此之上，才谈得上选择一种你所喜欢的生活方式。对于一群连最基本的电力、上下水和网络都无法接触到的人，对于一群连自己有没有艾滋病都不知道的人，你去和他们谈“不同的生活方式”，谈“选择的自由”，那是多么可笑！在基本的现代生活要素都无法满足的时候，妄谈“人的自由”，无异于企图把人驯化成动物园里的猴子，给那些故作怜悯的现代人一个发泄自己居高临下的优越感的出口。

我感到一种隐隐的使命感，这种使命感不仅高于自己那些娇里娇气的对物质生活的要求，也高于我作为一个小知识分子的“小确幸”式的求知欲。相比于“豆腐干与花生米同嚼有火腿味”，这个世界上真正值得也必须被弄懂的事情浩如烟海。诚然我们不可能在短时间内“毕其功于一役”地解决这个世界上的主要矛盾，但这不是我们放任其自流的理由。在“一夜之间建成共产主义”和彻底“躺平”之间，我们至少还有一万件事情可以做。

怕什么真理无穷，进一寸有一寸的欢喜。

大坝，大坝

需要着重跟各位读者强调的是，我是去非洲工作的，更准确地说，是上班。因此，不论生活上的种种琐事给我造成了多大困扰，它们终究都只是琐事，是生活中极小的一部分。同各位一样，占据我绝大部分精力的是工作，或者更准确地说，是大坝的建设。①

一条河流从高处流向低处，奔涌入海，水的重力势能会随着河道的坡降逐步转化为动能，这些动能在与河岸的摩擦中逐渐耗散，变成内能，无法为人类所用。如果我们用一座大坝将河道拦截起来，河的上游水位就会比下游水位高得多，形成一座水库。这时，我们将被抬高的上游接上"管子"，再连接一台水轮机通往低矮的下游，那么在上游河水的高压下，水轮机就会被推动旋转起来，从而发电。水的力量被水轮机一次性地消耗，在下游无力地流出，继续向前缓缓流动。这就是大部分河川枢纽电站的工作原理。

显然，大坝本身并不能发电，它只是将水位抬高，真正可以发电的是由这根"管子"连接的水轮机。在少数情况下，如果河流的水流量大，但是水位不高，那么这根"管子"和水轮机就可以直接藏在大坝底下，给人的感觉就是大坝直接在发电，称为"河床式厂房"。但在多数情况下，输水的"管子"和水轮机会被埋在更加坚实、受力也更加简单的大坝两岸的山体里，与大坝分开布置，称为"河

① 鉴于本书并不属于技术类书籍，它的受众也并不是专业的水利工程师，为了让读者能够对海外施工有更加直观的了解，首先我会尽可能地用通俗化的语言来描述水电站的工作原理，以及项目的建设过程。此部分内容可能相对枯燥，对技术内容不感兴趣的读者可以跳过这部分内容，从第113页开始阅读。

岸式厂房”。此时，大坝的功能就仅仅是把水壅高，把水的重力势能累积起来。

通常我们在电视新闻上看到的水从大坝中剧烈地喷涌而出的视频，事实上并不是水电站在发电。可想而知，水力发电是将水的重力势能转化为电能，发电之后，被剥夺了能量的水流速非常缓慢。水从大坝上喷涌而出，其实是大坝在进行泄洪。当上游来的水太多，水库装不下了，或者水电站附近遇到危险，不敢装太多水的时候，就需要迅速将水泄掉。此时，指望水轮机一点一点发电就太慢了，需要更大排量的通道来泄水，这就是大坝上的溢洪道和各种孔。未经发电就直接泄出的水拥有巨大的能量，很容易把大坝和周围的山体冲击得七零八落。因此，必须精确地计算泄流通道的形状，还要在大坝后方修建消力池等结构，让水的能量可以妥善地耗散掉，不致造成破坏。这是大坝设计中的关键点。

水电是一种受到广泛欢迎的发电途径。发达国家基本上都是优先将本国的水能发电资源全部开发完后，剩下的发电缺口再通过火电、核电、风光电等来弥补。为什么水电如此受欢迎？主要有以下几点原因。

第一，最核心的原因在于，电是一种很难被储存的资源，只要被发出来，就得被直接用掉，如果没用掉就必须被废弃，不仅白白被浪费，而且会对电网造成伤害。可是大多数发电方式却并不听人类指挥，不能按照人的需求“召之即来，挥之即去”。比如太阳能发电，白天有太阳的时候就能发电，晚上太阳落山就没办法发电了，阴天下雨也不能发电；风电，有风就有电，风停了就没有电了。火电虽然供应稳定，但一旦点火发电，最好就一直运转，不能经常开关。不管用不用电，用电多还是用电少，火电都会以一个相对稳定的输出来供应电力。水电则不同，发电是靠水轮机的转动实现的。水轮机的开关相对于其他发电装置而言比较容易，想发电时就多开几台，不想发电时就少开几台，水就先存在水库里，等到需要发电的时候再用。虽然电很难储存，但是水容易储存，一座水库就像一块巨大的电池，可以按照人们的需求来取用。当然，现实中水轮机的开关也并非那么简单，但相比于其他发电途径，水电的灵活程度是最高的。

第二，比起其他发电途径，水电更加廉价。诚然，水电的前期建设成本非常高，而且耗时长，工程复杂。但是一旦建成后，后期的运营成本就低得惊人。火力发电需要源源不断的煤炭或者天然气供应，核电需要核燃料供应，这些都意味着源源不断的成本；而光伏和风电设备本身的寿命相对较短，容易损坏，后期的维护费用较高。水电则不然，上游的来水是自然界水循环的正常结果，一分钱不花；水力发电本身又不消耗水，只是取走水的能量；水电站平时的运营费用基本上等于操控管理水电站的人员工资。水电站所需的零件寿命都很长，水轮机可以用三五十年，而重力坝本质上是座石头山，它的理论寿命有 100 多年，实际寿命恐怕要用地质学单位衡量。因此，水电站后期的维护大修成本均摊下来也不高。

第三，除了发电外，水电站往往还兼具其他功能，包括防洪、灌溉、供水等。水电站通常都会配套一座水库，水库的大小不等，有些比较小，只能调节当日的来水，这叫作“日调节水库”。在此之上，还有月调节、年调节和多年调节水库，调节能力逐渐增强。一座多年调节水库可以在洪水到来时多蓄水，然后在接下来的若干干旱年份里逐渐释放，让下游的供水始终保持在差不多的水平。这些成本都被涵盖在同一座水利枢纽当中，不需要进行太多的额外投入。从某种意义上讲，水电站建设很接近于“毕其功于一役”的理想模型。

当然，现实中水电站的管理、运行和维护也并不是分文不花的，而且水电也并非“有百利而无一害”的“白莲花”。它也有缺点，比如会影响河流中的鱼类生态。而且，水电站的选址和规划设计都应当进行科学合理的论证，未经统一规划就随意私自修建的小水电站往往对自然环境破坏巨大，而且安全性堪忧，因此各国都对私建小水电站有严格的处罚。此外，水电是很依赖自然禀赋的，要有大流量、高落差的河流才有充足的水能，如果干旱缺水，就没有水能，自然也谈不上利用。但是相比于其他发电方式，水力发电的优点更多，缺点更少，而且相对可控，故而广受各国欢迎。之所以我们如今很少听说发达国家投资水利建设，恰恰是因为水利工程和水力发电的投入产出比太好，发达国家早在几十年前就已经把国内能修的水利工程都修完了，能发的电都发出来了。现在中国还在追赶中。

正是因为水电的这些优良特质，当落后国家开始发展电力时，水电站往往成为首选。撒哈拉以南的非洲水能资源充足，目前的开发程度不及总储量的3%，正是可以大干一番的好时候。当然在现实中，非洲的水能资源开发远不如想象中的那么如火如荼，而是一直不温不火。究其原因，在于水电站早期建设阶段的高投入和长工期。

要修建一座水电站，首先需要选择合适的位置。地质条件要好，不然大坝建不结实；要考虑到不能影响上下游其他水电站的运转；形成的水库封闭性要好，不能这里修了大坝，水从另一个地方改道流走了。水电站本身的形式也要进行详细的设计，需要考虑的技术细节极为复杂。漫长的论证与设计周期结束后，进入施工阶段，还不能急着建大坝，而是要先在河流旁边开出一条导流洞或者导流渠，让河水先从那边流走；再在坝址上下游修建围堰，让坝址处逐渐干燥，这样才能开始修建大坝。同时，还要开始修建从上游接水的“管子”和接到水后供水轮机运转发电的厂房。这条“管子”实际上是一条或一组宽达数米甚至十数米，长达数百米甚至数公里的引水隧道，还要配套许多复杂的结构和闸门。至于大坝，也并不是一个简单的实心混凝土块。它的内部有很多廊道，还有很多的泄水孔和闸门，有的负责排水，有的负责排上游淤积的泥沙。大坝表面和内部所用的混凝土也不同。等到所有这些结构都建完，还要炸掉围堰，封堵导流洞，让水库逐渐蓄水，待水库的水位蓄到一定高度时，才能开始发电。

根据水电站的规模不同，上述全过程要耗时几年至几十年不等，耗资几亿元至几千亿元不等。诚然，这座水电站只要建成就会成为一台“印钞机”，但是在建设它的这段时间里，是没有任何产出的，只会源源不断地花钱。一个典型的非洲国家，首先政府财政根本就没有这项预算；就算有，国家的决策者也未必愿意用这笔钱来修水电站。等水电站建好，他们这代人早就不掌权了，红利只留给后人，他们什么好处都得不到，还不如干一些投资小、回报快的事情。

更何况，很多非洲国家还轮不到考虑这一步，因为他们甚至没有能力维持这十来年的和平稳定。水电站今年开工建设，过了三五年，大坝刚建了一半，大选就开始了，失败方不接受选举结果，开始起兵谋反，全国打成一团，人们基本的生命安全尚且不得保障，哪里还顾得上水电站建设？莫说是没建好，就算是建好的水电站也禁不住炸药的威力。

因此，虽然非洲的水能资源丰富，但是能真正把水电站建起来的国家还是凤毛麟角。当前撒哈拉以南的非洲可以正常使用的大型水电站中，一大部分是在 20 世纪中叶西方殖民统治时期修建的，有些年久失修，缺乏维护，发电效能大不如前。还有一部分则是进入 21 世纪，一些非洲国家的社会和财政状况渐趋稳定后，由中国或是其他国家的承包商修建的，比较典型的是我于 2018 年实习的那座赞比亚的水电站。除此之外，最具代表性的就是我目前工作的这座坦桑尼亚的水电站了。

2021 年 9 月大坝上游方向的景色

前面提到，水电站具有前期投入巨大、建设周期长的特点，一般的非洲国家难以负担这笔高昂的建设投资。因此，通常情况下，非洲国家都会通过跟国际上的银行贷款的方式来筹措资金。待水电站建成后，再用水电站的盈利还贷。这样的方式可以有效地降低前期的资金压力，但是申请贷款本身并不容易，银行往往会担忧非洲国家后期的还贷能力。很多项目就这样拖延下去了，拖着拖着就没下文了。

现在，坦桑尼亚的这座水电站却是由坦桑尼亚政府自筹资金建设的。换言之，坦桑尼亚政府是把本国的日常税收、卖资源的收入以及旅游业等财政收入攒起来，共攒了 20 多亿美元来修这座水电站的。当然，这个过程中难免会有许多不尽如人意的地方，但仅凭这一点，就能看出坦桑尼亚领先于其他一般非洲国家的地方了。我所在的这家中国企业，仅仅是作为其中一家承包商参与水电站的施工，提供工程必需的技术和施工组织，从坦桑尼亚政府那里赚取工程款，是一种非常简单的商业合作模式。

这座水电站的总装机容量超过2000兆瓦，相当于赞比亚下凯富峡水电站的3倍。建成后，它将成为撒哈拉以南非洲规模最大的水电站，并将坦桑尼亚全国的总发电量翻一倍。可见，这座水电站是坦桑尼亚当之无愧的举国工程，是坦桑尼亚的“三峡”。这座水电站的建成将会给坦桑尼亚带来以下几个改变。

一是坦桑尼亚现有电力短缺的情况将会得到根本性转变。新水电站足以满足坦桑尼亚全国的电力需求，并且还能有剩余，经常停电的现象将得到缓解。而且，坦桑尼亚国内的各项工业设施的运转会更加顺畅，停电造成的损失会大幅减小。

二是坦桑尼亚现有的发电设施会被解放出来。这些现有的发电设施一直处于满负荷运转的状态，长期得不到合理的检修。有些发电站的技术早已落后，发电效率极低，污染严重，需要拆除重建；有些则需要停运大修。新水电站建成并接入电网后，这些工作就可以开始了。

三是这座水电站的建成将给坦桑尼亚带来5—10年的窗口期，让坦桑尼亚可以在不缺电的情况下从容不迫地发展用电工业，同时新建其他发电站。不缺电将使坦桑尼亚吸引工业投资的能力显著增强，这些新的工业投资将为坦桑尼亚创造更多的就业岗位，并带来更多的税收。

四是这座水电站本身可以带来大量的资金收入，尤其是富余电力的出口可以为坦桑尼亚赚取外汇。这些增加的资金收入可以帮助坦桑尼亚的经济进入良性循环。当进行新的基础设施投资时，可以不必将税收定得过高，从而降低税收对国家经济活力的伤害。

除此之外，这座水电站的建成还会给流域内的气候、生态、农牧业、旅游业带来正面影响。这座水电站所处的地理环境极佳，只需在几个关键位置略做封堵，上游就是一个天然的巨大库盆，蓄满水后的库容能够达到 300 亿立方米，可以容纳整整两年的洪峰，水域面积达到上千平方公里。这么大的湖泊已经足以对当地的微气候造成改变，把此地变成一个全年都很湿润的生态乐园，同时下游数万平方公里的土地也将不再受干旱和洪涝的困扰，成为鱼米之乡。我们完全可以说，这座水电站就是坦桑尼亚步入国家良性发展循环的开关。只要它能顺利建成，坦桑尼亚后面的路一定会越走越宽。不过，要想打开它，却需要坦桑尼亚全国付出巨大的代价。在水电站建设期间，坦桑尼亚全国的税收都很高，超市里的各种进口商品都很昂贵，一根梦龙雪糕要卖到人民币 30 多元。一些零食，包装袋上明明印着“1 ￡”（1 英镑），可是按实际标价换算成英镑要 4 英镑。可见，达市的富裕市民承担了相当一部分水电站的建设成本。在水电站建设期间，坦桑尼亚政府的各项财政开支也都会受到限制，国内其他建设项目也会被迫放缓。说到底，这是一项举坦桑尼亚全国之力进行的伟大工程，它必须成功，不能失败。

我们公司负责的是前期导流洞、大坝以及引水系统部分的施工。我进场的时候，前期导流洞已经完成，河水从旁边的导流洞流过，大坝处河床的水已经排干，可以进行大坝施工了。此时，大坝刚刚施工完了基底，还看不出大坝的形状，上面种种复杂的廊道和泄水的孔道、阀门更是没影儿，大坝下游用于泄掉水流冲击力、保护河床的消力池连挖都还没有挖完，更谈不上开始建设了。如果不是专业人员，只看照片的话，是很难认出这一条长长的大坑将来会成为一座大坝的。

坦桑尼亚的这座大坝是一座碾压混凝土重力坝。简单来说，这是一种很常见的大坝形式，能够在成本、安全性和施工效率之间达到平衡。常见的大坝形式分为重力坝和拱坝，其中，拱坝的设计和施工难度相对高一些，它就像是把一座拱桥给放倒了，向上游方向拱起。上游的水压压在拱坝上，压力通过特殊的拱形结构被传导到两岸坚硬的基岩上，十分坚固。著名的白鹤滩大坝就属于拱坝。重力坝的原理比拱坝简单得多，本质上就是一座近乎实心的坚硬混凝土山，靠着自己的重力坐在那里，把水牢牢地挡在上游。

大坝的主体部分是由一种干硬的混凝土制成的。与我们常见的、泥状的混凝土不同，它看起来就像是一堆砂土，松松散散。被运送到浇筑地点后，需要用推土机将其推平，再用碾车反复碾压，使其逐渐变得坚实，待硬化后就形成了大坝的主体。这种碾压混凝土结构大概占了大坝总体积的80%，在大坝表面，洪水可能流过的地方，我们还要施工一层更加坚硬、耐冲刷的钢筋混凝土来承接水流的冲击。

大坝的建设，总共要用140多万立方米的碾压混凝土和40多万立方米的常态混凝土，这么大量的混凝土是不可能直接从市场上买到的，它已经超出了坦桑尼亚全国的混凝土生产能力，因此我们在大坝坝址的旁边建设了一座硕大无朋的混凝土生产基地，专门为大坝供料。这座混凝土生产基地的规模相当于10座中等规模的商品混凝土搅拌站，它的混凝土生产能力可以满足中国一座普通地级市日常建设的需求，同时吞噬着相当于中国一个镇的生活用电量。

大坝混凝土的生产，需要3种粒径不同的石子，2种粒径不同的砂子，水泥、火山灰、水以及几种外加剂。石子和砂子这样的大宗材料无从采购，我们必须自己生产。大坝的体积相当于一座小山，开采出一座大坝所需的砂石骨料也就意味着要削平一座小山。我们在大坝的上游选择了一处地质条件比较好的场地，布置成了采石场，从这里开采石头用来生产施工所需的砂石骨料。之所以要把采石场布置在上游，是因为这里无论如何也要成为水库蓄水之后的淹没区，破坏地表建造采石场不会对蓄水后的生态环境造成影响，只会扩大一点水库的库容。这些开采出来的石料先被倒入一个破碎系统，然后经过复杂的传送带和筛分系统进行分离，不同粒径的砂石被分离成不同的堆，不满足任何粒径要求的废料也单独堆成一堆，用于铺设施工中的临时道路。后续混凝土生产时，复杂的传送体系会从这些不同粒径的骨料堆中自动称量下料，然后运输到拌合楼进行拌合。除了采石场外，大坝基础的开挖过程中也会产生许多废弃的石料。这些废弃石料如果强度合格，也会被拉到骨料生产线上生产砂石。只要规划合理，开挖和骨料生产这两件事就被合并成了一件事，既免去花钱、花人力处理多余的挖方，又免得从采石场花钱、花人力去开采骨料。没有中间商赚差价，节约了成本。

骨料可以自己生产，但是水泥就只能对外采购了。坦桑尼亚全国有两家具有一定规模的水泥供应商，它们的产能加起来恰好可以满足我们修建这座水电站的水泥需求，但要同时供应其他工程的需求就有些捉襟见肘了。最后，还是坦桑尼亚政府出面，动用行政力量，要求这两家水泥厂优先保供水电站的建设。可想而知，在大坝施工高峰期的这两年，坦桑尼亚国内的其他建设项目会受到多大的影响。

至于火山灰，则是一种具有坦桑尼亚特色的建筑材料，它的功能是降低混凝土的温升，降低大坝开裂的风险。通常情况下，混凝土中起到这个作用的掺合料不是火山灰，而是粉煤灰。从本质上讲，粉煤灰和雾霾基本上就是同一种东西。粉煤灰就是燃煤电厂排放的烟尘，通过烟囱里的静电收集器被收集起来，装袋贩售。这是一种深灰色粉末，长得跟水泥很相似，具有不错的化学活性，在混凝土工业中被广泛使用。然而，坦桑尼亚全国甚至都没有几家像样的燃煤电站，哪里来的粉煤灰呢？要是从国外进口，最近的粉煤灰生产国还在南非，运过来的费用又是一笔天文数字。然而，坦桑尼亚虽然没有很多燃煤电站，却有火山。在坦桑尼亚的许多地方都有火山喷发后留下的厚厚的火山灰。火山灰与粉煤灰的形成原理十分接近，化学活性也类似。经过试验验证后，我们决定把这些火山灰拿来替代粉煤灰。

至于各式各样的化学外加剂，实在没有办法，我们就只能从国外采购了。距离坦桑尼亚最近的，拥有工业能力的国家就是南非。这个国家虽然持续衰退了30年，但是“瘦死的骆驼比马大”，它的工业基础仍然是其他非洲国家所无法望其项背的。能在南非买的东西，我们都尽量在南非买。如果南非也没有，我们就只能漂洋过海，从中国进口了。

除了生产混凝土所用的各种原材料之外，建造水电站还需要数不清的其他各种材料、零件和机械。坦桑尼亚工业基础极为薄弱，稍微复杂的零件都要从国外进口，其中相当一部分来自中国。当今，大多数的工业品要么只有中国才有，其他国家根本没有；要么

大坝碾压混凝土施工

只有中国的才有商业价值，其他国家的价格会贵上几倍，质量还更差。这是工业生产的规模效应所决定的。

但是有一样材料比较特殊，那就是钢筋。为了保护本国钢铁工业，坦桑尼亚政府要求我们必须采购国内生产的钢筋，不能从国外进口，为此可以给我们免税待遇作为补偿。钢筋属于大宗材料，工程上的用量大，而且技术含量相对低，坦桑尼亚政府在钢筋的供给上采取产业保护政策是合理的。但问题是，坦桑尼亚的技术水平着实达不到要求，钢筋的质量不尽如人意，在正常使用的情况下还能达标，一到焊接时就不行了。为了保障质量，我们只能费工、费力、费材料地多采取了许多补偿手段，总账算下来，免税的福利也没有那么诱人了。

把这些材料运进施工现场是一个大课题。首先是受防疫政策

被洪水冲垮的道路

影响，国际海运本就不太通畅，从国外采购的货品要完成生产、清关、运输，往往需要数月甚至半年时间，这意味着我们必须精准地预估自己6个月以后需要用什么。但是现实中，工程的情况瞬息万变，我们很难精准预测未来一段时间的需求，这就造成工程所需材料在很多时候会捉襟见肘。有些关键的材料或者设备不到位，活儿就干不下去，几千人都被这一道关键工序堵着，那真是“叫天天不应，叫地地不灵”，哭都找不到调儿。未雨绸缪对项目经理的统筹协调能力要求极高。早在大坝正式开始施工的前一年（那会儿我还在北京读博），项目上就已经开始默默囤积水泥和火山灰；在项目进行中，我也经常看到项目经理布置一些我看不懂的工作和采购，直到半年后谜底才会揭晓，这些准备工作会在我们急需的时候恰好到位。我想，这些游刃有余的背后一定是过去几十年不知道多少个急得直拍大腿的夜晚所积累出的经验。隔壁建厂房的埃及人就没有这样的经验，他们经常会突然被一道工序堵住，手忙脚乱很多天。

除了国际运输外，坦桑尼亚国内运输也是个大问题。我们的项目地处深山老林，哪怕是小车也要开上 7 小时的土路，更别说运送物资的大车了。即使在旱季路况最好的时候，这些泥头车也要开上一整天才能进场。到了雨季，这些土路变得更难通行，运输车辆时常会陷入烂泥里，一天一夜都到不了项目上。一辆瘫痪的泥头车还会阻塞交通，让其他车辆也难以通行。有时候雨下得太大，公路彻底被阻断，项目的对外物资运输就完全断绝了。就算我们提前一整年开始囤积水泥和火山灰，到 2022 年 2 月，在雨季的疯狂打击下，这些大宗建材的储备还是见了底。一旦材料供应断了，施工就要被迫停止，再想恢复施工就要经历至少半个月的清理和准备工作，这些工期就被白白耽误了，每耽误一天就是数百万元的损失。

这时，是坦赞铁路救了我们。没错，就是大家熟知的那条坦赞铁路。这是一条贯通东非和中南非的交通大干线，修建于 20 世纪

正在卸下火山灰的坦赞铁路 Fuga 站

70 年代。它东起坦桑尼亚沿海的首都达累斯萨拉姆，西到赞比亚中部的卡皮里姆波希，全长 1860.5 公里。为建设这条铁路，中国政府提供无息贷款 9.88 亿元，共发运各种设备材料近 100 万吨，先后派遣工程技术人员近 5.6 万人次，高峰时期在现场施工的中国员工多达 1.6 万人。这是一条真正由中国援建的铁路，它不是市场经济的产物，而是完全来自那个特殊年代里纯粹且真挚的国际主义精神。建设坦赞铁路的初衷，是帮助深居内陆的、刚刚独立的赞比亚把铜矿运到出海口，换取宝贵的国家发展资金。坦赞铁路的建成，有力地缓解了赞比亚经济受到英国殖民地罗德西亚（今津巴布韦）和南非的钳制，带来了宝贵的收入，为这个新生的国家奠定了几十年和平安宁的基础。

近年来，关于“坦赞铁路已被废弃”的传闻甚嚣尘上，我必须澄清，这不是真的。如今的坦赞铁路尽管面临管理不力、运行效率低等诸多问题，但是并未停运。它如果真停运了，我们这座大坝恐怕再拖延一年也建不完。我们的水电站旁边 20 公里处，就是坦赞铁路的 Fuga 站；我们施工所用的火山灰的产地，恰恰位于坦桑尼亚和赞比亚边境的 Mpemba 站附近。成千上万吨的火山灰就是在 Mpemba 站装上火车运到 Fuga 站，再在 Fuga 站卸到普通卡车上转运到施工现场的。尽管坦赞铁路无论是设计标准还是维护状况都无法与国内的货运铁路相提并论，运输和装卸的效率也不高，但即使是再低效的铁路运输，运量也远非公路交通可比。每一趟列车运过来的火山灰都足够我们在施工高峰期用上一周有余。除了火山灰，工地上用的水泥也可以从达市通过坦赞铁路运送过来。在入场土路被暴雨冲断的日子里，这条铁路就是我们唯一的指望。

我曾经仔细观察过这座 Fuga 站。它看起来与国内 20 世纪 70 年

坦赞铁路的枕木

代修建的任何一座小型区间站别无二致，只是一间小小的平房，没有封闭站台。铁路的枕木是用混凝土做的，上面板板正正地印着清晰的“中华人民共和国制”。小站的通信信号不好，为了进行火车的调度，Fuga 站的站长会爬到树上去接收信号，与火车司机和接货的卡车队伍沟通。他是一个与水电站建设毫无关系的铁路系统职工，但是他知道，这座水电站的建设与他的生活密切相关，因为这是他的国家倾尽全力的举国工程。

后来我去达市，专程去了一次位于达市郊外的中国专家公墓。公墓是一片宽阔翠绿的草地，在蓝天的映衬下显得格外宁静幽美，生机勃勃，完全没有墓地惯有的阴森感。在坦赞铁路建设期间，共有 65 位中国专家献出了生命。公墓门口的中国专家墓志铭上写道：“为此献身的中国专家义薄云天，虽死犹生。长江为之高歌，乞力

坦赞铁路中国专家公墓

马扎罗山为之仰颂。用鲜血与生命铸成的中非友谊万古长青。”

望着由坦赞铁路运来的一车车水泥和火山灰，整个项目从项目经理到物资部的调度员，无不如释重负，笑逐颜开。铁路的工程师已经长眠他乡，工程师的铁路还在庇佑着他们的后人。

我在项目上的具体工作，其实并不是什么“高大上”的内容。恰恰相反，这些工作很可能比坐在北京的机关里在 A4 纸上“雕花”还要琐碎。为了让读者更身临其境地了解海外项目上的生活，我不妨简单讲讲自己在项目上每天都干些什么。

首先是排施工计划。简单地说，一个项目可以分解成 100 项工作，假如一项接着一项干，需要 100 年才能干完。但是我们如果对工程有更深刻的了解，就会发现一些工作可以同时进行，每天同时干5项工作，20年就能干完。我们如果进一步优化计划，对一些工作未雨绸缪，使之不必被衔接于另一项工作之后，而是可以适度提前，那么我们可以做到每天同时干10件工作，10年就能干完了。有的时候，按照正常的逻辑关系，要完成准备工作可能需要2000个人干6个月；可是后面的工作却只需要200个人干2个月，然后再来1000个人干2个月。这样总共要干10个月，总计14400个人月的工时，但人员总不可能不用时就全部辞退，过两个月要用时再重新招。设备如果不用，也只能闲置在那里吃灰。闲置的人力和设备也一样要消耗成本。通过优化调整工序，我可以做到始终雇用1440人，一共也用10个月把活儿干完。虽然总工时没变，总工期也没变，但是人力和设备的成本却大大降低了。

听起来，这应该是一件早在施工开始之前就做好的事情。然而现实中并不是这样。我们确实有总工程师早在施工初期就编好的施工计划，而且还有好几个版本，但是随着施工的进行，这些计划早就失去了参考意义。水电站属于巨型工程，内部的工序极为复杂，与在城市里简单盖栋楼不是一码事。随着施工的进行，工程结构的设计会不断地发生变更和优化，施工顺序也会调整。很多在建造初期没有考虑到的施工逻辑关系，到了实际建造的阶段也会不断地浮现，给施工造成压力。还有很多工序在设计的时候没感觉很复杂，但是施工过程中才发现非常难做。随着施工逐渐展开，原本粗糙的设计还会逐渐细化，这些细化结构的建造也要被排进计划里。

因此，所谓排施工计划，绝不仅是排一张巨大的表，然后在接下来的几年里严格按表施工。我要排剩余工程计划，从年度计划、月计划到周计划；要排粗略的总体计划，还要排详细的分部分项工程计划。这是一项看似使用计算机进行，本质上却和中世纪无甚差异的工作，但是没有办法，这项工作极其重要，而且无法避免。如今虽然号称是AI（人工智能）的年代，但现实中的AI只能轻而易举地代替一名博士去做设计和计算，却很难代替一名工人去把钢筋装好，代替一名清洁工去把厕所刷干净。在未来可以预见的若干年内，这些人类社会中最基础的工作仍很难被机器代替。我们必须依靠这些计划去管理现场的工长，给他们制定目标，发放奖金；也必须依靠这些计划去推断项目可能完成的时间，从而适当地增加或者减少资源的投入；还需要根据施工计划中的逻辑关系去调整施工方案，尽可能避免因为一项关键工作卡住全局的情况。要想保证施工计划合理有效，就必须对现场相当熟悉，经常泡在工地。到了项目后期，我基本上已经可以做到在工地上遛达一圈，就能估算出现有这些工作面多久能够完成——说实话，这算不得什么本事，真正的核心技术是如何有效地通过奖罚激励工人，让他们比我预想的更快完成，而我并不掌握这门核心技术。

除了排施工计划外，我的另一项主要工作是制订各式各样的技术方案。一座大坝上，乱七八糟的“零件”实在太多，这里一个孔，那里一个阀门，每一个“零件”的规模都相当于一座建筑。这个部分要怎么建造，电从哪儿接，人从哪儿进，需要搭设哪些辅助设施，要安排多少人力、多少资源，有哪些需要注意的事项，如何保障安全，都需要提前安排。说白了，这项工作没有太高的技术含量，但是想要考虑周全并不容易，需要有丰富的“混工地”的经验。更何况，把技术方案编好本来也不是核心技术，真正的核心技术是让工人老老实实地按照我们的技术方案来施工，而我同样也不掌握这门核心技术。

除此之外，还有些零七八碎的技术工作，比如做几项科研课题，写个工法，申请个专利。相比于读博期间干的那些活儿，此类文字工作对我来说实在是驾轻就熟、信手拈来，同时也令我烦得几乎头都要炸了。我有时候也要兼顾一些现场管理，每天都要在工地待上半天，检查哪些工作没有做好，哪里的资源安排得不足，哪里的资源却在闲置；跟业主的工程师“扯扯皮”、验验仓。坦桑尼亚的阳光极为毒辣，在工地上仅仅是走一圈就会让人变得很狼狈，哪怕裹得严严实实也难免被晒得“爆皮”，但这一点恰恰是最没什么好抱怨的：既然干了这行，风吹日晒就是默认必须被接受的，是这份工资的一部分，更何况跟每天待在工地12小时的工人们比，我这点苦真的不算什么。事实上，每天在工地爬上爬下正是我内心感觉最轻松的时光，看着大坝一天天地长高，我觉得自己的人格也在变得完整。

真正遭罪的，是跟业主和上级承包商开会。简单地说，我们的上级承包商是一家埃及公司，业主是坦桑尼亚的政府机关，按照时兴的叫法，他们分别是我们的“爹”，和我们“爹的爹”。总体而言，业主的领导们人都还不错，对我们这家中国企业也比较客气，不跟我们玩儿太多的心眼儿，每次结算工程款时都很爽快，从不拖欠。唯一的问题在于，他们时常会觉得我们这些中国人在憋着坏算计他们。坦桑尼亚的工程师们学历并不低，很多都有欧美留学的背景，甚至还有博士，但他们没有任何工程经验。我们提出的很多技术方案，其实都是在中国的相似工程上验证过的、非常成熟的技术，但是他们觉得这些技术和他们从书本上学到的不一样，觉得可能是这些中国人在骗他们。他们也说不好中国人具体是怎么“骗”的，但坚信这里面肯定有点猫腻，于是就会没完没了地卡着我们的方案不给通过，有些结构就一直无法施工。其实，我们的很多方案比他们的认知还要更保守一些，成本还要更高，这显然不是在偷工减料。但这并不妨碍他们仍然心存怀疑——这些中国人可能是在试图掩盖些什么，要么是弥补之前的缺陷，要么是他们所不知的、更大的阴谋。最离谱的一次是我刚来项目上没多久的时候，业主的一位工程师指责我们的总工程师，称大坝有严重的裂缝问题，总工程师一头雾水：裂缝在哪，我怎么不知道？那位工程师指着我说："如果你们的大坝没有裂缝问题，为什么要请裂缝专家入场？"我和总工程师面面相觑很久，终于反应过来，原来是他看了我的简历，发现我读博士时研究的是混凝土的抗裂，于是把我误认成裂缝专家了。这实在是抬举我了。

业主工程师中有一个老头最为难缠。他并不是业主的一把手，只是个普通的班子成员。但业主的管理采用的是一种"民主制度"，只要有人不同意，方案就不能被通过。然而技术上的事情恐怕还真就不太适用"民主"，它更需要技术精湛的权威的拍板和负责。一个人没完没了地不通过，最后影响的是整个项目的进度。水利工程的施工还得考虑季节因素，有些工作如果今年旱季没干，就不得不安排到明年旱季，工期要拖一年，其间耗费的成本不但中方企业承担不起，恐怕坦桑尼亚这个国家也很难负担。拖延一年还会增加质量甚至安全上的风险，这些风险又该如何应对？

中方和坦桑尼亚业主之间的分歧，总的来说还算比较好处理，毕竟我们之间隔着一层，也就是埃及的承包商，没有直接的利益冲突。另外，业主的团队以工程师为主，技术人员总归是比较朴素的，虽然他们挑的刺儿大都令人无语，或许也有谋私利的成分，但绝对不是主流，核心还是纯粹对技术的质疑。从双方合作的角度讲，我们也有义务向他们传授水电站建设的知识和经验。这些技术一不涉及国家安全，二不涉及商业机密，我本人作为一名朴素的技术人员，很乐于看到这些技术在全人类范围内的扩散。我巴不得水电站在非洲遍地开花，让全非洲的小孩儿都能用上电。

我们和埃及承包商的对抗，才真算是刀光剑影。双方之间有直接的合同关系，零和博弈的事情很多，我们多拿 1 元，他们就要少拿 1 元，矛盾冲突都很直接。双方的经营理念也完全不同，中国企业，尤其是大型国企，即使出海经营，精力也主要放在技术和生产上，认为商务合同只是一个辅助性的职能。结果就是，我们虽然能把活儿干好，但最后未必能赚到钱。大环境如果比较好，合同压力不大，还能赚到钱；随着这几年竞争激烈起来，竞争对手们在合同上的玩儿法越来越复杂，我们这种闷头干活儿的模式可就吃亏了。中东的企业则不然，在他们的观念中，合同部才是公司运转的核心，赚钱是公司运转的唯一目的，而干活儿则只是服务于赚钱的一个手段。假如不用干活儿，直接通过玩合同条款就把钱赚了，那简直再好不过了。这两种经营理念碰撞在一起，再加上中方本来就是合同中的乙方，先天弱势，因此我们时常处于逆风之中。我们项目的合同部满打满算只有 4 个人，而中东企业仅合同部下辖的文档部就有 8 个人，半栋楼的人都属于合同部。即使我们的商务经理能力超群，有时候也“双拳难敌四手”，毕竟合同是对方的主业。除了用一些高技术含量的合同方式外，他们还经常用一些低端的小伎俩，比如偷偷修改会议纪要的措辞和不易被发现的数字，在表格中偷偷隐藏一列对我们不利的内容，凡此种种。其实只要仔细检查，这些小学生般的伎俩不难被识破，但他们的目的本来也不在于通过这些小伎俩直接蒙骗我们。他们知道我们合同部的人少，于是故意用这些无休无止的小伎俩占用合同部人员的精力，逼我们犯错，这样我们就很难在大的变更索赔上分出精力与他们对抗。更何况这些小伎俩实在太多，稍有疏忽，漏掉一两个，就会给我们带来很大的不利，就算后期能够弥补，至少也要占用很多精力。

尽管经常处于逆风，但我们的合同部还是凭借着精干的人员素质打出过一些不错的“交换比”，这背后也有不少是现场技术和生产人员的功劳。对我们而言，生产经理在工地上抢不到的工期，不能指望商务经理在谈判桌上抢到。相比于埃及公司，我们的技术能力确实更强，工作安排更加合理高效，现场的指挥调度也更顺畅。埃及公司的厂房施工陷入停滞时，我们的大坝高度却在迅速上升，毫无疑问，在业主那里我们有着更强的话语权。假如到了预定工期，我们负责的部分按期完工了，而由于埃及公司的拖延，整个水电站没法儿发电，这一大笔损失必然要由他们来承担。到时候他们再怎么玩儿合同，想把“锅”扣到我们头上，恐怕也是很难行得通的。可见，在实力大致相当的情况下，技巧至关重要；但当实力相差悬殊时，伎俩就显得有些苍白了。

尽管如此，合同管理毫无疑问是包括我们在内的绝大多数中国企业的短板，这个短板如果不赶快补齐，未来随着国际市场的竞争越来越激烈，我们吃的亏只会越来越多。商场如战场，抠合同，锱铢必较，甚至玩低级伎俩，这些都并不可耻，只是市场竞争中的一种手段。与埃及公司打交道的时间长了，我们逐渐发现，如果为了维护双方的关系而故意去做一些让步，他们反倒会觉得我们软弱可欺，行为不专业，进而得寸进尺，对我们步步紧逼，最终反而维护不了双方的关系；反之，我们如果据理力争，给他们有力的回击，甚至不惜诉诸仲裁“掀桌子”，他们反而会觉得我们是专业的建筑承包商，职业素养高，对我们尊重起来，最终双方的关系反而会变得更加友好。可见，商业竞争中有着与人际交往时不完全相同的一套道德体系，做人的道德和礼仪在这里未必适用。既然决定在国际市场上发展，就要遵守“弱肉强食”的规矩，这才是商界的道德，才是真正能够赢得尊重的方式。

大坝的浇筑是分块进行的。我和技术人员们会按照施工的便利和设计情况综合考虑，把大坝分成几十个大大小小的浇筑块，每个分块必须进行连续浇筑。碾压混凝土坝的施工有一个很有趣，也很令人讨厌的特征，就是需要一段时间的连续施工，中间不能间断。一旦间断，碾压混凝土的层面就会凝固，这叫作冷缝。如果不经处理直接继续施工，那么这一层面以上的混凝土和以下已经浇筑过的部分，就会形成两个结构。要想让它们合二为一，变成一个结构，那就必须对这个层面进行严格的处理。这一番处理流程极为烦琐，而且需要上级承包商和业主监理单位的验仓，合格后才能开始浇筑，工期耽误十天半个月是常事。因此，一旦浇筑开始，直到达到本次浇筑预计的高度之前，我们都会竭力避免浇筑中断。

虽然就算不浇筑，我们也要每天上班，但是浇筑带给人的压力是完全不同的。在海外项目上，工作和生活都在一起，难以分开，要是没那么多活儿，回宿舍“划水”算不得什么大过。现场的工长和工人们偶尔也会称病在床，偷一天懒，可能只是因为前一天晚上喝多了，项目管理也不会深究。可是一旦开始浇筑，情况就不同了，项目上的所有人都变得异常紧张。

首要问题就是物资供应。我们规模最大的一次碾压混凝土浇筑，用了将近 20 万立方米的混凝土，消耗水泥 3 万多吨，火山灰 2

万多吨。到浇筑结束时，满满当当的几座骨料山都被削平了。要知道，在碾压混凝土连续浇筑的同时，另外几个区域的常态混凝土施工也不能停止。我们的巨型混凝土拌合站满负荷开动，都快转冒烟了。水泥和火山灰这些主要材料固然有一些库存，但是如果没有新的材料持续运进，要不了多久库存就会见底。早在这次大规模混凝土浇筑前一个月，项目经理就开始四处去催材料的供应，同时必须确保供应通道始终通畅。那段时间，我们都不敢惹他。

开始浇筑的前一天，整个项目都如临大敌，生怕业主搞出点什么“幺蛾子”来不让开始，那样清理准备工作就白做了，再开始浇筑不知道又要准备多久。和承包商、业主监理的工程师们沟通好，确保他们不会突然从中作梗，是一项非常重要的工作。有一次开仓浇筑前，一切准备工序都已经就绪，就等业主监理的工程师同意，这时一名工程师突然作梗，找了各种各样的理由不让我们开始浇筑。“县官不如现管”，他只是业主方最低级别的工程师，但眼下他负责验仓，就有这个权力，硬生生地拖了两天时间，最后我们才弄清楚其中原因，他只是想跟我们要一双鞋……

此外，混凝土的入仓通道也要详细地安排清楚。碾压混凝土的浇筑强度非常大，每小时的浇筑量高达400立方米。如果浇筑速度慢下来，浇筑的速度跟不上混凝土凝固的速度，就又会出现上面所说的情况，形成冷缝，导致施工被迫停止。一般来说，单一的混凝土通道很难满足这么大的需求，通常需要两三条通道同时开启。有一部分混凝土从传送带输送过来，另一部分则要由卡车装载着拉进大坝仓号内。这样一来，有一个问题就变得十分致命：随着浇筑的进行，大坝会逐渐升高，前一天进入大坝的道路，到了第二天就会比大坝低1米。就算随着浇筑不断把路垫高，一次大坝浇筑可能有

30 多米高，而一条路无论如何也不可能连续垫高 30 多米，尤其是在本来就十分险峻的大峡谷中。这时候，我们就需要提前准备多条入仓道路，当大坝上升到一定高度时，旧的低位道路停用，新的高位道路启用。留给我们衔接工序的时间非常短。

最大的一个浇筑块高达 41 米，整整施工了 59 天才浇筑完。这 59 天里，项目经理、生产经理、各工区负责人、技术员、试验员，还有现场工长，大家的精神状态都经历一个微妙的过程。刚开始是紧张，生怕哪个环节出了问题，注意力都集中在自己的工作上；随着时间的推移，施工步入正轨，人们也渐渐疲惫，日复一日的高强度工作熬得人们提不起太多精神，坐在车上也很少说话；随后，这种疲惫逐渐转化为麻木，打灰俨然成为大家生命的一部分，没有什么道理好讲，也不再值得紧张或抱怨。到这一仓浇筑结束的那天，食堂做了顿大餐，还给大家发了酒，但从每个人的脸上都看不出高兴或难过，只觉得平平无奇。大家的情绪，无论正面还是负面，都已经被高强度、长时间的劳动完全榨干，再也拿不出一分一毫来挥霍。

在我们开足马力，进行大坝碾压混凝土浇筑的时候，施工现场会变得极为壮观，宛如一次成体系的军事行动。混凝土拌合站开足马力地生产，三四十辆自卸车排成队列，依次在拌合站接下混凝土，沿着事先安排好的路线将混凝土运送进大坝浇筑面。同时，另外一部分混凝土通过传送带输送进大坝，位于传送带下方的铲运机马上做好准备，将送来的混凝土铲运到指定的位置。然后，两三台推土机将这些新到的混凝土摊铺平整，每层固定在 30 厘米厚。随后是七八台碾车，按照工程师提前安排好的路线对新铺设的混凝土进行碾压，直到碾压成一种表面光滑、充满弹性的状态，走在上面像是脚踩海绵床垫。在大坝施工区域的四周，还布置着四五台水炮，一刻不停地向坝面喷淋着冷水，维持坝面的湿润和温度适中，大坝两侧矗立的两台塔吊也在忙碌地向坝内运输着各种物资。与此同时，还有几百名工人在按照分工为大坝的上升提供辅助。他们有的在铺设冷却水管，这些冷却水管会将大坝内部因为混凝土硬化而释放的热量带走，防止大坝开裂；有的在给大坝切缝，这对大坝的受力结构至关重要；有的在提前架设混凝土模板、安装止水；有的在大坝的上下游附近新铺设的层面上抛洒水泥浆，提高大坝的抗渗性。在大坝外面，试验室在持续监测混凝土的各项性能是否达标；采石场在昼夜不停地爆破采石，并将砂石源源不断地输送到拌合站；还有上文提到的坦赞铁路上，一列列货车也在不断地向项目上输送着水泥和火山灰。坦桑尼亚的国家财富忙碌但有条不紊地向这处深山里汇聚，这些分散的营养被拌合楼与推土机组成的庞大器官转化成实体的血肉，一点一滴地凝固在峡谷的中央，变成坦桑尼亚这个有机体的一部分，让这个瘦弱的孩童一天天长高长壮。

我就是这座庞大器官中容易替代却真实有用的一个忙碌的细胞。

我一直认为，能让这个由来自不同国家的5000多人组成的团队有条不紊地运转起来，最后生产出一座大坝，是一项非常神奇的组织学秘术，而其中的“秘中之秘”就是中国工长与当地工人沟通的这一步。可想而知，这些坦桑尼亚工人的学历不可能很高，他们中的绝大多数都不会说英语。因为坦桑尼亚未曾有过很多建设项目，他们中的大部分人也没有施工经验，对工地上的事情一窍不通。而这些中国工长，尽管他们在国内都是拥有丰富经验的建筑工人，但显然，他们的学历也不可能很高，别说英语了，他们中的很多人连普通话都不会说，跟我交流都很成问题。那么问题来了，每个中国工长要带至少 30 个当地工人一起干活，他们究竟是怎么交流的？

为了搞清楚这个问题，我专门在工地上盯着一个不大不小的工作面研究多日，逐渐弄懂了他们的工作模式。弄懂了之后，我不禁感慨，生命果然永远都能自己找到出路，不需要外人去“瞎操心”。首先，为了解决“每个黑人在中国人眼中看起来都差不多”这个问题，这位中国工长会询问每个坦桑尼亚工人的名字，然后写在他们各自的安全帽上。当然，工长不会斯瓦希里语，也不会英语，他在安全帽上写的是当地工人名字音译成的汉字配合几个英文字母，像什么“K 马路”“硬搭理”。人均顶着一脑袋无意义汉字组成的自己的名字，乍看上去实在有点玄幻。但是人家在一起其乐融融，自己都觉得没什么，我自然也没资格妄加评判。这样一来，工长就能很容易地分清手下的每个工人，然后为每个工人布置具体的工作。

其次，肢体语言永远都是工程师最好的语言。当然，这里的肢体语言并不是指打骂。工地上师傅打骂徒弟的时代已经过去了，现在的工人都很有法治精神，如果挨了打，被打者一定会把打人者告上法庭。这里说的肢体语言，指的是工长的亲自演示。一个工作面的工作虽然复杂，但是如果将其拆解成许多道工序，那么每一道工序其实都很简单。非洲的工人有一个很明显的缺点，他们对“本职工作”的理解极其狭窄，绝不会去完成“一项工作”，而只能干“一道工序”，或者说某个固定的动作，一点儿也不多干。只要闲下来，他们就聚在一起聊天“扯淡”。因此，同样一个工作面，在中国只需要 10 个工人就能干完，在非洲至少需要 30 个人。但这种缺点又恰恰是他们的优势所在。布置给他的这道工序，只要他学会了，就一定会按照你的要求原原本本地把它干好，不管是重复100次还是200次，他都不会趁你不注意而偷工减料。因此，只要你能够把工作分解好，分解得足够简单，然后确保他们都学会了，还真就可以信任他们，你只需要偶尔检查一下即可。

最后，我不得不承认，人在一起相处久了，总能找到效率最高的语言交流方式，尽管这种方式可能十分古怪。很多中国工长一句英语都不会说，但是来坦桑尼亚干了几年之后，居然"学会了"斯瓦希里语。这里的"学会了"并不是指真的融会贯通，他们看不懂任何的斯瓦希里语文字，也不懂得任何斯瓦希里语语法。他们所谓的"斯瓦希里语"，其实就是拿一些斯瓦希里语单词和简单的英语单词，用汉语的语法和连接词串联在一起，句尾还要添加汉语的语气助词诸如"呀""哇""啦"或者表达语气的脏话。遇到专业性的词语还会自动切换成汉语（准确地说是河南话）。他们的语言古怪，但极为流利，与他们相配合的当地工人也从来不会提出任何疑问，他们使用的仿佛是一种已经流传了上千年的、极其成熟的语言。有一次，一名中国电工让当地工人看管好配电箱，但是那个工人技术不行，没有看管好，漏电了。虽然没有造成人员伤亡，但是有一条狗路过旁边的水坑被电死了。那名中国电工发现配电箱漏电，跑过来气急败坏地责备那个工人："You see see you, dog 都 ×× finish 了！"

在中国管理者眼中，这些老师傅是最基层的工人，他们中的绝大多数甚至没有正式的"编制"，签的是劳务派遣合同。但是在当地工人眼中，这些老师傅享有很高的权威。一方面，作为工长，他们是当地工人的直接管理者。机关的人事部门很难直接管理几千名当地工人，他们的考勤、表现，很大程度上捏在这些中国老师傅手里。另一方面，这些中国老师傅也是直接向他们传授技术的人。他们在眼下的工程上学到的技术越多、越复杂，将来到了下一个项目上，他们能胜任的职位就会越高，赚得也就越多。

从理论上讲，这样的权力关系好像很容易导致寻租，但是现实中，据我观察，施工项目的高流动性和跨文化交流的障碍在很大程度上限制了这种寻租，大多数中国工长并没有利用这种权力来谋取私利。除此之外，“高薪养廉”也是很重要的因素。在项目上，一个技术纯熟的现场工长，每个月工资、奖金和各项福利加起来，到手收入有人民币 2 万多元，年收入将近 30 万元。考虑到食宿、生活费用全包，这 30 万元是他可以自由支配的钱。尽管如今国内的建筑工人工资也不低，大城市的工人每个月的全勤收入普遍也有 1 万多元，但国内的雇用远没有海外这么稳定，每年有相当长的时间都在找活儿中度过，辛苦一年攒下的钱也并不多。如果从结余的角度来看，同样一名工人，在国内和国外的收入差距高达三四倍。因此，大部分中国工长非常珍惜海外的工作机会。

对当地工人而言，这份工作也十分值得珍惜。在坦桑尼亚一般的建筑工地上，普通工人的月工资只有 40 万先令，约合人民币 1100 元，如果按坦桑尼亚最低工资标准则只有 30 万先令。同时必须注意到，大多数坦桑尼亚人根本就得不到任何正式雇用，相应的也就没有稳定收入，这个最低工资标准对大部分人而言实则是难以企及的上限而非下限。而在水电站，一名普通工人每月全勤的工资是 60 万先令。随着技术的精进，一个熟练的技术工人的工资可以提高到 90 万先令。特别优秀的工人，或者平地机、推土机这些高难度施工机械的驾驶员，工资最高可达 120 万先令。如果说在项目上一个月可以赚到外面一年赚的钱，这是毫不夸张的。大多数坦桑尼亚工人并不像很多撒哈拉以南非洲的工人那样不靠谱儿，比如拿到钱之后就立刻消失不见，挥霍一空之后再回来上班。他们中的大多数是会攒钱的，至少不会随意地透支消费，很多人甚至还有稳定的家庭，会拿着自己的收入去养家。诚然，相比于拥有勤俭文化传统的中国人，他们没有那么勤劳，也没有那么热爱储蓄，也有更多的娱乐需求。但是，假如非要拿着中国人这套标准去比较，那全世界其他种族恐怕都要被说成“懒汉”，这样的比较没有任何意义。按照非洲的标准，坦桑尼亚的工人已经是相当勤恳可靠了。

有一次，一位中国师傅去找项目人事部门，申请给他的坦桑尼亚徒弟涨薪。他是灌浆工区的一名工长，这个工区的主要工作，简单来说就是将水泥浆按照一定的规律注入大坝以下的地层中，提高大坝与地基之间的联结程度，并且增强防渗性，防止上游水库中的水渗到下游来。这份工作非常辛苦，因为他们通常是在幽暗狭小的大坝廊道内进行施工，里面闷热潮湿，噪声巨大。而且因为工作的可调整性强，如果与其他工作面发生工序交叉，通常延缓施工的都是灌浆工。用我们项目经理的话说，“灌浆队都是老实人，你们不准欺负他们”。这位灌浆工长的徒弟已经在项目上干了两年多，中间几乎没有回过家，完全按照项目上的高压作息坚守岗位。两年多下来，他的技术已经远超一般的坦桑尼亚灌浆工，可以当半个中国工长用了，再拿和其他坦桑尼亚灌浆工一样的工资已经不合理了。老师傅说得十分恳切，他对徒弟的关爱完全出自真心。这些中国老师傅没有太高的文化水平，也很难对半个地球以外的、与他从小生长环境截然不同的文明做到多么的开放包容。但是人都有感情，与坦桑尼亚徒弟朝夕相处两年多，每天在同样幽暗艰苦的廊道里做着繁重的体力劳动，就算语言不通、文化不同，他们之间也必然会建立起深厚的友谊。这处与世隔绝的水电工地对中国人而言是异乡，对坦桑尼亚人而言又何尝不是“异乡”？大家都是跨越千山万水来吃这份辛苦，所求的同样都是给自己的家人一个更好的生活。共同的目的必然创造共同的记忆，而共同的记忆也必然带来共同的情感。极度艰苦中凝成的友谊是无法磨灭的。

工地宴会

在外面轻而易举就能获得的物质和精神享受，在与世隔绝的深山营地中则变成了弥足珍贵的奢侈品。获得这些奢侈品时的快乐会被深深地烙印在你的脑海中，将来无论遇到什么快乐的事情，当年的情景都会在脑海中重现。而那些曾参与了这份喜悦的友谊，也会永远与当时的那种苦涩而深刻的欢乐牢牢绑定，足以铭记一生。

我来到项目上足足一个半月之后，才喝到了第一顿酒。来之前，我一直担心项目上的酒局太多影响健康，没想到现实正好相反。项目工期实在太紧，大家都太忙，很多时候根本就没有时间也没有心情去琢磨团建。快点干，早点散，把赚到的钱带回家去，这是大多数人的想法。

但是，没有大规模的集体团建，不代表没有私下的聚会，哪怕光从逻辑上讲也不可能。这项目地处深山老林，绝大多数员工在项目上一待就是两三年，连营地大门都不出一次，通信信号也不好，连给家人打电话都很困难，刷视频、打游戏基本不可能，城里的灯红酒绿、莺歌燕舞更是痴人说梦，日复一日地工作十多个小时，如果还不让人喝点酒，心理健康的正常人能撑几天？

项目上的管理也很人性化：原则上不允许人们聚在一起，但是会定期给大家发放啤酒，可以自己喝。不过，大家如果在宿舍之间来回串，领导们也确实无从发现，一切全凭自觉。施工园区的管理中，理论上不允许带入白酒这样的烈性酒，这是为了防止各国工人在这个满是青壮年男子的园区里酗酒闹事。对于埃及公司员工们而言，这个规定很容易遵守，因为他们本来就是穆斯林，教义禁止饮酒；但是对于中国老工长们来说，不让喝白酒基本上可以等同于不让喝酒，而不让喝酒则可以与“不让我们干了”画等号。还是那句话：生命自会找到出路——大伙总有各种各样的办法把白酒带进营地。在非洲混迹久了，“老油子”们早已形成了一种思维方式，“活人不能让尿憋死”，一些所谓的规矩也未必就不能打破。

但是刚到项目上的我并不知道这些。我以为项目的真实情况就跟表面上看起来一样死气沉沉，大家下了工之后就开始疲惫地躺倒发呆直至入睡。所以当那天临近下班，潘总神神秘秘地低声叫我去他宿舍喝酒时，我的第一反应是如释重负。我其实并不爱喝酒，尤其不爱喝白酒，每次喝完都觉得消化道被火烧了一遍，然后结结实实地拉一天肚子。可是我的大脑对酒精的耐受能力又很强，很难喝醉，甚至连话多的状态都很难进入，这使得酒精带给我的快乐不如常人。别人先醉了，我还要听他们胡言乱语，搞不好还要把别人送回家去。这些因素叠加起来，让我对酒局没什么兴致。但是来到项目整整一个半月，我自始至终连个娱乐的影子都没有见到过。我一度绝望地胡思乱想：这里是不是自始至终就没有娱乐，这个项目上的人是不是都不正常，根本就不需要娱乐；或者比这更糟，有没有可能，一个正常的人就是可以一整年不娱乐的，就是可以为了赚钱而两三年一直过这种苦行僧式的生活的，而需要定期娱乐的我才是不正常的那个？现在潘总约我喝酒，至少证明我和这个项目上的人都是需要娱乐的正常人，我们都没有病。

我们凑了 6 个人。酒，潘总已经备好了，但是没有下酒菜。白天上班太忙，没人有工夫准备，我们要分别拿上饭碗去食堂打饭，回来凑在一起。我想了想，干脆拿了个盆，把食堂的晚饭烩菜多打了一些，免得人人都去食堂，显得目标太大。

大伙都没桌子，在哪儿吃呢？办公室主任熊大哥此时正在国内休假，宿舍正空着，我们就暂且借来一用。他的宿舍里有一张桌子，是用施工现场剩余的废模板做的，4 条桌腿用钢筋焊接而成。这 4 条钢筋桌腿长短不一，我们找了几张废图纸，把最短的桌腿垫了起来。这种废图纸又硬、又厚、又大，非常适合垫桌子。我们把菜放在桌子中间，围着桌子坐定，潘总不知道从哪里翻出了 6 个脏兮兮的酒杯来，想必是上次用完了也没洗过，便拿去厕所洗了洗给我们摆上。

菜都是和往常一样的，不太好吃的食堂烩菜，但因为有了酒，又有了聚在一起的人们，故而让人有了一种别样的食欲。酒是一种叫作“彩陶坊”的河南酒，每瓶由一大一小两个陶罐连接而成。大的陶罐里装的是普通的 40 度白酒，喝着平平无奇；小罐里装的是 70 多度的酒头。酒头是酒蒸馏初期接出来的那一部分，度数高，杂醇多，味道极为辛辣。潘总把这一大一小两个陶罐的酒兑在一起，混合均匀，然后给我们每人倒上一杯。我一饮而尽，刺鼻的酒头味道直冲天灵盖，我感觉自己快要死了，但同时却也好像活了过来。太阳还没落山，阳光从窗帘的缝隙中斜射进来，让我恍然意识到这里和北京都同样在地球上，而我和之前的那个我也仍然是同样的物种，仍然属于人类。清华的师弟师妹们借着这股余晖骑车回到紫荆公寓，我们借着这股余晖下工，吃的是差不多的碳水化合物、蛋白质和脂肪，脑子里想的是差不多的柴米油盐。是啊，我之前的担忧是多么的可笑且多余，我们都同属人类这个物种，谁人能比别人聪明多少、坚强多少？我有多煎熬，那些看起来比我强大得多，也无所谓得多的同事就有多煎熬。我们一杯接着一杯，越是疲劳越是想喝酒，越喝酒就越是疲劳。日复一日地工作，断水、断电、断网，看不到脸也听不清声音的家人，一切苦涩都迅速融化在辛辣的酒里，苦涩的酒变得莫名甘甜。没有人给别人灌酒，也没有什么妙语如珠的敬酒词，每个人都举起酒杯，“来，干！”然后率先一饮而尽。其他人也不甘示弱，恶狠狠地抻直脖子，把杯中的酒倒进嘴里，再恶狠狠地咽下去。此时此刻，酒精回归了它最原始的功能，不是为了社交，不是为了礼仪，不是为了察言观色，不是为了服从性测试，也不是为了试探，它是一种人类已然使用了数千年的最成熟稳定的安慰剂、兴奋剂、镇静剂和致幻剂。它是一家商店，让人们交出健康与理性，换取片刻的安宁和逃离。

在切尔诺贝利旅行时，我听到过关于当年前线救灾的故事。当时，清理核泄漏的消防员们都是“把脑袋别在裤腰带上”来工作的，不让他们喝酒肯定是不行的，但是喝得太多又会误事。最终管理层和工人双方达成了一项共识：可以喝酒，但是只能在晚上5点到6点之间喝。6点一过，谁都不许再喝。于是切尔诺贝利的消防员们很快进化出了一项技能，就是在20分钟内把自己灌醉。

我在浓重的醉意中猛然抬头，天色仍然亮着。我以为自己喝到了第二天早晨，赶紧看了一眼手机。没有，才过去20分钟。刚好是20分钟。

某次工地宴会

从那之后，我们的聚会形成了常态化机制。短则两周，多则个把月，我们总要聚在一起喝喝酒、聊聊天。办公室主任熊大哥休假回来后，我们的聚会变得更加方便。除了打食堂的菜，我们也会自己鼓捣一点吃食。有时是去劳务营地买一条羊腿回来，把肉切下来煮一锅炖羊肉；有时是让买菜车从城里捎来点鱼丸、毛肚这类火锅菜，煮个火锅吃；有时则是“贿赂”一下关系好的厨师，从城里带条鱼回来做水煮鱼。虽然它们都没有比食堂的菜好吃多少，但是也没有人真的在意这些菜的口味，大家就是为了下酒。

我们会用很快的速度把自己喝到醉醺醺的状态，然后开始聊天。时间久了，总是那几个人，每次聊天的内容也都差不多，讲讲孩子，讲讲媳妇，讲讲老爹老妈，讲讲自己之前混过的项目。其中有一个保留节目，就是潘总控诉他在国内干项目的经历。

潘总其实是个“老海外”了。21世纪初，他刚刚毕业，就被外派去了南美洲，洪都拉斯、伯利兹，他都待过。混着混着，他觉得总在海外漂泊顾不上家，就申请调回国，然后被派到了一个国内的项目上当总工程师。他心想，国内的项目虽然待遇不比海外，但毕竟是总工程师，工资再少能少到哪去？更何况毕竟是在国内，还可以照顾家。但他万万没想到，这个项目是在青海，回家的难度一点不比国外低。最要命的是——每每讲到这里，他都会激动地、狠狠地拍大腿：“你们知道我当这个总工程师一年赚了多少钱吗？14万！一整年加起来给我发了14万，年终奖就给我发了4000元！我房贷都还不上了！”

他再在国内项目上干下去，全家老小就真的要喝西北风了。他赶紧收拾行李“提桶跑路”，又回到了国外，也就是现在的这个项目，家里的现金流这才接上了。现在潘总还完了房贷，终于开始腾出手来研究家用大型SUV了。

除了这个“保留节目”之外，另有一类故事是每次都会更新的，那就是大家在国外被抢劫的故事。在非洲、南美洲，在南亚，每个故事发生的地点不同、人物不同，时间也不同，但是故事的内容完全相同，都是项目上的人去银行取了钱，要给当地工人发工资，然后被得到情报的劫匪拦住，把钱抢走。有些时候，还是项目上雇用的当地司机与劫匪里应外合，配合起来抢劫，闻之令人恐惧。熊大哥还义正词严地和我强调，假如遇到劫匪，千万不要反抗，直接交钱了事。能干这种大额抢劫的劫匪都是劫匪中的“体面人”，他们有组织、有情报，也有自己的行规，拿到钱通常就不会伤人。真正可怕的劫匪是在南非，是那些无所事事的“街溜子”，很大可能还是吸了毒的，情绪极不稳定，很有可能会为了20美元杀人。

天长日久，聊天的内容开始变得并不重要，就像下酒的菜一样，味道清汤寡水，内容高度可预测。这些对话索然无味却必不可少，听话的人可能已经神游太虚，但说话的人却得到了某种放松。最后，说话的人可能都不知道自己说了什么，只是嘴累了。大家各自回到宿舍，明天一早还有十几小时的艰苦工作等待着我们。

不过，也并非所有的聚会都这么苦涩，偶尔也会有另外一种宴会。有一次下班前，物资经理神秘兮兮地过来，告诉我和潘总晚上下班之后不要吃饭，等办公室的人走了之后，叫辆车来物资部。物资部的办公室和我们不在一起，而是在物资仓库的角落里，距我们的主营地有些距离。他们每天“山高皇帝远”，不知道这回要搞些什么“幺蛾子”。我和潘总偷偷摸摸地潜入物资部的时候已经快晚上7点了，我饥肠辘辘地推开车门，映入我眼帘的居然是一个烧烤架子。在烧烤架子旁边，还有整整一铁盆羊肉，两大把铁扦子，十来条剖开的鱼和一大袋子蔬菜、蘑菇。架子旁边的地上堆着一筐木炭，紧挨着两个大铁皮桶，桶里都是冰块和冰镇好的啤酒！我看得眼睛都直了——你们这世外桃源居然有这等好活！

我们轮番上阵，先烤几大把羊肉串出来。羊油混合着辣椒粉滴在炭火上，燃起的火焰散发出异香，烧得羊肉滴出更多的油来。每一大把羊肉串出炉，很快就会被大家一扫而光，再眼巴巴地等着下一炉烤出来。我们的技术都不专业，炭打得不好，羊肉块切得太大，外面已经焦了，里面还没熟。即便如此，我还是觉得这一架子羊肉串香得令人头晕。这不是普通的羊肉串，而是我们仍然是人且仍然享有人的权利的证明。看！我们不是被剥夺了“人权”，我们仍然有资格享受生活，这些羊肉串就是明证！

可能是羊肉串已经足够醉人，我们甚至没顾得上喝酒。等把第一盆羊肉“炫”进肚子之后，我们的肚子逐渐安宁，这才想起来地上还有两桶酒。透心凉的啤酒配上滋滋冒油的滚烫羊肉串，我好像回到了东北夏夜的烧烤摊。工地上的人们不喜欢正襟危坐地讲故事，大家助兴的方式就是划拳，10秒钟就决胜负，划输的人喝，划赢的人也喝，左右跟着起哄的围观群众也在喝。喝酒在这里不是惩罚，划拳只是大家喝酒的借口。吃着家乡的羊肉串，玩着家乡的游戏，大家会想家吗？想，但不值得难过。想家是孱弱而无趣的情感，扎扎实实地把大坝建完，把真金白银揣进兜里，这家想得才有意义！伤春悲秋的诗歌不属于工地的男人，银行卡里冰冷的60万才是他们思乡的方式。

还有一次工地盛宴是在混凝土拌合站。时值7月，大坝正处在施工的高峰期。与物资部那个安静的世外桃源不同，拌合站的夜晚灯火通明，几座拌合楼连夜工作出料，发出沉闷的轰鸣声。为了犒赏“三军”，作业处长和我们几个叫着下了白班的工长们一起，弄了两只烤全羊。我不知他们从哪儿弄了个闷炉过来，看加工的粗糙程度，应该是钢筋加工厂自己用铁皮焊的。坦桑尼亚的羊价已经被中国人吃贵了，按人民币计价，现在的价格是小羊200元，中羊400元，大羊600元。虽然跟国内比起来还是很便宜，但对于坦桑尼亚人来讲已经是一笔巨款了。非洲羊的品种可能与国内不同，个头儿很小，我们买的是大羊，但看起来也就比国内的小羊大不了多少，放在桌上还没有半张桌子大。两只大羊怕也不够这群工地壮汉吃的，我们又弄了20斤羊肉串给大伙“溜溜缝”。非洲羊的肉质细嫩，在闷炉里烤的时间一长，很快就变成了酥脆的质感。尤其是羊排附近，原本肉质就很薄，早就烤透了，用手一掰就碎成了几片。直接塞进嘴里，仿佛在吃羊肉味十足的薯片；泡到面汤里，它又恢复了一点羊肉的质感。过后想想，这很可能是火太大导致烹饪失败的产物，但那味道之鲜美实在让人难以忘怀。回国休假时，我还几次尝试，企图再失败一次，复刻一下那个味道，但始终没有失败成功。

长风当歌，金鼓为乐。拌合楼轰隆作响，下面的卡车一辆接着一辆地装满混凝土，再排着队驶向大坝，我们就在角落里纵情吃着烤全羊。手头没活儿时，拌合站夜班的师傅们也会过来吃两口，可惜不能饮酒。撕片羊腿，拾几根烤串，吃着解解馋，就又要赶忙回去继续上工。每一个忙碌的夜晚，最终都化为沉甸甸的数字加在月底的奖金里。

最不像宴会的一场宴会发生在大年三十。这天，项目上破例给全体员工放了一天假，三十和初一，可以任选一天来休息。同时，食堂给大家做了一顿大餐，包了顿饺子，并且发了酒。说是大餐，其实还是平时每周六晚上的餐食，只是菜额外多了两个。

看起来，这大年三十就是一个略有加强的周六之夜。不过这天，项目经理邀请我和潘总到食堂门口的那排板凳上同几位项目班子成员一起吃这顿“年夜饭”。虽然是和领导们吃饭，但这时我已经在项目上混了半年，和大家都熟络起来，项目上的几位领导也都是几十年的“老海外”，为人都很实在，加之我性格本来也比较外向，因此没感到什么压力。

就这样，我也坐在了食堂门口的那排板凳上，供来来往往打饭的员工们“观赏”。贴着厨房的围墙屋檐下有 5 套废模板和钢筋焊成的小桌和板凳，那边坐着几位领导。拐角的垂直方向恰好是一道板凳高的水泥护坡，前面又放了几张小桌，我和另外几位领导就沿着这道护坡坐定。项目经理正好坐在拐角的位置，从传统上讲，这就是“主位”了。我拿着自己的饭盆，把食堂的好菜挨个儿打了一勺，又额外盛了一碗饺子，端到我的位置上坐定。那里已经提前放好了一只容积大概 5 两的直筒玻璃水杯，里面倒了满满一杯白酒。等到大家都坐定，项目经理举杯祝酒，祝贺大家新年快乐，祝愿项目顺利完工。恍然间，我觉得这个场景还真有点魏晋风骨的意味——大家聚在户外饮酒，吹着晚风，看着日落，外面就是一望无际的原始森林，好巧不巧还是分餐制。尤其是酒过三巡，大家开始晕乎乎地斜靠在水泥护坡背后的草地上，再度举杯，那幅场景简直就和语文课本上的魏晋酒局一模一样。我心想，这要是再淅淅沥沥地来点小雨，可就更妙了。

巧的是，我才刚刚动了这个念头，天上就迅速聚拢起了乌云，没过几分钟就下起了雨，可惜不是小雨，而是瓢泼大雨。这并不是因为我有“人工降雨”的神力，而是因为此时正值 2 月，坦桑尼亚的雨季，傍晚下雨属于大概率事件。下雨好啊，下了雨，苍蝇们就被浇跑了。刚才没下雨时，至少有几十只苍蝇在围攻我们的炸鱼。就这一小会儿工夫，酒还没喝几口，桌子上放的黏蝇板就至少粘了 20 只大大小小的苍蝇。我们把桌子全都搬到了屋檐下面，又从仓库里取了几个板凳出来，十来个人排成一排坐在屋檐底下，借着雨声下酒。好在屋檐很长，雨水飘不进饭碗里来，只是屋檐上的红灯笼被大风吹得左摇右晃，发出“吱吱嘎嘎”的声响。项目经理心情不错，看着这场大雨，回忆起了之前的两个新年。

前年的新年，正值导流洞的施工高峰期。公司高层过来视察，经过一系列测算，判断假如按照现有的速度施工，大坝 2024 年才能蓄水。如果真是那样，我们这个项目会赔得精光。大伙急得像热锅上的蚂蚁，想了不知道多少个办法加快进度，可是导流洞的工作面就那么窄，再加大投入人力物力也不可能无限地加速。好不容易把速度提了上去，结果那个春节雨水来得太大，又把施工面给泡了，只能又是撤人又是撤设备，还要准备排水和清理工作，这下更干不完了。项目上大伙急得直跺脚，根本就没心情过这个年。

后来总算是把导流洞的进度抢了出来，顺利截流，总算要开始修大坝了。到了第二年春节，大坝的基础面已经清理好，正要开始混凝土施工。项目经理和总工程师几个人刚刚打了一会儿牌，现场的电话就突然打了进来：上游的水位猛涨，可能要漫过围堰了。他们赶紧跑到现场，可是也无能为力，只能眼睁睁地看着洪水漫过围堰，把刚刚清理好的大坝基础面给泡了。这一泡，又要排水，又要清理淤泥，只能再耽搁 2 个月。就这样，第二个年也没过好。

到了今年，总算是可以过一个好年了。大坝已经施工到了度汛高程，就算上游来洪水，也可以通过之前早就设计好的大坝缺口安然度汛。看着眼前的这场大雨，我们只觉得内心一阵轻松——随便这大雨怎么下，这回我们肯定是不会慌了。

这场雨下完，杯中的酒喝完，这个年也算是过完了。我们拿着饭碗去食堂的水槽里涮了涮，各自拿回宿舍。暴雨后的大森林里草木青翠，散发着宜人的香味，而明天又是连轴转的一天。

动物们

要讲在坦桑尼亚的工地生活，不得不说的就是这里的动物们。其实从本质上讲，野生动物才是这片大森林的主人，我们只是闯入它们生活里的匆匆过客。这些热带动物是国内电视上各种高清纪录片的座上宾，但在我们的项目附近，它们只是常见得不能再常见的普通居民。我第一次从达市进项目的路上，就遇到了许多种野生动物。我有必要把它们一样一样地给各位读者讲讲，若是大家将来有机会来非洲旅游，也好有个心理准备。

先说说长颈鹿。在我之前的认知中，长颈鹿应该是一种比较稀有的动物。它的体形那么大，长得又那么独特，按说应该不易碰到。然而现实中并非如此，长颈鹿几乎是最常见的动物。一方面是因为长颈鹿的数量不少，另一方面则是因为长颈鹿的行动不灵活，遇到人类驾驶的车辆时，不会像羚羊、斑马那样一溜烟儿地跑远，只能慢悠悠地跑几步，被我们用照相机拍了又拍。成年长颈鹿有 3

长颈鹿

层楼高，即使是幼年长颈鹿少说也有 3 米高，近距离观看十分震撼。它们平时吃高处的树叶，但也能俯下头来喝水，只是每次喝水时俯仰头颅都很痛苦。它们通常是以小家庭为单位，一群长颈鹿多则六七只，少则三四只，很少遇到大群的长颈鹿。多数情况下，长颈鹿性格温柔，但是据司机说，受惊的长颈鹿可以一脚踢死一头成年狮子，靠近它们十分危险。

还有一种值得一提的大型食草动物是大象。与长颈鹿类似，大象通常也是以小家庭为单位出现，多数时候是两三头大的带两三头小的，最多不会超过 10 头。大象的寿命很长，智力也远超一般的动物，甚至可以与人类达成某种程度的交流和默契。这使得大象这种动物尽管威力巨大，但相对理性，行为容易预测，只要不去故意招惹，它们很少袭击人类。这种品质使得与大象打交道的方式具有一些与人交往的特征，比如它们会识别出你的投降意图，从而放弃对你的攻击。有一次，我见到一头母象带着两头小象在水坑边喝水，便犯了糊涂，走下车去试图靠近它们拍几张高清照片。母象发现了我，抬起头来用鼻子指着我。见我无动于衷，它嚎叫一声，开始朝我这个方向快步走过来。我意识到了危险，赶紧“屁滚尿流”地跑回车上。母象见我“软弱无能”，想必没什么威胁，就停下了脚步，转过头去继续陪孩子们喝水了。另一次是我们的物资经理，他有晨跑的习惯，有次遇到一个上坡，他闷着头往前跑，全然没意识到自己已经冲到了一个象群的旁边。头象见他冲撞过来，不耐烦地嚎叫一声，他抬头看到好多头大象，吓得魂飞魄散，赶紧掉过头来拼了命地往营地跑。他听到大象在后面追了他一会儿，但很快就不追了。他每每回忆到此，都觉得心惊胆战——假如大象真的跟他较真儿，多追两步，他就永远回不了营地了。

斑马

除了这两种大型食草动物之外，非洲最常见的三种动物是斑马、角马和瞪羚。它们通常群居生活，几乎从不落单，或许对它们而言，落单就意味着死亡。它们是大草原上除了草之外的食物链最底层，繁殖能力强，许多食肉动物都主要以它们为食。这些食草动物逐水草而居，旱季缺水时，它们的活动范围会缩小到有残留水源的少数几个地方；而到雨季，水源地变得更多，这些食草动物就会遍地都是。面对食肉动物的捕猎，它们唯一的“武器”就是跑。而跟不上大部队、落单的那三两只老弱病残，就会成为食肉动物的食物。

另有一种有趣的群居动物是疣猪。它们长得像野猪，但是体形略小，头部巨大，容貌丑陋，眼部下方的疣据说可以在其挖土时保护眼睛。疣猪是一种杂食动物，主要吃草和植物根茎，偶尔也吃腐肉。疣猪极为耐渴，可以连续数月不喝水，这使得它们即使在旱季也有很广泛的分布。疣猪的个儿虽然小，但是有坚硬的獠牙，在面

疣猪

对食肉动物的袭击时可以依靠数量优势保有一战之力。

在众多食草动物中，最为凶险的一种是非洲野牛。它的体形远比一般的非洲家牛大，长度超过 3 米，高度至少也有 1.5 米，体重超过 1 吨。与较理性的大象不同，成年非洲野牛的性情很凶暴，常会无缘无故地攻击人类。一旦被非洲野牛盯上，身边如果没有武器或避难所，死亡是必然的。与其他食草动物类似，非洲野牛也是群居动物，成群的非洲野牛几乎可以抵抗任何食肉动物的伤害。除非因病弱落单，否则非洲野牛不惧怕任何捕食者。

有一次，一头发了怒的非洲野牛闯入了我们的营地。我当时正坐着车，要从我们的营地去埃及公司营地开会，那头野牛正站在十字路口愤怒地嚎叫，人们都远远地躲开，但又围成一个大圈儿好奇地盯着它看。我扒着车窗望向这头野牛，不禁感叹野生动物的美。这头野牛双目怒睁而警觉，通体乌黑锃亮，浑身上下的肌肉处处紧绷，线条棱角分明，没有哪怕一丝一毫的瑕疵，更没有一丁点儿的

威武的非洲野牛

赘肉。它就像是某种被造物主创造出来的牛的原始定义，其他的牛则是对这个原始定义的拙劣模仿。

待我开会回来时，这头野牛已经消失不见。驻扎在园区里的坦桑尼亚森林警察已经将其击毙，尸体也被处理掉了。听说野牛没有伤人，我长呼一口气。至于被击毙的野牛，虽然可惜，但跟人的性命比起来不值一提，因为按照非洲野牛的脾气，如果没有把它迅速击毙，它是一定要伤人的，而被非洲野牛攻击的人类，活下来的概率几乎为零。

事实上，不仅仅是野牛，几乎所有的野生动物，外形都极为健美，目光敏锐，身上没有瑕疵也没有赘肉，看上去就是完美的动物。相比起来，家养的动物则无精打采，双目无神，松垮的皮肤和赘肉懒洋洋地耷拉着，毫无精气神。其实，野生动物的完美身形并不是造物主的产物，而恰恰是残酷无情的自然选择最直观的体现。不是野生动物生来就没有瑕疵，而是有瑕疵的动物就会迅速被食肉动物捕获淘汰，剩下的、能被你我看到的，自然都是毫无瑕疵的完美个体。食肉动物也是一样，虚弱的狮子捕获不到猎物就会更加虚弱，如此循环，最终只能饿死。长此以往，食物链上的双方双向进化，都只会变得越来越完美，成为精密无比的生存机器。家养动物则不同，不管它们健壮还是臃肿、敏捷还是呆滞，都无须担心安全，也无须担心食物，只要在主人需要的时候挨上一刀，它们就能把自己的基因繁衍下去。很多时候，臃肿呆滞的个体因为可以提供更多的肉，消耗更少的照管精力，反而会被主人筛选，得到更多的繁衍机会，进而变得越来越臃肿——从更高的视角来看，这又何尝不是另一种“自然选择”呢？

还有一些与我们人类关系更密切的野生动物。即使在平时，它们也优哉游哉地生活在我们的施工和生活区域之内，并不因为人类侵占了这片土地而感到苦恼。至少对狒狒们来说，人类活动简直就是上天的恩惠。

园区里有1万多人，这些人每天都会产生大量的厨余垃圾。因为交通不便，这些厨余垃圾的收集和运出需要时间，这就给了狒狒们钻空子的机会。它们逐渐熟悉了人类的作息规律，在人类吃饭和工作的间隙出手，准确地把垃圾桶里的剩饭掏走吃掉。很快，园区周围的狒狒们被富有营养的人类食物养得又肥又壮，成

正在捡人类食物吃的狒狒

年雄性狒狒的体形之大让人感觉几乎可以与人类一战。因为食物充足，它们的种群数量也逐渐增加，我坐车在水电站的上上下下转一圈，至少能碰到 3 个庞大的狒狒家族，每个家族少说也有 20 只成年狒狒，很多母狒狒身上还挂着一只小狒狒。后来，这些狒狒已经不满足于吃人类的剩饭了。有时厨师给不方便去食堂打饭的同事送饭，饭盒放在门口，如果不马上开门把饭盒取走，过不了两分钟，这盒饭菜就会被狒狒取走。这些狒狒一边吃一边糟践，它们往往是把喜欢的主食和肉掏走，把不喜欢的蔬菜倒在地上，十分可恶。只是不知道将来水电站建成，人类撤走了之后，这些狒狒能否适应接下来重返自然的贫穷生活？

还有一些动物，虽然与人类朝夕相处，却相安无事，这当中最令人意想不到的居然是鳄鱼。就在埃及公司负责的电站厂房对面的河岸边，差不多 100 米远的地方，有一处沙滩，每天上面都趴着四五十只鳄鱼在晒太阳。虽然与人类近在咫尺，但是人类的施工活

河滩上的鳄鱼

动仿佛从未影响到这些鳄鱼的栖息和生存，它们该吃吃、该喝喝，也从不跨过河流袭击人类。

大坝附近还有几头河马，它们与人类的物理距离更近，却也未曾影响到我们。有一头河马，每天白天炎热的时候就躺在厂房围堰外面的沙滩上睡觉，一动不动，第一次看到它的时候我一度断定它是具尸体；但是到了晚上气温变得凉爽，它就会苏醒，然后遛达到我们的消力池工地上“检查”一番。刚开始，它给现场的施工人员造成了极大的心理恐慌，大家严阵以待，开了几辆挖掘机来防备它的攻击。没想到这头河马也不生气，不紧不慢地巡视一圈之后，又气定神闲地走了，“官”威十足。后来，这头河马经常深夜来消力池工地散步，我们也逐渐习惯了。

在施工区域巡视的河马

但是，蛇并不像上面所讲的几种动物那样好相处。非洲的蛇大多有毒，而且十分隐蔽，难以发现。每当雨季到来，项目上都会严令大家禁止穿凉鞋或者拖鞋出门，因为蛇很有可能就躲在哪个草从里，时刻准备着袭击你的脚趾。如果被咬到了，而且偏巧又是毒蛇，恐怕凶多吉少。有一天晚上，通信信号格外好，我正兴高采烈地给朋友打电话，不知不觉地就踱到了一处草地中。我突然感到脚边有草在动，定睛一看，是一条蠕动的小蛇。我吓得跳了起来，根本没来得及分辨它的具体形貌就赶紧跑回了办公室，还心有余悸地把门锁上了。项目上有位电工，号称专吃毒蛇，每次遇到蛇，只要身边有工具，都要把蛇杀死，先剁头剥皮，再摘出蛇胆一口吞掉，然后把蛇肉炖了。这么多年下来，这位老兄不仅无一败绩，也未听闻他得过什么寄生虫病，实在难能可贵。

再有就是狮子。当我 2021 年入场的时候，园区附近的狮子已经相当稀少了，一年多以来，我只见过几次狮子，每次见到的数量也很少。但是据来得早的同事们说，施工早期这一带的狮子数量很多，并且时常攻击人类。我们所居住的营地在建设之前就是一个狮子窝。人类把狮子的生存空间给抢了，狮子“怀恨”在心，故而时常报复。后来，狮子可能逐渐接受了“战败”的事实，“含恨”远遁他乡。

2024 年年中，大坝完全建成。水库蓄水到正常蓄水位后，水域面积超过了 1000 平方公里，成为一个真正的湖泊。湖泊的存在让这里的气候变得更加湿润，即使在七八月份的旱季，时常也会下些小雨。这个常年稳定存在的湖泊使得流域内的环境容纳量得到了大幅提高，所能容纳的野生动物种群数量也必将大幅提高。人类撤出后，想必狮子也会回来，面对比之前多上几倍的猎物，不知它们会作何感想。这些野生动物或许会过上与以往不尽相同的生活。水会变得唾手可得，无须搜寻；食物会变得更多；但同时，因为种群数量的上升，动物们对生存空间的竞争恐怕会变得更加激烈。

这是好事，还是坏事？大自然的事情恐怕不能用简单的好坏来评价。或许有的物种会获益，有的物种会受损？或许这几年获益，过些年却受损？又或许大家普遍获益，可是某些个体却受损？这些都很难预测。我们是人类，我们有限的大脑无法考虑到无限的可能性，也无法预知无限的未来。我们能做的，就是尽可能地考虑周全所有应该考虑到的因素，在可以预见的未来，对我们人类自己负责。

骡马假日

工地上日复一日的生活很容易让人丧失时间的概念。到后来，我已经基本记不得自己来到工地上多长时间了，而只会记得“大坝干到哪个高程了”。就在我已经对工地以外的人类社会逐渐丧失概念的时候，公司突然从卢萨卡派人来，要给我拍摄宣传片。除了在水电站项目上拍摄外，还有在其他项目以及达市城里的镜头，这意味着我将获得进城逛逛的机会。

进城？这个突然出现的概念勾起了我消失许久的世俗欲望。我本来已经对食堂的糟糕伙食逐渐适应了（或者说麻木了），但是想到繁华的达市那些鳞次栉比的饭店，我突然又开始注意到了食堂红烧肉上的猪毛，亮晶晶的无比刺眼。一周 7 天“连轴转”的作息本来已经对我的情绪没什么影响了，可是一说要进城，我突然就觉得时间过得无比漫长，“这个班是一天都上不动了”。好不容易熬到了出发的那天，一大清早，司机穆萨就备好了车在门口等我。现在是雨季，最近的那条道路早已被雨水冲垮，远路也是泥泞难行，即使一刻不停地开也要10小时才能到达市。下午6点，太阳已经西斜，车子才刚到达市的边缘。看着越来越多的高楼映入眼帘，我宛如一个从未进过城的野人一般贪婪地看着这些人类文明的痕迹，既欣喜，又油然而生一种强烈的焦虑。我焦虑的是，我该怎么最高效地利用好在城里的这几天，把该吃的、该玩的挨个儿都过一遍，最大限度地补足严重欠费的情绪价值。要是有遗漏，那无异于浪费了宝贵的时间，过后肯定后悔得直拍大腿。那么现在，终于进城了，我的第一顿饭要吃些什么"龙肝凤髓"，才对得起我昏天黑地打的这半年灰呢？

我几乎没有任何犹豫，斩钉截铁地对穆萨说："拉我去最近的肯德基。"

是的，远离"人类文明"半年之后，最想念的食物根本不是山珍海味，而是最工业化、最标准化、最典型的垃圾食品。之前在国内，我平均半年都未必吃一顿肯德基，不是不爱吃，而是根本想不起来。当你每天被丰富多彩的食物选择所包围时，垃圾食品对你来说就没什么特别的，炸鸡的那股油味儿只会让人觉得腻乎乎的，甚至有些恶心。但是，当长期处在选择匮乏的环境中时，最常在深夜的脑海中出现的渴望，恰恰就是那股腻乎乎的炸鸡味儿。

非洲的肯德基远远没有国内那么多的花样，它只有区区几种产品——汉堡、鸡肉卷、炸鸡翅，以及整块的炸鸡。那种整块的炸鸡，看起来就是把一只鸡整齐地拆分成肉量大致相等的6块，2块是鸡腿，2块是鸡翅带鸡肋，还有2块是鸡胸，形态和做法都十分简单。不管是汉堡还是鸡肉卷，稍微带点主食的都不过瘾，我直接点了12块炸鸡，配上薯条和可乐。上了车，我根本等不到回代表处，递给穆萨2块后，就直接抓起炸鸡啃了起来。第一口咬下去，浸满起酥油的鸡腿皮在我嘴里碎裂，那种劣质而饱满的油脂味道直冲天灵盖，我十分确信我人生的前 28 年从未吃过如此美味的食物。借着这股油劲，我又赶紧往嘴里塞了一把薯条，然后狠狠地吸了一口可乐。可乐中的气泡在嘴里快速地炸开，我被呛得差点吐了出来，又赶紧补了一口炸鸡压一压。几种垃圾食品的香味荟萃在一起，香得我几乎昏厥。

这一晚上，我独自“炫”完了相当于一整只鸡的炸鸡块，外加数不清的薯条，可乐喝到极致，然后果不其然地拉了一夜的肚子，但这完全是预料之内的事情，实在不值得后悔。第二天早上，我的精力丝毫不受拉肚子的影响。在代表处同事的建议下，我又跑去品尝坦桑尼亚当地的特色美食——鸡汤配饼。

得知坦桑尼亚居然有特色早餐的时候，我是感到非常意外的，同时对坦桑尼亚这个国家油然而生一种敬意。郭德纲说得好，要饭没有要早饭的，因为一个人但凡有能够早起的毅力，他定然沦落不到要饭的地步，更何况是早起做饭呢？更何况是做鸡汤这种费时又费力的食物呢？这家饭店位于达市的市中心，叫作“Chef’s Pride”（主厨的骄傲）。清早 7 点多，店里就已经聚集了不少食客，早餐有鸡肉汤和牛肉汤，还有一些鱼肉、豆糊、炖菜之类的可供选择。不论鸡肉还是牛肉，除了汤之外，服务员都会给你盛上很大一块肉。如果汤喝完了，还可以免费加。配肉汤的主食是一种叫作“恰巴提”的油饼，这是一种油腻的死面烙饼，略有些咸，搭配清淡的鸡汤吃十分合适。店家还备有一种 1 元硬币大小的黄色灯笼形辣椒，这种辣椒非常辣，只需要在肉汤里涮涮就能吃出明显的辣味。除了正餐外，店里还提供许多环印度洋风味的小吃，像是在煮鸡蛋表面裹满肉馅炸成的肉球，油腻而美味，饱含各种热带香料的味道。早餐时间结束后，这家饭店继续供应午餐和晚餐，以各色阿拉伯风味的抓饭为主。这抓饭甚至比早餐还要好吃，第二天中午，我又重返这家饭店，一口气吃了 3 份不同口味的抓饭，最后一份羊排抓饭尤为令人惊艳。吃完这顿，我整整 30 小时没有吃任何东西，一直到第二天晚上才吃了下一顿。

到了晚上，代表处的同事们热情地邀请我去品尝达市的一家埃塞俄比亚餐厅“Addis in Dar”的美食。Addis 就是埃塞俄比亚首都亚的斯亚贝巴的简写，Dar 则代表达市。代表处有两位曾经在埃塞俄比亚长期工作过的同事，他们对埃塞俄比亚菜极为上瘾，来到达市后，每周都必须来这家店吃一顿埃塞俄比亚菜，如果吃不到，就会怅然若失，进而茶饭不思。之后这几年，我认识的在埃塞俄比亚工作过的同事越来越多，他们的共同点，就是都对埃塞俄比亚的食物念念不忘，每每回忆起来都是称赞不已，无一例外。

我倒要尝尝埃塞俄比亚料理有什么魔力。这家店的装修看起来干净且高档，白天不开门，每天晚上 6 点才开始营业，光是营业时间就很独特。进入饭店里面，放的是“七扭八拐”的埃塞俄比亚音乐，听起来像是非洲版的“昭和小调”，十分诡异。但是听久了，这些歌曲又好像有点“洗脑”，让我忍不住听了还想听。回去之后，我搜遍全网，发现这些歌曲出自一位名叫巴希鲁·凯格内的埃塞俄比亚民族歌手。时至今日，这名歌手的专辑已经霸占了我网易云音乐播放列表的半壁江山，埃塞俄比亚的歌曲就和它的食物一样莫名地让人上瘾。

埃塞俄比亚餐厅的格局很古怪。这里没有桌子，取而代之的是一个小木墩，木墩上面有一个略大的圆形托盘，几个人就围着托盘坐定。到了点菜的环节才发现，这里的菜并不是像中餐那样一盘盘地摆在桌上大家共享（显然，这里甚至连桌子都没有）；也不是像西餐那样的各自点菜，分餐而食。它有一点像印度菜，菜单上是若干种不同的、如同咖喱一般的酱料，有肉有素，有鸡有羊，分门别类。常来的同事压根儿没看菜单，直接跟服务员说了一些古怪的单词，服务员得令就去准备了，留下我拿着菜单一脸茫然地对着翻译软件细细研究，但也没研究出个所以然来。

听说吃埃塞俄比亚料理要用手抓，我刚想问服务员去哪可以洗手，只见她就已经提着一柄银色的水壶走过来了。壶里装的是温水，她在上面倒水，我们就在下面接着洗手。洗完手，另一名服务员端着一个搪瓷托盘走来，那个托盘恰好可以镶嵌在木墩上的托盘里面。托盘里有一张白色的“毛巾”，大小正好可以盖住整个托盘，上面放着几碗酱。服务员向我那位常来的同事询问了些什么，同事点了点头，服务员就极其麻利地把这几碗酱倒在了托盘中的“毛巾”上，在我反应过来之前，就直接把碗拿走了。与托盘一起送上来的，还有一个藤条编成的小篮子，里面装着十来卷白色“毛巾”。只见这位同事拿起一卷“毛巾”，撕下巴掌大的一块，用手夹着在盘中的酱上蘸了一下捏起了其中的一点固形物，然后塞进了嘴里。

他的这一系列行云流水的动作给我造成了巨大的心理震撼，因为无论是“毛巾”和酱的形态，还是他蘸酱以及送进嘴里的全过程看上去都极其不雅。请读者原谅我粗鲁的形容，但这一系列动作无限接近于打扫厕所。

同事们纷纷开动，我也只好学着他们的样子硬着头皮吃了一块。白色的“毛巾”是一种多孔的、微酸的薄饼，吃起来像是发糕；酱则是香料味浓郁的肉制品，像咖喱，但比咖喱的味道更清新一些。第一口吃下去的时候味道平平无奇，虽然不像看上去那么令人崩溃，却也谈不上好吃；但是从第二口开始，这种食物的每一口都变得比上一口更加美味，让人根本停不下来。盘子中的3种酱，一种是红色的，其主料是鸡腿肉和鸡蛋，味道微辣；一种是棕色的，以羊肉为主料；还有一种则是以南瓜和豆类为主料的黄色素食酱。它们各自都有完全不同的阿姆哈拉语名字，鸡肉的叫Doro Wat，羊肉的叫Tibs，素的叫Shiro。它们的做法其实完全不同，可能类似于水煮肉片和地三鲜之间的差异，只是因为它们相似的吃法和形态，让我统一把它们称呼为“酱”。

至于“毛巾”，它的真实名字叫作“英吉拉”，是埃塞俄比亚人的传统主食。它是由一种叫作苔麸的作物发酵蒸熟制成的。“毛巾”上的疏松小孔其实就是发酵产生的气孔。苔麸形如小麦，但籽粒比芝麻还小，产量很低。英吉拉极易腐坏，必须当日制作，这就是饭店只在晚上营业的缘故。曾经有很多项目上的同事，因为馋英吉拉这一口，托买菜车买英吉拉运回项目，但无一次成功，都是还没上路就已经变质了。

美味的英吉拉

吃过一次之后，我也开始对这种食物上瘾。后来的几年中，我每次回达市，或者转机路过亚的斯亚贝巴，第一件事都是找一家做英吉拉的店狠狠地吃上一顿。

如何消磨掉吃饭之间的漫长间隙是一个问题。根据我多年来的旅行经验，越是富裕发达的国家和城市，向全体市民免费开放的公共空间就越多，包括公园、展览馆、市民活动中心等，同时质量也越好；而越是贫穷落后的地方，公共空间就越少，质量也越差，想要获得生活享受就必须花钱购买，以进入私人空间。这当中最典型的就是海滩，发达国家的海滩几乎都是免费开放的，而达累斯萨拉姆只有一处海滩对市民免费开放，不仅拥挤，而且混乱。如果想要安全地享受沙滩，就必须驱车十几公里来到城外的高档海滨度假酒店，点些吃喝，顺带观赏。我去转了一圈，消费倒也没有多贵，蔚蓝的印度洋也确实很美，但是这种人造度假村让我觉得有些意兴阑珊。

我想去坦桑尼亚的国家博物馆转转，了解一下坦桑尼亚的历史和文化，尤其是他们本国的官方叙事对自己国家的认识。按理说，坦桑尼亚虽然不富裕，但是拨点钱出来修座像样的博物馆应该不成问题。没想到，坦桑尼亚的博物馆跟我的宿舍一样家徒四壁，不仅没有像样的展品，而且没有逻辑主线，故事也讲不清楚。可见，坦桑尼亚政府对他们的博物馆并不重视，不将其视为国家意识建构的重要一环。后来我去了其他非洲国家的国家博物馆，发现这些博物馆大同小异，都是既缺乏展品，又逻辑混乱。相比起来，在欧洲，即使是饱经战乱、贫困交加的国家，甚至仅为政治实体，都能有自己的一座像模像样的国家级博物馆，能把自己国家或政治实体的来龙去脉讲清楚。由此可见，坦桑尼亚不是做不到，而是不重视。

坦桑尼亚的商场和超市也没多大意思。与赞比亚类似，坦桑尼亚的购物中心从外表看上去也有模有样；但是进到里面一看，商品种类不多，而且价格十分昂贵。坦桑尼亚的物价比赞比亚还要更高，同类商品要高20%—30%，我猜这里面有为了修建水电站而加税的因素。坦桑尼亚的超市看起来比赞比亚更大，但商品的丰富程度还不如赞比亚，尤其是肉制品，种类十分单调，往往一条货架上只摆着同一种商品，颇有戈尔巴乔夫时代的苏联风范。

值得一去的地方，是达累斯萨拉姆火车站。它是坦赞铁路的起点站，位于达市的市中心。这是一座典型的20世纪70年代的苏联式火车站，带有一些中式的设计风格，年代感十分强烈。尽管坦赞铁路仍在发挥作用，但几乎没有客运业务，站区内的工作人员也很少。这50年来，车站只进行了日常的维护和修缮，几乎没有进行设施的更新和翻修，完全保存了当年的风貌。漫步其中，像是沉浸在半个世纪之前的社会主义国家城市。

坦赞铁路达累斯萨拉姆车站

达累斯萨拉姆大学

跑遍达市，最让人感到欣慰的公共空间非达累斯萨拉姆大学莫属。大学位于郊外，依山而建，布局松散。楼房虽然破旧，却不失大学应有的格调。看起来，达累斯萨拉姆大学的布局设计背后有高人指点。大学的图书馆是校园里少有的崭新建筑，它是由中国无偿援建的，楼上印着醒目的“China Aid”（中国援建）标识。图书馆的管理员听说我是修水电站的工程师，热情地邀请我进图书馆里转了转。里面的藏书不多，许多书架还空着。阅览室里有很多大学生在上自习。透过窗户，我看到外面还有几名学生拿着黄色的水准仪在学习测量，显然他们是我本专业的师弟。虽然肤色不同，但我仍然能从他们身上识别出那种只属于学生的青春气息。是的，他们一看就是孩子，而我已经比他们大了 10 多岁了。

我们的项目上雇用了很多达累斯萨拉姆大学的毕业生，以充

达累斯萨拉姆大学书架上的书

任技术员、测量员和质量员。与我们一样，他们也是从这优美的校园里走出，来到艰苦至极的水电站工地上的，不知道他们能不能适应？作为坦桑尼亚最好的大学的毕业生，他们具有相对扎实的学术基础，又在项目上跟着这些中国老师傅学习，业务能力进步很快。单一的水电站项目工期有限，等他们被培养成合格的工程师，项目也该结束了，这些工程师就会散落各地，为坦桑尼亚的其他建设项目工作。我一直在思考，有什么途径可以长期雇用他们，把他们培养成同我们一样的长期员工。将来，非洲的建筑市场会越来越大，但中国的老师傅们也在逐渐退休，中国的新生代大学生或许能够承接一部分管理的职能，却不可能彻底取代这些老师傅的生态位。继续从中国大量地搬运大学生来当基础的工长和技术员，对新生代大学生而言意味着难以忍受的艰苦，对企业而言则意味着高昂的成本。如果我们要继续发展海外业务，就必须依靠这些属地大学生。

我们需要拿出更高的待遇和更多的诚意，把他们变成“自己人”。

拍宣传片还需要把我带去公司的另一个项目上。这是一个桥梁建设项目，距离达市不远。项目经理只比我大 4 岁，长得又高又壮，但身体不是很好，前不久因为胃出血在达市住院。这次正好他出院，和我一起回项目。显然，他身体的虚弱不足以阻止他对坦桑尼亚医疗体系怨恨的发泄。这一路上两个多小时，他始终没有停止直白的表达。当他因为虚弱而骂不动的时候，前来接我们的生产经理会接过话柄，继续骂。显然，坦桑尼亚的医生给这哥俩造成了很大的精神伤害。

他住的是坦桑尼亚最好的私立医院，是一位巴基斯坦老板开的，雇用了很多号称“印巴的名医”来坐诊。前两天打疫苗，我光顾过这家医院。光从硬件条件看，这家医院的条件不错，各种医疗设施一应俱全，诊室和病房也都很干净，甚至还有豪华病房，看起来毫不逊色于中国的地级市三甲医院。但是说到诊疗水平，则完全不是这么回事了。那天清晨他突发胃出血，大口大口地吐黑褐色的液体，足有半洗手盆，身体因失血过多难以站立，几乎昏厥。生产经理和几个年轻工程师急忙把他抬上车，赶了两个多小时的路送到医院。这一路上，大家心急如焚，生怕他出什么意外。到了医院，生产经理急忙去找急诊医生，还粗中有细地接了一些病人吐的黑褐色液体去给医生诊断。结果医生不仅磨磨蹭蹭地说不出个所以然来，而且犹犹豫豫地开不出具体的检查项目。是抽血化验还是拍片检查？医生什么也没说出来，憋了半天问了病人一句：“你吐这些黑色液体是不是因为喝咖啡了？”

生产经理一听这话，悬着的心终于死了——算了，等你诊断出来，人都没了。他赶紧给国内医院的医生打视频电话。国内的医生远程检视了一下病人的状态和呕吐物形态，然后要求病人去做了一些检查，最后给出了胃出血的诊断和一些用药及疗养的建议。病人就在坦桑尼亚的医院里照方抓药，住了一段时间，总算是好转过来了。也多亏老哥年轻力壮，"血条厚"，这要是换一个岁数大点儿的突发急病，能不能捡回这条命还不好说。

大桥项目的环境虽然也很艰苦，但相比于深山老林中的水电站还是好得多。尤其是伙食，这里只有一位中国厨师，为人老实，加上两个当地帮厨，没有坏心眼厨师长的蓄意欺压和"比烂"，管理项目上20多个中国员工的伙食绰绰有余。这里距离市镇也很近，基本的生活物资采购方便，晚上员工们甚至可以结伴去镇上的酒吧喝点小酒。当天晚上，我们就去了一家当地酒吧，同去的还有一名坦桑尼亚工程师托马斯。

托马斯比我大3岁，正是达累斯萨拉姆大学土木系的高才生。我们年龄相仿，经历类似，所以很有的聊。他最开始就是在我们的大坝上工作的，埃及公司给的工资更高，他后来就跳槽去了埃及人的厂房。他的业务能力逐渐精进，如今又跳槽到了我们的大桥项目上，工资涨到了每月200万先令（约合人民币6000元），而且离家更近。现在，他和女友生了两个孩子，在达市郊区租房住。作为一个无老可啃的"小镇做题家"，托马斯能过上现在的日子，完全是个人努力的结果。

我们聊了很多技术问题，他十分专业，对答如流。我们又聊起了坦桑尼亚的贫富差距，达市的富人与乡村的穷人之间的生活天壤之别，他却不以为意，不觉得有什么不妥。事实上，我认识的绝大多数非洲人，都对贫富差距不甚敏感，仿佛"朱门酒肉臭，路有冻死骨”是一个天经地义的现象。他们会羡慕富人，但是从不仇富，并不认为富人的财富很大程度上来自对他们的剥削。这对于从小经受“不患寡而患不均”教育的中国人来说难以理解。我们聊起坦桑尼亚的音乐，他热情地向我推荐了达市的“Bongo”音乐，我看了看这些音乐的MV，确实挺有意思，但是主题高度一致，都是些“老达市正黄旗”的阔少，戴着满身的珠宝，香车美女，纸醉金迷。可想而知，这样的视频要是把主角换成老北京阔少，在国内的视频网站上公然传播，得引发多么严重的社会问题。

比较有趣的话题是生孩子。我问他打算生几个，他回答说生两个就挺不错的。我感到很意外，因为坦桑尼亚的总和生育率是4.7，平均每对夫妇要生育四五个孩子，他怎么觉得两个就够了？他回答说，因为想让孩子享受更好的生活条件，接受更好的教育，所以要控制数量。我恍然大悟，果然，全世界不同种族的人在生孩子这件事上的观念是一致的。生育率最高的，永远都是那些没受过什么教育，也没接触过外面社会的人。他们对节制生育缺乏概念，也很少将自己的贫困与生育数量联系在一起考虑，甚至不觉得自己的贫困生活有什么不妥。因此，在非洲的偏僻乡村，一对夫妇生育七八个甚至十个孩子十分常见。尽管其中的半数可能都无法活到成年，但父母仍然并不觉得有何不妥。而一旦受过了教育，见识到了现代化的世界，有了思想，就会像托马斯这样，对自己和孩子的生活质量有了追求，进而就会主动地去控制自己的生育数量。他们的家庭，就可以摆脱“贫穷—愚昧—过度生育—更加贫穷”的恶性循环。

除了托马斯，一同来喝酒的还有大桥项目上的中文翻译罗宾。这位姑娘的故事更加传奇。她结过婚，但丈夫经常酗酒，还打她。她毅然和丈夫离婚，自己带着两个孩子过日子。她天赋异禀，不仅会汉语，还懂法律合同，因此收入越来越高，靠自己的力量就养活了两个孩子，甚至还申请到了去哈尔滨一所大学留学的机会。她还有点犹豫要不要去，因为自己出国深造，孩子就只能丢给母亲；但她也舍不得放弃去哈尔滨的机会，因为听说哈尔滨冬季非常冷，她很好奇那里到底能有多冷。我认真地对她说，哈尔滨的冬天恐怕确实比你能想象到的最冷的感觉还要更冷一些。

第二天一早，罗宾带我们在镇子里到处转。小镇的居民不会说英语，我需要完全依靠罗宾的翻译。除了两家酒吧之外，镇子里还有个集市，里面有一些商贩，售卖各类水果、日用品、蔬菜和肉，还有修理摩托车的铺子。有几个烧烤摊，售卖非洲特色的各类烤肉，主要是鸡肉、牛羊肉、香肠和罗非鱼，配着吃的主食则是烤香蕉。非洲这边喜欢把肉烤得表皮乌黑，看起来卖相不佳，但味道还不错。烤肉黑色的外表并不是因为真的焦煳了，只是酱料的颜色和烟熏使然。烤香蕉确实不太好吃，这种香蕉不甜，毫无味道，吃起来像是死面馒头，但十分顶饱。

我们走进一个居民住宅区。因为是小镇，居民的房屋十分拥挤，不像之前在达市西南边看到的那些乡村，房屋分布十分稀疏。居民区里也都是平房，但条件相比于村里更好一些，家家户户都是砖房，有铁皮屋顶。他们有自来水，尽管没有入户，但管道通到了社区中心的空地上，居民们可以各自带桶来这里接水，不必跑到遥远的河边打水。我拧开水龙头试了试，水是清澈透明的，肉眼看起来没有杂质，说明至少经过了一定的处理，管道也没有明显的问题。在一座房子门口，有十来位老人和中年妇女聚在一起搓玉米粒。不知是因为品种不好还是田间管理不善，这些玉米个头儿很小，只有我们国内常见的玉米的半个大。玉米的籽粒倒还算饱满，他们熟练地拿着两根玉米棒子放在一起，两三下就搓出了全部的玉米粒，剩下光秃秃的玉米芯被丢在一边。这些玉米粒随后会被拿去磨成粉，成为烹制他们的主食“Ugali”的原料。

到了晚饭时间，一名妇女拿出一口铝锅，一台炭炉，教我烹饪“Ugali”。她先装了半锅水，烧至温热，然后把玉米面一点点倒进去，一边倒一边搅拌。“Ugali”的搅拌难度很高，稍有不慎，玉米面就会糊在锅底，然后被迅速烤焦。如果搅拌不均匀，玉米面也会在锅中聚集成大大小小的硬块无法煮熟，变得相当难吃。她非常熟练，很快就把锅中的玉米糊搅匀，成了一锅均一浓稠的玉米面粥。然后，她拿着锅的两只把手，端起锅颠了几下，之前看起来还稀溜溜的玉米糊就老老实实地团聚在一起，变成了一只密实的大球，完全不粘锅。这只烹熟的球散发出阵阵清甜的玉米香味，这“Ugali”就算做好了。她取出一盘事先做好的咸豆汤，从玉米球上揪下一块来蘸着吃，这就是“Ugali”的一般吃法。我学着她的方法吃了一口，谈不上好吃，但比我之前想象的要强得多。这个实心玉米面球质地结实，相当顶饱，我吃了几口就觉得肚子饱了。

社区里有几个玩耍的小孩。我问了他们的年龄，大的13岁，小的7岁。从外形上看，他们好像都比自己说的年龄要小上两三岁，而且都很瘦，想必是营养状况欠佳导致的。肉太贵了，每天吃玉米面配豆汤显然满足不了发育期孩子们的营养需求。出乎我意料的是，这些孩子都有学上。坦桑尼亚的义务教育虽然质量欠佳，但能够普及。他们之所以在家玩耍，是因为学校正在放“调查假”——政府要统计全国的人口，所以学校放假，方便政府的调查员来家里进行统计。作为没有假期的连轴转“牛马”，这一刻我和同行的同事们甚至有点羡慕这些在放调查假的小孩。

坦桑尼亚小镇一角

接到村口的自来水，安定的社会治安，低水平但普及的义务教育，贫乏却不曾中断的食品供给，这些基础设施简陋至极，却至关重要。半个世纪过去了，尼雷尔的思路仍然在保护着这里的人民。看着这个贫穷的社区，回想起托马斯和罗宾的对话，又想到我们日夜赶工的水电站，我敢下这样的结论：坦桑尼亚这个国家虽然起点很低，但具备发展主义的要素。只要它能坚持走下去，一定是有可预见的未来的。我不敢说它的长期天花板在哪里，但一定比眼下高得多。

生理极限

从达市回项目之前，常驻达市的总会计师大哥非常贴心地给我准备了一泡沫箱的冻饺子和冻馄饨。他深知项目大厨的“德行”，包饺子费时费力，我们平时必然很难吃得上饺子。凭借他对东北人的（无比正确的）刻板印象，他断定我们十分煎熬，因此特意准备了一箱。我感动得几乎要哭出来，拉着他的手千恩万谢，我媳妇则干脆已经哭出来了。后来我休假时，和他在国内相遇，送了他两条“中华”烟，却仍然觉得远远无法报答那一箱饺子。临走前，我媳妇还去肯德基买了满满一桶炸鸡，她要冻起来慢慢吃，以“尽量延长她食用正常食物的时间”。后来，我们把这箱饺子放在食堂仓库的冷柜里，没几天就被“零元购”到只剩半箱了。当然这也没什么可惜的，无非就是被同事们吃了。大家都是吃不上饺子的可怜人，谁吃都一样。至于炸鸡则没有这个问题，因为它们在路上就被我们吃完了，根本没机会进入食堂的冷柜，自然也就谈不上其他。

时间一天天飞快地过去，准确地说，每一天都很漫长，但每个月却又很短。长期在封闭的工地环境中高强度工作，大家的精神状态都有些不太正常。潘总说话开始变得颠三倒四，他会把上游说成下游，左坝肩说成右坝肩，铜止水说成钢筋，语序乱七八糟，并且省去许多语素，最后组成一个不像汉语的句子，但我仍然听得懂。这并不是因为我真的能听懂这些句子，而是因为我十分清楚工地上有哪些需要关注的地方，他一开口，我就知道他说的是哪里，具体的描述不再有必要。

工作的间隙，我们有一个很重要的娱乐项目，就是观看潘总电脑中他以前在哥斯达黎加干项目时的照片。不同项目之间的生活质量天差地别，在哥斯达黎加时，他们的项目距离市区只有 40 分钟车程，随时都能开上皮卡车进城逛。那是个小型的水电站项目，他们租了个杧果园当作项目的驻地，院子里种着十多排不同品种的杧果树，成熟时间各不相同。每隔两个月，都会有两排杧果成熟，与上一批成熟的杧果紧密衔接。一年到头，每天都有新鲜的杧果吃。他们的规矩是每两周休息两天，因为南美人并不会纵容中国人的加班习俗。日子一到，不管是工人、技术员还是业主的领导官员都会一溜烟儿地消失不见，哪怕有天大的事也不能耽误了休假。放弃休假来赚加班费这件事对哥斯达黎加工人而言简直不可理喻：“为了赚钱放弃休息？那我赚这两个钱是为了什么？为了盯着这两张烂纸傻笑吗？”因此每到休息日，项目上就只剩下十多个中国人，他们便也养成了定期休息的习惯。每到休息日，他们就开着皮卡车，载着烧烤架子，随便找一处景色好的海滩，就着烤串欣赏日落。而今十多年过去，原本的定期休息变成了一周 7 天的“连轴转”。

想到家中的老婆孩子，胜利在望的房贷以及酝酿之中的“昂科旗”，这一切都没有什么好抱怨的，只是潘总的“快速喝醉大法”练得越来越炉火纯青了。他可以控制自己在下午下班和晚上开会之间的短暂间隔内喝醉，但是暂时不发作。在晚上的会议上，他迅速地完成自己的发言任务，确保问题解决之后，瘫在椅子上迅速睡去。这种隐蔽的睡眠通常不会被发现，除非呼噜声太大。但无论是领导还是员工，对会议中的呼噜声都极为包容。大家都是同样辛苦，今天打呼噜的是你左边的同事，明天可能就是你。

潘总来项目上比我早。到这个时候，他已经整整两年没回家了。晚上 10 点多开完会，他晃悠悠地从会议室走回办公室，一屁股扎在自己的椅子上，紧闭双眼，晃晃悠悠，宛如躺在一个有点缩水了的摇篮里。他“呼噜呼噜”地喘了几下，突然张口说话，声音中隐约带着一丝类似于醉酒后呕吐物返到嗓子眼儿里的啜泣声。

“咱们好久没有听到‘沙沙沙’的雨声了啊。”

我说：“是，雨季还要 2 个月才来。”

他闭着眼摇摇头：“不是这个雨。他们这边的雨不是这样的声音。它是‘轰—轰—’这样的。我说的是那种‘沙沙沙’的雨。‘沙—沙—’，伴着这个‘沙沙沙’的雨，就睡觉了。”

他突然睁着眼站了起来，自顾自地说道：“太晚了，走，回吧。

记得把办公室的灯关上。”

一天深夜，我开完会回到宿舍，看到媳妇蜷缩在床上，电脑开着，被丢在一旁，显示屏上是写了一半的索赔函。我并没打扰她，而是蹑手蹑脚地潜入洗手间开始洗澡。她作为合同部经理，写索赔函写到精神崩溃是再正常不过的事情，甚至可以说公司支付给你的工资中就已经包含了这一项精神损失费。我们经常吵架，吵架的原因既随机又细碎，有一次甚至因为“是谁用完剪子没有放回抽屉里”这样的事吵到天翻地覆。冷静下来以后，双方都很清楚这种争吵的本质。其实我们两口子之间没有任何矛盾，只是封闭的工作剥夺了每个人全部的情绪价值，让我们都身处巨大的情绪负债当中。我们都渴望能从别人那里获取一些情绪价值，却都实在拿不出一丁点儿的情绪价值来分给对方。因此，每次吵架最终的处理方式也都一样，就是无条件和平，吵到累了，自动终战，上床睡觉，宛如这次争吵从未发生过。反正项目上也拿不出第二间空房来，非要不依不饶，就只能选择出去跟河马睡。

但这次，等我洗完澡走出来，她还是缩在那里一动不动。我有些担心，便上前查看，发现她满脸泪痕。我赶忙询问，她又哭了几声才勉强止住，小声嘟囔起来。

“我想过年。”

刚说完，就又止不住地哭了起来。

她生在非常幸福的家庭，每个微不足道的节日都是必须认真对待的重大事项，更不必说过年。一进腊月，外面白雪皑皑，东北人家的阳台上储存着数百斤的白菜和整扇的猪肉。用玉米叶子包好，串成长串的黏豆包和整箱的冰棍冻得严严实实，一墙之隔的卧室却暖如盛夏。年夜饭的鸡鸭鱼肉自不必说，在过年之前，她姥姥还会提前做好几大盆的“炸物”，有土豆条、鸡腿肉、菜丸子、鳕鱼和虾。主食可以选择大米饭、饺子或者枣馒头，以及她最喜欢的黏豆包。她每年都捧着豆包盘子，主管黏豆包的切割与分配。吃完正餐之后还有餐后甜点，其实就是黏豆包蘸白糖，吃了其他主食的人再多吃个黏豆包溜溜缝，我媳妇则以此为由吃两遍黏豆包。外面的烟花和鞭炮响得“乒乒乓乓”，把地上雪白的积雪炸得四处是坑。零下30摄氏度的冷空气只要几分钟就会把放炮小孩冻得张不开嘴，但仍然阻止不了他们的热情，年年都要炸碎几家玻璃才算完。

她想过年时，春节已经过去了好久。

赤道的阳光强度比温带最热的盛夏还要强上几倍，不仅太阳在发光，被它照耀到的所有东西几乎都在发光。每天中午，刺眼的赤道太阳都在提醒我们，坦桑尼亚正处于永无休止的盛夏之中，身体内的激素会告知我们生物节律应当重置为6月22日，此时当与过年无关。但是随着时间的推移，一直过不到冬天的身体逐渐察觉到异样，它开始意识到，不是时间轴有问题，而是阳光有问题。这些永无休止的炽烈阳光开始让人变得烦躁不安，长期见不到积雪让人的精神处于一种干渴的状态。最终，这种干渴在她某次试图给家里打视频电话的时候达到了顶峰。她姥姥的样貌在手机里一闪而过，然后就是长达数分钟的卡顿，屏幕里只有模糊的马赛克，听到的只有毫无意义的杂音。她不甘心，再打几次，结果也还是一样，她最终也没有听到她姥姥说完一个完整的句子。情绪就这样突然，却意料之中地崩溃。

我没有更好的办法可以安慰她。刚刚开完会的我心力交瘁，眼睛火辣辣地疼。我灵机一动，翻出之前在手机里保存的海参崴（符拉迪沃斯托克）祖玛饭店的菜单来，给她一页一页地翻看，望梅止渴。她的哭声逐渐安静下来，渐渐睡去。没有多少时间可供我们表达情绪，没写完的索赔函，明天一早起来还要接着写，埃及公司那边至少还有 8 名训练有素的合同专家在摩拳擦掌地等着反驳这封索赔函。

在绝大多数情况下，逼近生理极限的痛苦都只能靠自己消化。“好汉打脱牙和血吞”，自己作的选择，没有任何人骗你，更没有任何人逼你。我们每个人来到这里之前，都是被仔细地强调了无数遍的艰辛和风险，并被给予了无数次的退出机会，最终自己执意要来的。自己讨的苦自己吃，天经地义。但偶尔，也会有突如其来的能量出现，帮助你走下去。

就在这件事过后没多久，一个傍晚，熊大哥敲开我的房门，跟我说管推土机的师傅做了点吃的，邀请我们两口子过去坐坐。我们已经吃过了，一会儿还要开会，本想拒绝，但架不住对方热情邀请，我想那就过去喝两杯，大不了开会的时候和潘总一起打呼噜。万没想到，他邀请我过去不是去喝酒的，而是真的做了点吃的请我们品尝。准确地说，是他亲手包了一大盘饺子。饺子是黄瓜鸡蛋馅的，食材不难弄到，难的是饺子皮。他亲手和面，用一个洗干净的啤酒瓶两三下就擀了一张饺子皮出来。那饺子皮又薄又圆，捏成的饺子也是齐齐整整，十分专业。

手工现包的饺子鲜美至极，远胜城里带回来的速冻饺子，更不必说过年时食堂粗制滥造的那些。即使是粗制滥造的饺子，除了过年那一天之外，食堂也再没有包过；而从城里带回来的那一箱，我只吃到过两回，就被大家“零元购”一扫而光，这半年里一直处于断顿状态。不光是饺子美味，这位师傅的宿舍更是干净得让我惊叹不已。他在项目上是出了名的爱干净，房间里没有一丝异味和灰尘，所有用品和工具都摆放得整整齐齐，更看不到苍蝇和老鼠。他究竟是怎么在非洲的大环境下做到如此干净的，我至今无法想象。他每天白天要在工地干上十多小时，晚上还要清理屋子、打扫卫生，包饺子花的这些时间，很可能就是他一天中仅有的闲暇。换作项目上的其他人，用这短暂的闲暇狂饮尚且不足以弥补这一天下来巨大的情绪负债，而他却能用这短暂的闲暇包出一份饺子来分给他人。

他的儿子和我一般大，也念了所名牌大学，在国内干着体面的工作，让他深感自豪。尽管他在非洲的工作极尽艰辛，但他一直有一种难以名状的轻松和愉悦，那是一种没有任何后顾之忧，自然流露的松弛感。在这样由内而外，顺浓度梯度而流露出的松弛感中，不管身处何种艰苦环境，都很难让人再感受到压抑。他内心的丰饶是属于自己的，与他人无关；但这种松弛感却幻化成饺子传递给了我们。那确实是我人生中吃过的最好吃的一顿饺子。在那之后，我吃过无数顿更加精致、食材也更加优良的饺子，但都无法超过甚至接近那顿。我的潜意识甚至十分知趣地从不拿任何一顿饺子来和那一顿相比较，因为我知道，不可能更好。

吃了那一顿饺子之后，我媳妇很多天都没有再哭了。

随着下闸蓄水的时间节点越来越近，按时完工的压力也越来越大了。工地上始终是一片风风火火的景象，每个工作面都很忙碌，而我就是排施工计划的，深知这背后的压力——现场的实际工作量远比计划中显示的要多得多。非洲从 3 月到 5 月是大雨季，汛期的大量洪水一直在通过我们预留的大坝缺口，因此缺口中的碾压混凝土和消力池都只能在水底泡着，无法施工。连续 3 个月的降雨，就算是能够施工的工作面也难免受到影响。每次下暴雨，坝肩上的碾压混凝土都会被迫停工。等到雨停了，又要花费大量的时间来清理积水和表面脏污，刚刚清理好，保不齐过一会儿又要下雨了。

5月中旬雨季过去，水位下降，我们就要立刻开始抽吸大坝缺口里的积水，然后清理底下的淤泥。这些淤泥本来就十分难缠，好不容易清理完开始施工，一辆挖掘机在进行开挖的时候，不知怎么挖到了一条地下溪流，又开始“咕嘟咕嘟”地往基坑里面灌水。我和潘总绝望地站在旁边盯着这条新出现的溪流，沉默了很久。最后还是潘总叹了一口气，说道：“唉，挖到龙眼了。”

这个问题最后好歹是解决了。我们挖了个水泵坑，让地下水流到坑里，再用水泵把里面的水抽走。只要抽水的速度大于出水的速度，水不溢出来，就不会影响施工。整个过程就像是计算小学奥数竞赛题。

等到一切收拾停当，可以开足马力施工了，埃及公司又开始“找事”。他们对我们的态度有些复杂，一些部门害怕我们干得太慢，影响到整个水电站的总进度；另一些部门则害怕我们干得太快，这样延误工期的责任就完全落到了他们身上。现在工期越来越紧张，害怕我们干得太快的这一部分势力占了上风，便开始开足马力阻挠我们的施工。总工程师每天都要花费大量的时间和精力去和业主开会，和埃及公司争辩，才能让项目的各个工作面按计划推进。即使是像他这样情绪极其稳定的人也难免遇到“破防”的时候，有一天傍晚，在我们坐车从埃及公司的会议室回来的路上，他长叹一声：“想干点活儿怎么这么难哪！”

一边是总工程师搞着外交，一边是潘总和我在紧张地催着内政生产。经过计算，在旱季的施工高峰期，我们有600人的劳动力缺口，因此早在雨季结束前，我们就在当地工人营地提前新建了10栋工人宿舍，每栋可以满足60人的居住需求。我们还从国内和坦桑尼亚当地招了20多个有经验的中国工长，在6月之前陆续进场。一些数量上有缺口的施工机械设备，我们也在雨季结束前提前在当地租赁完成，各种易损的配件也都到齐了。

如果按照之前的速度，就算增加再多的劳动力和机械设备，也很难在预定的下闸蓄水节点之前完成工作，那就必须激发出现场人员的劳动积极性，让他们想方设法地提高生产效率。为此，总工程师居然能从埃及公司的重压下抽出时间，牵头带着我们弄了一张硕大无朋的计件承包奖金表格出来。我们为每个工作面制定了一个定额时间，在确保质量和安全通过检查和验收的前提下，按此时间完工能获得基础的奖金。在此基础上每提前一天，则多奖励工长一定数额的奖金；如果拖后一天，则削减一定数额的奖金。水电站涉及几十个各不相同的工作面，每个工作面的施工工序和复杂程度都不相同，相应的定额时间也不相同。我们必须对每个工作面的定额时间作出精准的预估，在此基础上才能制定出公平合理的奖惩制度，确保各位工长在能力和工作强度基本相近的情况下，拿到的奖金数额也接近。

这样布置下来，一个能力在中位数的中国工长，每个月能拿到的计件承包奖励在700美元左右。技术最好、最能干的那几位师傅被我们安排在了工期最紧张的工作面上，每个月的奖金超过1000美元，都是按月以现金的形式发到大家手上，决不拖欠。每次发放奖金都是在傍晚，财务打开崭新的整捆美元，一张一张“刷刷刷”地清点，再一沓一沓地发到每个人的手里，那种视觉冲击与激励效果远非账户上空洞的数字可以比拟。靠着真金白银的激励，工人的工作效率果然有了显著的提高，而且越到后面，工效提高得越快。看来这个世界上唯一有效的“大饼”，就是真正吃到嘴里的“大饼”。

后来，我本人的状态也变得越来越坚毅。人一旦没有了选择，就无所谓撑得住或者撑不住了。我媳妇回国休假了，她在项目上已经坚持了整整一年。她走以后，我少了副铠甲，但也少了个软肋。对于一个成年男人而言，许多苦如果只是吃进自己的肚子里而没有外溢，那便算不得苦。然后是已经在项目上干了两年多的潘总终于得以回国休假，这不仅意味着我需要承担起更多的现场工作，也意味着没人“罩”着我了。“看人挑担不吃力”，我看潘总每天迷迷瞪瞪的，没想到他要干这么多活。我开始没有时间自己琢磨做饭吃，甚至没有心情去关心伙食好不好吃。即使食堂做糊涂面，我也会捏着鼻子一饮而尽，然后尽快把下周的计划排出来。一年过去，我对每天多次、毫无征兆的停电早已适应。有时晚上突然停电，我还会果断地打开房门走到外面。旷野深处，失去了供电的营地会进入真正的漆黑状态，目力所及之处没有任何人造的光源，只有在城市之中绝无可能见到的、极其清澈明亮的月色与星光。我会趁着停电的间隙抬头仰望，紧紧地注视着它们，就如同它们紧紧地注视着我，这是我宝贵的放松时间。赤道的月牙是躺着的，两个尖角向上，看上去比我们高纬度地区斜倚着站立的月牙更加慵懒。

在接下来的时光里，我千百次地走过大坝上的那些工作面。它们每一天都在变化，每一天都在升高，每一天都在变成一个新的工作面，而我昨天所站立的地方则被深埋脚下。我的技术指令同我留下的足迹以及某次不慎丢失的硬币一起，会同那些钢筋、止水和传感器一起被每天攀升的大坝深深地贮藏在结构的内部。它们的寿命应该远远超过人类个体，人类组建的国家实体，甚至人类文明。下一个见到这些遗存的智慧生命会是谁？他们又会如何评价我们这个文明？

这都不是我现在该关心的问题。此时此刻，每一个技术细节，每一个施工布置，都比整个人类文明还重要。

终于到了下闸蓄水的那天。上游的围堰已经爆破完成，下游的消力池也已经清理干净，人员和设备全都撤出，只等导流洞下闸。下闸之前，我们站在大坝前面与大坝合影，没有太多的欣喜和兴奋，反而异常平静。土木工程这行确实有点意思，在一年 365 天中的 364 天，你都会捶着桌子咬牙怒骂："土木工程，狗都不学。"但是完工的那一天，虽然只有一天，它带给你的精神享受却是其他任何事情都无法比拟的。那是一种彻底完成了一件事情的平静；是一件折磨、消耗你很久，甚至与你的生命融为一体的痛苦事项的最终

2022 年年底大坝蓄水前夕

2024 年蓄水完成的大坝

关闭；是一种无比满足的空虚——你掏出了身体的一部分，把它造成了一个看得见、摸得着并且确实有用的物理实体。我看向大坝上游那一片广袤的森林，这是它们得见天日的最后时刻。很快，它们将被淹没在 100 多米深的水下，变成鱼类的食物和家园，一种截然不同却更加丰富的生态系统将会在这1000多平方公里的土地上建立。

它凝结着一万人的一亿工时。它结束了，却刚刚开始。

熟悉又陌生的中国

2022 年年底，大坝顺利蓄水。下闸蓄水意味着大坝的主体部分施工已经完成，后序仍有工程量，但所需的劳动力大幅减少，包括我在内的相当一部分人员被调去了其他项目。准确地说，是获得了升迁。

大坝的项目经理升任公司非洲分局局长。总工程师升任项目经理后，很快兼任非洲分局总工程师，领导整个非洲分局的技术工作。商务经理升任非洲分局副局长，分管分局合同履约工作。前后两任大坝作业处处长分别升任两个项目的生产经理。前任合同部经理升任某项目的商务经理，后任合同部经理就是我媳妇，升任非洲分局合同部副经理，主持部门工作。而我们的潘总则留在了项目上，升任项目总工程师，成为大坝项目后期的实际管理者。

我也升了半级，调去莱索托输水隧道项目担任项目副经理。但是在此之前，我要先回国休个假。我已经16个月没有休假了，虽然比起项目上的各位前辈，16个月实在算不得什么，但是对我本人而言已经是一遍又一遍地挑战极限了。我的衣服、裤子都穿烂了，只剩下几件化纤T恤还在坚持。我的身份证、驾照等一干证件全都赶在2022年年底集中过期，我成了黑户，回国之后连出行都很困难，需要挨个儿把这些证件补齐。此外，还有乱七八糟的手续、事务性的工作需要做，一屁股的麻烦事。

不过，所有这些麻烦加起来，也抵消不了我回国休假的兴奋。这种兴奋随着回国日期的临近逐渐积累，在我乘车从机场进入广州市区的那一刻达到了顶峰。与外部世界隔绝了一年多之后，突然回到中国的大城市，感觉像是来到了一个从未到过的国家，街边出现的每一家商店、每一家餐馆都令我无比兴奋，步入其中的任何一家都意味着无限的欢乐和可能性。那是我过去20多年在中国生活时从未意识到的。

进城之后，我做的第一件事就是冲进一家叫“啫八”的专做广式啫煲的饭店吃上一顿。我出国前在广州吃的最后一顿饭就是在这家，回国后先来这里吃一顿，这叫“有始有终”。我是北方人，吃不出广式啫煲的好赖，凭记忆点了些之前广州朋友常吃的生啫生肠、盐烧花螺之类的菜色。可能是因为刚刚回国，吃什么都觉得鲜美异常，一顿啫煲吃得我肚圆，但还嫌不过瘾，又去大街上跑了几圈，然后买了半只烧鹅，随便找了家港式茶餐厅，又点了几个菜和一碗虾子拌面，每一道都被我视作无上珍馐。我每每用筷子夹起一块食物放进嘴里，都会陷入一种深深的疑惑。我不停地问自己几个问题：一是世界上为什么会有这么好吃的食物，他们是不是往里面放什么“科技产品”了？二是我当初究竟是怎么想的，为什么要出国去遭那份罪？

把自己撑到走不动道之后，我的理智逐渐恢复。我必须先花几天的时间，把我过期的证件办好，然后去挨个儿会一会老友。我仍然对北京充满反感，但北京也有我割舍不下的，那就是我的朋友们。在我去非洲的这段时间里，很多之前在北京一起煎熬的朋友也都离开了北京。他们有的出了国，有的去了其他城市，还有的自己创业了，满世界乱跑。而那些留在北京的朋友，他们的生活都在逐渐“步入正轨”。

好友久别重逢，场面十分亲切。他们给我讲述国内的近况，我给他们讲述非洲的趣闻。可是聊着聊着，我们却又隐约感受到了一种隔阂。这一年多来，国内发生了种种事情，而我从未经历过；我在非洲所经历的一切，他们也无法感同身受。共同记忆的缺失让我们很难聊到一起。我们关注的事情也不相同。他们一直在北京生活，北京中高收入人群的生活方式已经逐渐融入他们的潜意识当中，很多在我看来如同笑话一般荒唐的生活方式，在他们看来却是默认的生活必需品。这才刚刚过去一年多，我就感受到我们之间出现了一层无形的“厚障壁”。假如我继续在非洲工作下去，这些曾经牢不可破的友谊还会存在吗？其实，这种越来越深的隔阂早在我还没回国时就已经有所察觉。刚出国时，朋友之间的关系还极为热络，那种对分别的不舍与再次相见的期待溢于言表。然而随着时间的推移，我能明显地感觉到我的社会联系在逐渐地从我的身上抽离，我能交流的人越来越少，能交流的内容也越来越稀薄。到最后，隔着手机屏幕，大家即使想聊，也真的没什么好聊的，只能说等将来相聚再说。可是短暂的相聚就能消除日积月累的隔阂吗？

我开始有些理解我在非洲的同事们。人是一种社会动物，必然会被自己身边的环境影响乃至塑造，人与人之间的感情必须通过物理的接触才能维系。那些出国十多年的“老海外”跟我说，他们很想家，却并不十分想回家。在最开始的一两次休假中，他们十分兴奋，在国内到处走亲访友；可是随着时间的推移，他们与国内的脱节越来越严重。国内的发展速度飞快，日新月异，每年回去的个把月根本来不及适应社会产生的新变化。他们用不好移动支付，不会绑定银行卡，通不过乱七八糟的验证，也经常忘记纸质的火车票和登机牌已经没了，取而代之的是手机上的二维码。国内的网络流行语已经换过十来遍，他们还停留在上年的那个版本。他们理解不了大家都在关注的新闻有什么意思，也弄不清楚最新的笑点出自哪里。有些三五年没回家的，甚至会发现整个城市已经脱胎换骨，连自己家都找不到了。

如果说这些与社会的脱节只是癣疥之疾的话，那么与家人的脱节恐怕才是真正让人深陷痛苦的伤筋动骨。海外的老员工大都是夫妻两地分居，连最基本的电话和视频联系都很难做到。长此以往，离婚简直成了家常便饭。孩子正在成长的关键时期，每一天的陪伴都至关重要，而他们和孩子一年都未必见得到一次面。别说是无法视频通话，就算能视频通话，在手机上又能聊些什么呢？孩子成长中的点点滴滴难以诉说更难以共情，亲情很快就会淡漠下去，终生难以弥补。至于父母，每每提及之时，许多壮汉都会黯然垂泪，不忍述说。他们有时觉得自己就像是被判了无期徒刑的囚犯，渴望出狱却又害怕出狱。如果一直这样待在海外，那么所需要面对的就仅有眼下的工作和艰苦的生活，其他事情都一概假装不存在；而一旦回了家，就不得不面对这个支离破碎的家庭，以及它衍生出来的数不尽的烂摊子。

人生而自由，却无所不在枷锁之中。当你想要摆脱一种枷锁，最终却必然要陷入另一种枷锁。逃离能解决问题，但也在创造着新的问题、更大的问题。

当然，也并不是所有的朋友都在沉淀下来成为北京中产，矢志不渝地没心没肺的朋友也是存在的，汉洋是其中最为绚烂的一个。得知我回国，汉洋乐得“一蹦三尺高”，要和我一起赶快兑现我们之前念叨了好久的旅行。

这趟旅行没有任何需要着重强调的出彩之处。具体地说，就是弄一辆车，然后一路向北不分昼夜地一直开，开到尽可能冷的地方，直到我们认为可以了为止。我们饿了就买东西上车来吃，困了就找最近的城镇睡上一觉，然后发动车子，沿着永无休止的公路不断向前。出发地一定要选在傍晚的长春，我问他有没有既好吃又快捷的晚餐，而且还不用喝酒，吃完就可以直接开车出发，简直就是让他去找“五彩斑斓的黑”。他眼珠儿一转，表示小菜一碟，吃“韩金钰”汤饭。我们把白灿灿的东北大米饭泡进牛肉汤里，又多加了几份牛肉，扎扎实实地吃了一顿家乡的饱饭，然后回到在零下 20 摄氏度的室外停着的、和外面一样寒冷的车里，倒车上路。汉洋不知从哪儿掏出一个车载蓝牙音响插在点烟器上，音乐响起，是谢天笑的《潮起潮落是什么都不为》。我们的目标，是明天早晨之前到达鹤岗，去见另一位朋友。

汉洋告诉我，在2022年这一年，他最崩溃、最绝望的时候，就听这首歌。歌曲的内容完全如歌名所示，没有实质性的意义，就是潮起潮落什么都不为，有一种“天行有常，不为尧存，不为桀亡”的洒脱。有时候，我们真的很羡慕那些虔诚信奉宗教的信徒，他们可以把自己遭受苦难的责任推诿给神的惩戒而非自己的选择，这样人生就会变得轻松许多，付出的代价则是把自己取得的成就谦让为神的启示而非自己的出色。我们一致认为这样很划算，可惜我们早已是坚定的唯物主义者，现在再让我们相信神，客观上已经很难做到了。

但无论如何，我们至少可以做到一点，那就是承认人的主观能动性在宏观命运上的无力，或者至少是不可能发挥出决定性的作用。我们可以认识自然、利用自然，但是不可能改变自然规律。就像修一座水电站，我们可以计算出最优的位置建设一座水电站，把自然之力为我所用，但是不可能无中生有地变出水来。如果我们寄希望于变出水来，徒劳无功地与风车决斗，然后再为了自己毫不意外的失败而感到痛苦，那才是真正的愚蠢。

与汉洋在一起，我隐约回忆起了我选择出国的初衷。是因为国内的同侪竞争太激烈吗？是因为国内的生活日复一日太无聊吗？是因为国内“吃得苦中苦，方为人上人”的社会意识太压抑吗？当然是，但这些绝不是主要原因。世上的苦有很多种，我躲过了中国的这些苦，就难免要吃非洲的那些苦；躲过了心理的苦，就要忍受生理的苦；躲过了厌倦的苦，就要忍受分别的苦。吃苦是躲不过去的。我出国的根本目的，不就是享受这份宝贵的陌生感吗？陌生意味着探索，陌生意味着征服，陌生意味着生理和心理双重的生存空间在不断扩张。我从家乡来到非洲的陌生，是我在把全新的地图和知识收入囊中；我从非洲回到家乡的陌生，则是我在以他者的身份重新发现我的家乡，发现它的全新侧面。如果不曾离开，那么即使是最熟悉的家乡，也总有一个侧面是我终生难以发现的，这该是多大的遗憾？

中国是我的家乡，它不高于其他，也不低于其他。我之所以会觉得中国既熟悉而又陌生，是因为这个世界上的任何地方、任何人，原本都应该是既熟悉而又陌生的。熟悉是致敬我们过去的努力，陌生则是赋予我们未来的礼物。这个世界如河流一般向前流淌，它会不断地带走你熟悉的一切，带来陌生的未来。就算我们永远待在原地，也绝不可能重复踏进同一条河流。上帝也好，苍天也好，造物主也好，科学规律也罢，不管把它叫作什么，总有一点是可以确定的，那就是它对人类极为吝啬。我们只有几十年的寿命，再去掉懵懂无知的幼年和失去自由的暮年，能留给我们感知和了解这个世界的时间就更短了。

这一点点时间何其宝贵？我们即使每天都有幸过上全新的一天，几十年下来，尚且不可能去认知这个世界的全貌；如果再浑浑噩噩地每天在同一个城市重复相同的生活，去精算自己的世俗成就和朴素幸福，那么这个世界的千变万化、光怪陆离，我们又怎么可能感知一二？我们和那些朝生暮死，没有自我意识，只是按照大自然的法则机械地运转的苍蝇、蚊子又有什么区别？

人的意志相比于自然何其渺小。我们再怎么挣扎，在大自然面前，也不过是个微不足道的血肉之躯。但人的伟大也恰恰在于此。即便是如此渺小的人类，也仍然在拼尽全力，探索着这个深不可测的世界。

熟悉又陌生，恐怕这才是世界对我们最大的仁慈。

03
文明的边疆

有个声音来自最美好的远处
它在召唤我去奇妙国土
我听见那声音对我严正发问
你将为明天尽些什么义务？
啊，最美好的前途，请不要对我冷酷
我就从零点起步，向最美好的前途
向最美好的前途，哪怕是漫长的路

——尤·恩津《最美好的前途》

莱索托：山间科考站

2023年年初，我刚刚回国休假，还在忙着办身份证的时候，莱索托项目就已经联系我，要给我办入境手续了。可是一直到2月，我的假期都要结束了，莱索托那边还是杳无音信、毫无进展。我忍不住找人询问，和我联系的正是5年前在下凯富峡项目上管劳务的袁大师。袁大师认真地给我解释了一下情况：莱索托是一个深居南非内陆的国中之国，要想进入莱索托，首先要进入南非。而南非签证对持中国护照的人而言极为难办，如果直接从国内拿着公务普通护照办理南非签证，最早也要4月才能出签，而且还未必能办成，这还不算从南非入境莱索托的麻烦。天天躺在国内，再吃3个月的“韩金钰”汤饭也不是个办法，我还是希望能早点成行。最后，袁大师研究出了个“曲线入境”的法子。由于南非与赞比亚同属于南部非洲发展共同体（SADC），会对持有成员国工作证的外国人高看一眼，优先发给签证。我先让赞比亚项目总部的同事给我办赞比亚的工作证，再在赞比亚拿着工作证去南非驻赞比亚大使馆办南非的签证，拿着南非的签证从赞比亚进入南非，从南非到莱索托这一段“再想办法”。这样算下来，我最快 3 月中旬就可以入境莱索托。

就这样，又拖拖拉拉地磨蹭了一个来月，我终于等到了入境莱索托的时刻。我先从赞比亚首都卢萨卡飞到南非的北部中心城市约翰内斯堡，然后转机飞往布隆方丹，再换乘公司安排的车辆前往南非与莱索托交界处的小镇莱德布兰德（Ladybrand）。第二天一早，从莱德布兰德入境莱索托，到达首都马塞卢，再从马塞卢坐公司的车前往项目地点。过程之复杂堪比登月。

在讲述这一段曲折旅程之前，我还是先简单介绍一下莱索托。莱索托的全称是莱索托王国，国王是莱齐耶三世，国土完全被南非环绕，是南非的“国中之国”。它的国土面积只有 3 万平方公里，人口 230 万，全国除西部的极少数平坦台地外，几乎均为山地和丘陵，土地十分贫瘠。不过，贫瘠的高山也为莱索托带来了比较丰富的水资源，这里的水电蕴藏量约为 45 万千瓦，地表水径流量每年 3.4 亿立方米。我们承建的这个项目，就是把莱索托丰富的水资源收集起来，通过地下隧道向西输送到南非的大都市约翰内斯堡，缓解约翰内斯堡严重的供水不足问题。

莱索托之所以能够形成这样奇怪的国土形状，与白人在南非的殖民统治有关。南非是一片极为富饶的土地，伴随着殖民扩张，白人统治集团不断地占据南非最富饶的土地、矿产以及港口等交通要地，并有意识地将贫瘠的山地让出，留给土著黑人用作“保留地”。这是一种极为残忍的政策，白人殖民者既占据了最广阔的生存空间，又可以奴役土著黑人，利用他们的劳动力，同时还不必承担对土著黑人的治理责任，实现白人与黑人之间的隔离。此外，这种做法还可以制造所谓“黑人自治”的假象，应对国际社会对南非白人政府的谴责。这种思路在20世纪中叶发展到了极致，形成了班图斯坦制度。它将非洲人保留地的范围限制到最低程度，而保留地以外的大片土地任由白人霸占。占南非人口71%的黑人仅占有全国土地的12.7%，而占人口16%的白人却占有全国土地的87.3%。这些非洲人的保留地被称为“班图斯坦”，意为黑人家园，它们的分布零散，大多是贫瘠缺水的劣地，有一半以上的黑人一直居住在保留地以外的白人地区，成为白人资本家和农场主的廉价劳动力，根本无法享有南非国家的公民权利。这些“班图斯坦”在白人政府的推动下逐步自治，并最终“独立”，成为名义上拥有主权但实际上完全“受南非指导”的“国家”，而其中的黑人居民几乎失去了在南非的一切权利。

南非政府这种做法严重激化了种族矛盾，加剧了南非的政治危机。20世纪90年代初，南非实行种族隔离的白人政府在国际社会的严厉制裁和国内风起云涌的种族平等革命中最终垮台，曼德拉领导的非国大（南非非洲人国民大会）上台执政，班图斯坦制度最终破产，土地重新并入南非。但是，莱索托和斯威士兰两国虽然是保留地思维的产物，却并非班图斯坦的一部分，而是早已成为如假包换的主权国家，从法理上，它们不可能也不应该并入南非。就这样，这两个国家以特殊的地理形状留存了下来。但在实际的国家运转中，它们不可避免地在很大程度上依赖于南非，诸多政策和管理思路也与南非保持着高度的一致性。尤其是莱索托，由于地处内陆，国家极度贫穷，故而对南非的依赖性相比于斯威士兰而言更强。眼下我们承建的这个项目，就是南非与莱索托合作开展的，从本质上讲，是莱索托把高山上的水卖给南非，换取资金以维持国家的基本运转。

20 世纪 90 年代初，曼德拉革命成功后，南非白人失去了政权，但其势力仍深深扎根于南非社会经济的方方面面。在接下来的 30 年里，他们的势力被不断清算，生存空间也被不断压缩。很多富有的南非白人选择在生命尚未受到威胁、部分财产得以保全之时断臂求生，果断外逃，他们的重要目的地是与南非纬度、气候相近的澳大利亚。但还有些比较贫穷的白人无力外逃，他们尽己所能，聚集在几座白人占比较大的城市抱团取暖。南非的绝大多数城市和地区则几乎完全回到了黑人的手里。如今，南非白人的总数已不足 450 万，只占总人口的 7%。

我作为在半个地球之外生长的外国人，对于南非白人殖民者与原住黑人之间复杂纠缠的历史不便评价，也无力评价。无论如何，南非的不同种族之间有着深重的矛盾，这些矛盾以许多种不同的形式表现出来，作用于南非的社会意识形态和国家政策上，严重制约着南非社会经济的发展。在实际工作中，这些负面的影响始终纠缠在我们身边，几乎令我们的工作开展起来难度倍增。

我到达布隆方丹时已是傍晚，南非高原的景致深得我心。南非有 3 个首都：行政首都比勒陀利亚是南非中央政府和各国使馆的所在地，它与约翰内斯堡毗邻，共同构成了南非最大的都会区；立法首都开普敦位于南部沿海，是南非国会所在地，也是南非第二大城市；司法首都布隆方丹是全国司法机构所在地，是一座小城市，人口只有 70 多万，高层建筑很少，街道宽阔静谧，十分宜居。这里沿街整齐地排布着二三层的红砖样式的楼房，这些楼房的外立面风格统一但不失个性，沿街的一面宽阔而进深较小，布局显得十分整洁，与那些沿街窄、进深大的典型东南亚沿街自建房正好相反，后者带给人更强的拥挤凌乱的质感。据在南非工作的同事们说，布隆方丹是南非唯一一座人们可以在大街上自由行走而不必担心安全问题的城市。

从布隆方丹乘车出城，城外都是统一规划的、纯机械化运作的大片农田。南非的高原气候和地理条件非常适合农作物生长，这里的日照强烈，雨热同期，昼夜温差大，降雨适中，灌溉方便，而且极端天气不常见，土地还特别肥沃，尤其适合发展大规模机械化农业。早在白人殖民时代，这些农田就已建设完成，只需要进行简单的日常维护和运营，就能持续不断地连年丰产。南非的种植业和畜牧业都十分发达，农牧产品是南非出口的拳头产品。在大片的农田之间，星星点点的农庄散落其中，农场主们居住分散，很少有大规模聚居的村镇。高原的天空蓝得耀眼，云朵低垂，太阳尽管西斜却仍然毒辣，照在身上令皮肤微微刺痛，却并不感觉热，微风拂过甚至还有些许寒意。我不禁在想，假如余生能够在这里弄个庄园，每天开着拖拉机种地，那么定居好像也不是让人特别难以容忍的事。

车子很快到达了边境小镇莱德布兰德，再往前走，就是莱索托了。当晚海关已经下班，我要先与这边的一位华人老板见面，第二天一早再过海关。小镇很小，仅有的还算像样的酒店看起来像是20世纪60年代老电影里的美国旅馆。镇里没什么餐馆，有家肯德基，但天色太晚，再出门实在不安全。好在酒店里提供餐食，尽管味道一般，但好歹可以充饥。我一边吃饭，一边与这位华人老板攀谈几句。他 1998 年来到南非经商，如今已经在南非工作了 20 多年，在莱德布兰德和对面莱索托的马塞卢都有生意。

提起南非，他唉声叹气，认为自己做了错误的选择。20 世纪末，南非还是个发达国家，人均 GDP 是中国大陆的 10 倍。当时，种族平等革命带来的社会动荡在表面上已经平息，南非仿佛又重新成为一片投资的沃土。由于经济水平的巨大差异，在南非哪怕赚一丁点钱，回到国内都相当于一笔巨款。在这种思想的驱动下，很多华人来到南非打拼。刚开始一切还算顺利，但是随着时间的推移，他们发现不仅生意越来越难做，甚至连正常的生活都无法维持。

站在生意人的角度看，从本质上讲，即使是西方最发达的国家也一样有腐败，只是各国腐败的方式有所不同。越发达的国家，腐败的机制越成熟，方式越隐秘。腐败本身会推高一些成本，但生意还可以勉强维持，更可怕的是，南非政府令人惊叹的不作为。这种不作为并不是其他国家那种典型的，为了“吃拿卡要”而故意吊着你，把“作为”当作一种寻租的手段去获益；而是一种真正的不作为，是你不管怎么“求爷爷、告奶奶”都无动于衷。20 世纪末，依靠白人统治时代留下来的遗产，社会还能勉强维持运转；可是随着时间的推移，不论是硬件还是软件，那些基础设施都逐渐老旧失灵，社会就开始变得维持不下去了。他指着莱德布兰德破烂的公路跟我说：“这条路已经烂了好几年了，政府不是没有拨款修缮，但是款项被贪污了，然后用烂泥把柏油路的坑洞补了补；一下雨，烂泥被雨水冲走，坑洞就恢复成原样。最绝的是，当地政府大大方方地承认了自己的贪污：钱被我们贪了，现在没钱了，路修不了了，也没有任何处罚。这件事就这么过去了，路就永远烂在这里。”

事实上，莱德布兰德的烂路只是南非社会溃烂的一个小缩影。从数据上看，这位华人老板的直观认识没有任何错误。2022年，南非的发电量为20.6万吉瓦·时，仅比1990年高约34%，相比于2019年减少了11.3%，降至自2005年以来的最低点，并仍在迅速地下降中，平均每年都要下降4%。南非全国正在运营的火力发电站有15座，其中13座是1990年以前建成的，平均服役时间超过了43年。现如今，在夏季的用电高峰期，约翰内斯堡每日的停电时间已达7.5小时，其他主要城市每日的停电时间也达到了2—7小时。在南非甚至有一款手机App，可以准确地告知城市内不同区域的具体停电时间，方便人们早作准备。也不知道这究竟是发达，还是落后。

如今在很多关系国计民生的重要行业，南非都规定了种族雇用比例，比如医生、工程师、公务员，黑人的比例必须超过一定数值，否则就算违法。但在现实中，这些职业对无关政治的技术技能本身要求非常高，毕竟圆周率非常公平，不会因为种族的不同而变成4.13。但客观上，黑人专业技术人员的平均水平又达不到要求。这使得南非许多曾经颇为强大的行业都在走下坡路，或是外强中干，实际水平堪忧。更糟糕的是，30年过去了，这种倒退看不到任何好转的迹象，南非的教育体系并没有利用这宝贵的30年来填补技术人员业务水平的缺口。在巨大的清算压力下，许多白人技术人员也被迫外逃。

这位华人老板非常实在。他只是一个普通的生意人，对黑人和白人之间的恩怨情仇并不了解，也无法了解。但是无论如何，如今已经过去30年了，人总要往前看，一个社会的运转总不能只有斗争和清算，总要有一点生产和建设吧。

这位老板的话让我陷入深思。几个华人老板赚不到钱，对一个国家而言当然算不得什么大事。但如果整个国家的社会经济在 30 年间陷入持续的倒退，并且看不到一丝好转的前景，那显然说明这个国家的运转出现了大问题。后来，当我在实际工作中亲身面对这些问题时，我对这种深刻的失望更加感同身受。

过了边境之后，肥沃的平原戛然而止，莱索托的首都马塞卢坐落在绵延大山的脚下。这可能是我去过的面积最小的首都，尚不及中国一个中等大小的县城，只有十几家像样的饭店和两三家大超市。公司在马塞卢租了一幢别墅用作莱索托代表处，别墅的环境不错，据说以前是国王姨妈的房产，辗转租给了我们。这并不稀奇，整个莱索托只有 200 多万人口，富裕阶层和各大区的酋长大都沾亲带故，想找到一个和国王没点亲戚关系的有钱人怕也不容易。常驻代表处的只有一个人，他既是莱索托项目的总会计师，又是联络负责人，同时也是厨师。我没有在代表处过多停留，因为必须在天黑之前赶到项目地点，而项目位于莱索托的东端，从全国最西端的马塞

莱索托的群山

卢开车赶到项目上需要穿越整个国家，耗时6小时之久。莱索托的盘山路十分凶险，路上还会结冰，天黑之后赶路十分危险。

莱索托牧羊人

马塞卢的地形还算平整，但刚一出城，险峻的群山就突然间拔地而起，能看到的只有山间的沟壑和山顶的狭长天空。从首都到项目地点走的是莱索托横贯东西的1号公路，这条国家主干公路并没有我之前想象的那么差，它虽然狭窄弯曲、极为陡峭，但相对平整，上面偶有几个因为缺乏维护而留存的坑洞，但比起坦桑尼亚的土路已经强得太多了。司机的驾驶技术十分娴熟，精准地躲避着路上的每一个坑洞，想必这些洞对他而言已经烂熟于心。

3月是南半球的秋季，莱索托又处高原，海拔大都在2000米以上，因此气温比较低。到五六月份正式入冬，莱索托山区的气温会降至零下，甚至还会下雪，项目驻地的旁边就有一座据说是全非洲唯一的滑雪场，每年6月开放。与完全无人的坦桑尼亚丛林不同，莱索托的公路两侧稀稀落落总有些人家和村落。刚从城里开出来时，这些房子多是方形带铁皮屋顶的，与在坦桑尼亚看到的富人住宅相似。距离城市越远，方形的房子越少，取而代之的是一种莱索托的传统圆形石屋。这些石屋由大小相似、形状规整的块石垒成，

莱索托的山间公路

屋顶则是一层厚厚的干茅草，这些茅草是莱索托的国宝，油得发亮，据说防水又保暖。村子的周边时常可见穿着厚毡袍的牧羊人，他们有的步行，有的骑马，赶着几十只羊，有时还有两三头驴，有的驴背上驮着成袋的玉米粉。莱索托的高山上风大、寒冷，但日照极强，因此当地人的传统装束就是将自己裹得严严实实，只露出两只眼睛，既防风防寒，又能防晒。

所幸，前往莱索托项目的路上没有像坦桑尼亚那样的层层关卡阻拦，我们赶在天黑之前顺利到达项目驻地。这个项目驻地与坦桑尼亚的那一座完全不同。打个比方来说，斯蒂格勒峡左岸营地像是个富裕的河南村庄，而莱索托项目营地则更像是个极地科考站。我们的宿舍、厨房和办公室都是清一色的白色移动板房，用起重机吊上板车，10 分钟就能拉走。山间的大风一吹过，这些板房摇摇晃晃，像是要被吹翻一样。为了防止真的被吹翻，这些板房被用钢丝绳紧紧地拴在地上。每当晚上刮起风，这些板房就会吱嘎作响，像是要散架一般，睡在里面别有一番惊险刺激。

这些白色的移动板房横七竖八地摆在一个小山包上，周围用铁丝一围，就算是我们的项目驻地了。这是项目前期的临时营地，主营地号称要到 3 个月后才能建成。现实中，由于莱索托业主管理效率低下，以及层层叠叠复杂的法律和社会关系，主营地真正建成已经是一年以后了。临时营地没有接入电网，我们只能通过柴油发电机发电。这台柴油发电机的供电并不是 24 小时连续供电的，每天晚上 10: 30 到第二天早晨 5: 30，发电机熄火，项目上全停电。这一方面是因为柴油发电机运转起来太吵，夜里影响人睡觉；另一方面也是为了节省柴油。停电就意味着停水，因此洗漱活动必须在晚上 10: 30 之前完成，过时不候。到五六月份，莱索托的夜间温度低至零下，地面甚至会覆盖积雪，这个夜间停电制度就会令人十分痛苦。板房本身的隔热能力有限，大约能维持室内 4 小时的温暖，每天凌晨两三点，项目上的人就会集体被冻醒，然后瑟瑟发抖地坚持到 5: 30 来电，再继续睡上一会儿。

莱索托项目上的伙食也很糟糕，但这种糟糕与坦桑尼亚项目上的那种还不一样。坦桑尼亚项目上的厨师们做的，本质上是传统的河南料理，只是因为厨师们的不上心导致口味粗糙。而莱索托项目

莱索托的圆形石屋

这边则完全是另一番光景。由于特殊的制度要求（这一点我会在下一节展开讲），我们需要雇用相当比例的当地高管，与他们同吃同住。他们吃不惯中餐，而我们吃不惯当地伙食，因此我们的厨房就实行了“合署办公”，让中国厨师和当地厨师每顿各做两个菜，大家共吃。莱索托虽然地处山区，食材并不丰富，且都要从南非进口，但基本的鸡鸭鱼肉和非洲常见的那几种蔬菜是有的。如果是水平足够高的厨师，靠这些基础食材还是能做出不错的饭菜的——这里毕竟是工地，大家的要求不会太高。但是当地的这两位厨师在烹饪上极为固执，她俩对烹饪的理解就是简单的排列组合：鸡肉炖胡萝卜、牛肉炖胡萝卜、猪肉炖胡萝卜、鸡肉炖土豆、牛肉炖土豆、猪肉炖土豆。总之，不分食材倒入锅中，肉也不焯水，甚至都未必放了血，就这么炖成一锅烂糊，天天如此，月月如此。当地高管们就这么吃，我们也只能跟着吃。他们做了肉菜，中国大厨就只能加两个素菜。整天跟这些非洲同事合作，时常还有些矛盾，又斗不过人家，中国大厨的心里想必也不痛快，没什么积极性，做饭愈加应付了事，我们也就只能对付着吃了。

除了菜品要各做两个之外，主食也要分开来做，通常是一锅米饭，一锅恩西玛。米饭有时会换成馒头、饼或面条这类面食，但恩西玛永远是恩西玛。我们项目上有几个河南老哥，视“米面之别”如同“夷夏大防”，宁死不食米饭。每当食堂做了米饭而不是面食，他们就会坚定地盛上一碗恩西玛吃。但是这群当地人却没那么多想法，他们在来我们项目上工作之前很少吃到米饭。到项目上之后，他们感觉米饭比恩西玛好吃多了，纷纷开始吃起了米饭，抛弃了恩西玛。因此到后来，厨房主要做米饭，恩西玛只做一小盆，以满足少数当地饮食保守人士和那几位拒绝米饭的河南老哥的需求。

莱索托项目上最有意思的事是喝水。临时营地接的自来水是当地的河水，未经过任何处理，无法直接饮用。我们的对策则是准备一堆白色方块塑料桶，去山里接山泉水，每天用皮卡车拉回来用于做饭和日常饮用。据项目经理说，此水经过检测，完全清洁无污染，并且富含硒元素，对身体很好，滋阴壮阳。我将信将疑，但也没有任何选择。既然眼下我仍然可以在这跟大家讲述这段经历，这山泉水想必至少对身体没什么坏处。

值得庆祝的是，我在莱索托取得了机动车驾驶权。早在坦桑尼亚的那次骡马假日，我就顺路办了一张坦桑尼亚驾照。在坦桑尼亚办驾照非常容易，只需要有“路子”和“钞能力”，不需要任何考试和手续。而且这个所谓的“路子”也只是结交了个车管所小职员，所谓的“钞能力”折合成人民币还不到国内正规考驾照所需开销的一半。我本身有中国的驾照，而且驾驶经验丰富，只要有辆车就能开。可惜，我在坦桑尼亚的绝大多数时间都在项目上，那里的路况实在太过复杂，项目部明令禁止中国员工开车，导致我有一年半没能摸车，浑身难受得好像有蚂蚁在爬。

可是到了莱索托之后，一个现实问题出现了，那就是我们没有那么多当地司机可用。莱索托，或者说南非的法律很离谱，规定司机只能从事“开车”的工作。这里“开车”的定义极为狭窄，就是“踩油门”和“打方向盘”，不能给车做清洗、维护和简单修理，也不能帮忙装卸行李和货物，甚至不能帮忙处理当地关系、送个文件等。业主和一些官员还专门过来检查，看我们有没有让司机做“开车以外的事”。事实上，我们招聘的当地司机对这些工作并无意见，因为这些工作内容本来就是在招聘时谈妥的，也是司机这一职业无法避免的必要工作，我们给出的工资高且发放及时，他们对这份工作十分珍惜；更何况，我自始至终也没见到谁拿出白纸黑字的法条来证明司机就只能开车，不能洗车。现在想来，很有可能只是以此为由给我们制造麻烦，从而创造寻租空间。但不管是真有这个规定，还是单纯为了腐败，总之最终的结果是，除了平时往返马塞卢、不在项目上的那几名司机之外，我们没办法雇用其他司机了，只能自己开车去工地。这对我来说并不是个坏消息，因为我巴不得天天能开车。我们工地的几处作业面都在公路沿线上，驾车并不麻烦，也很安全。我想去哪儿，一踩油门就到了，不必跟司机比比画画。项目上进了一批“长城炮”用作往返工地的通勤工具，我十分钟爱这款皮卡，性能稳定，结实耐造，既能拉人又能拉货，价格只有丰田“海拉克斯”的 1/3。后来我发现，“长城炮”在整个南非市场都卖得不错，它的性价比相对于同类竞品具有碾压性的优势。更何况，哪个男孩童年的梦中没有一辆柴油大皮卡呢？

单从生活条件上讲，莱索托项目上的日子要比之前在坦桑尼亚水电站上自在得多。这个项目毕竟不是封闭的，周围就是开放的村落，阡陌交通，鸡犬相闻，黄发垂髫，并怡然自乐。看到村民至少是一种良好的心理暗示，那就是人是有生活的，而非古拉格群岛中的囚徒只有工作。距离项目驻地 40 公里就是莫霍特隆镇，镇子很落后，但是有一家超市、一家比萨店以及一家加油站，这已经足够令人满意。每隔一段时间，我都可以驾车去到镇上，在超市购买些生活用品和食物，再去比萨店买张比萨，顺便帮项目带若干桶柴油回来给发电机用。莱索托的物价相比于坦桑尼亚而言要低得多，因为距离南非近，而南非是整个撒哈拉以南的非洲唯一拥有成体系的制造工业品能力的国家。虽然在持续30年且看不到尽头的衰退下，南非的工业品制造技术落后且品质不佳，但质量问题毕竟是“小问题”，货品有无才是“大问题”。南非产的简易小烤箱虽然不好用，但总好过没有，何况折合人民币只要300元。虽然在中国人看来这价格已经够高了，但要换在坦桑尼亚，就这样的电阻丝加灯泡组成的简易烤箱少说也要卖到800元。比萨店卖的比萨虽然口味一般，却是食堂菜色以外难得的调剂。尽管食堂菜和比萨都很难吃，但如果换着样吃，两者就都没有那么难吃了。有时比萨店停电，我们会把比萨坯买回去，放在烤箱里自己烤。我媳妇甚至还拿在莫霍特隆超市里买到的简陋食材搞起了烘焙。虽然货品有限，淡奶油、马斯卡彭奶酪这些东西还时常断货，但这里毕竟是工地，有的玩还“要啥自行车”啊。

然而，放在整个人生的回忆中去比较，我在莱索托待的这短短4个月却远比在坦桑尼亚项目上的那一年半更痛苦，甚至可以说是我人生中最烦躁的4个月。因为在莱索托的工作简直不顺心到了极点。我刚进场时，项目工期的滞后是3.5个月。到我4个月后离开时，工期的滞后变成了7.5个月。显而易见，这意味着在这4个月间，工程没有任何实质性的进展。工程延宕的原因错综复杂，但最根本的原因在于莱索托这个国家，或者说整个泛南非市场的大环境不尽如人意。海外项目上的生活原本就极度艰苦，它再怎么“好”，也不可能达到国内普通人平均生活水准的万分之一。我之所以能够坚持，很大程度上来自做成一件事的成就感以及被国家发展所需要的光荣感。如果这种尊严不在，取而代之的是无休无止的阻挠乃至羞辱，那么这种生活自然也就很难坚持下去。

对我们这些做国际工程的企业而言，各国别市场通常被分为两种。一种叫“低端市场”，比如大部分非洲国家。这些国家虽然环境恶劣，技术人员、设备和原材料获取不便，甚至存在人身安全问题，但各方面限制也不严格，承包单位的自主权比较大，工程反倒容易干好。另一种叫“高端市场”，比如那些西方发达国家。这些国家基础设施良好，技术人员、设备和原材料都很容易在国内获取，员工的生活条件更是无可挑剔，但相应地，这些国家的各方面限制也很严格，承包商的任何行为都要有一堆叠床架屋的官僚机构签字盖章，本地成分（本地雇用和分包商等生产要素的占比）的要求也令人头疼，活儿不好干。

南非就更厉害了，它被我们称为“特殊的高端市场”。之所以这么叫，是因为它既拥有发达国家市场那种极高的“纸面标准”与无穷无尽的官僚主义铁拳，又没有发达国家健全的市场环境、随处可得的机械设备和高素质劳动力，相当于兼具了高、低端市场的双重缺点。其实，你不需要亲自来南非干一次国际工程，甚至不需要来南非走一趟，你只要上网查一下南非全国连年急剧下降的发电总装机容量就能发现端倪——南非各大城市严重缺电，工业生产和居民生活都受到了严重影响，人们愿意花钱也买不到电用。既然电力缺口如此巨大，修建发电厂从理论上讲明显有利可图，为什么现实中却几乎全都干不成，只能放任电力缺口越来越严重？很可能是因为在生产端出现了严重的问题，让明明有利可图的项目变得寸步难行。

我们首先面临的问题，是南非市场对雇用人员过高本地成分要求。其实劳动力本土保护原本是件很正常的事，各国都会要求尽可能多地在本国雇用员工。比如在坦桑尼亚，项目上 95% 的雇员都要求来自坦桑尼亚本国。相应地，外国资本在中国投资，中国也会要求他们尽可能地雇用中国员工。对企业而言，出于降低劳动力成本的考虑，也会尽可能地雇用本地员工。然而，在南非，他们不仅要求 100% 的劳务必须是本国人，工长和现场“技术指导人员”也必须有“99% 是莱索托或南非黑人”。此外，一半的项目高层管理人员也必须是“莱索托或南非黑人”，另有相当的比例没有限制人种，但同样要求具有南非国籍。

作为企业，生产效率是我们不得不关心的事情。尤其是现场工长，我们雇用的“莱索托或南非黑人”雇员很难胜任。现场工长这一职位属于基层岗，但十分关键。他们既要能够正确理解设计意图，又要能够有力地指挥工人把活干好，可以说是项目管理的关键。在坦桑尼亚项目上，这一职位通常由现场经验极为丰富的中国老师傅担任，他们中很多人的综合薪资甚至比项目各部门副经理的还高。在莱索托，我们能招到的绝大多数当地工人，能力素质都偏低，这个“99% 是莱索托或南非黑人”的要求实在难以达到。

至于一半的项目高层管理人员必须是“莱索托或南非黑人”这一条件，在项目实际执行中也很难满足。我们刚开始确实按照当地的要求雇用了很多当地黑人高管，而且他们的月薪动辄达到六七万元人民币，甚至大大高出同级别的中方高管；与之相对，当地的普通工人月薪标准只有不到 2000 元，不到中方工人月工资的 1/10。我们原本想的是，只要他们能胜任工作，切实提高工作效率，工资要得高一些也可以。毕竟对于我们这样的大型基建项目而言，几个管理人员的工资并不算什么，真正关键的是工期和机械设备、材料的利用率。但是这些“高管”中的大多数能力不达标，几乎完全不能胜任工作。我们曾雇用过一位月薪 6 万元的“计划专家”，可是实际上他对施工计划和各种计划软件的理解还远不如我们在坦桑尼亚、赞比亚等国雇用的月薪三四千元的普通大学生。后来我们逐渐了解到，这些“高管”中的很多人从一开始就不是为了干活来的，当地市场环境不好，高级员工的就业机会稀缺，他们是抱着“三年不开工，开工吃三年”的心态来的。在来我们项目之前，他们中相当一部分人已经很久没有找到工作了。

行文至此，我必须严正声明，我本人的思想中绝无任何种族歧视的成分。在我看来，非洲人绝不逊色于包括华人在内的任何一个种族。我的这一认识来自我在坦桑尼亚长期工作的亲身经历。我在前文中提到，就坦桑尼亚人而言，他们中的大多数人对待工作认真负责，热爱世俗化的现代生活，而且求知欲强。即使工作偶有瑕疵，也往往是由于技能层面的欠缺和经验的不足导致的，完全可以弥补。网上风传的非洲工人的低效率，很多时候是由于管理人员生产组织不力导致的，并非劳动者的主观问题。而莱索托雇员的种种问题，究其本质，无不源于泛南非市场极其严重的经济社会现实，以及其相应衍生的糟糕制度，种族歧视的观点则是完全站不住脚的。

除了雇员之外，业主和政府对承包商下属分包商的本地成分也有高要求。与一般的国家要求承包商不得将工程主体部分过多地分包出去，必须亲自施工不同，南非市场要求我们几乎将全部工程都以各种形式分包给当地的分包商。这些分包商的报价往往高得离谱，个别甚至能达到市场合理价格的三四倍，令人困惑。原来，很多分包商其实都是没有任何施工能力的皮包公司，他们早就算准了在当地的政策驱使下我们不得不和当地分包商合作，因此过来“拼个缝子”。他们给出畸形的报价，原本就是为了让我们拒绝这个报价，然后利用自己的本地成分赚一个套皮的钱直接撤出，实际施工还是由我们自己来做，他们空手套白狼。

这种“一脚油门、一脚刹车”的阻碍感几乎无处不在，让我们感觉如同在沼泽中行走。一边是业主方催我们进场，另一边是移民局卡我们的签证；一边是当地要求增加周边村镇劳动力的雇用，另一边是政府要求必须通过指定的劳务公司从其他地方招人；一边在劳动力构成中规定“政治正确”的比例，另一边又嫌我们招的人“素质低”。所有这些令人啼笑皆非的“既要又要”单独拿出任何一个都很难解决，更何况是叠加在一起，自然是让人寸步难行。

随着项目在南非市场运营的逐步深入，我们隐隐感觉，不论是当地政府、业主、雇员，还是分包商，他们的行为背后都有一个深层逻辑：他们或许并不真的希望这个项目能够干得好、干得快。我在坦桑尼亚工作时，往往能明显地感受到当地业主和雇员对于这个工程项目的强烈自豪感和使命感。不管是业主的大领导，还是最基层的作业工人，他们都清楚自己所从事的项目对他们的国家有多重要，进而也愿意对自己分内的工作尽职尽责。项目干得又好又快，他们也能在以后的项目中为自己争取更有利的地位——当工人的能学技术，能多赚钱；当领导的能攒资历，能升官，大家都可以从国家的发展中获益。而在南非市场，“下一个项目”这件事本身就遥遥无期，他们考虑更多的是如何在眼下这个项目中攫取更多的油水。至于这个项目本身什么时候能干成，甚至能不能干成，则不是他们关心的问题，甚至这个项目干不成，一直拖下去，最后拖黄了、拖烂尾了，或许才更符合他们的私人利益。

长此以往，很难说南非的市场环境会退化到什么程度，但是现实已经拉响了警报——南非的发电量已经跌至2015年以来的最低点。

周围有居民，也就意味着我们要和当地居民打交道。时至今日，非洲绝大多数地方的基层治理还仍然沿用酋长制那一套，莱索托自然也不例外。酋长分为高低不同的等级，最低一级的酋长相当于自然村的村主任，若干个村组成的较大区域则有更高等级的酋长，而国王则相当于统治全国的酋邦领袖。虽然国家和各级地区都有议会和政府机关，但在实际管理中，各级酋长都享有很大的自治权力，政府或者上级酋长很少插手下级酋长的管理，有些类似于欧洲的分封制。即便是坦桑尼亚、赞比亚这样的共和国，在大城市的管理形式上已经实现了现代化，但在基层治理上，仍然沿用酋长自治的方式。因此在过去的项目上，我们作为施工方，与非洲当地居民打交道，很大程度上就是与酋长打交道。我们多与附近的酋长们联络，表达尊敬的态度，再常送些东西，或者帮村子打口井，加之项目多在附近村子里招聘工人，通常就能赢得当地酋长的好感，关系不算难处。值得一提的是，在赠送非洲酋长的礼物中，各式各样的塑料桶通常是最受欢迎的。这种东西坚固耐用，在缺乏自来水的地方是生活必需品，看似简单廉价，但其生产却要依赖复杂的石油化工行业，同时又体积庞大，不便运输。非洲乡村对塑料桶热衷的背后，是值得深思的发展问题。

在莱索托，我们也不敢松懈于与周围的居民搞好关系。除了上面提到的，我们还有很多更加简单直接的方式来赢得当地人的好感。与其他非洲国家一样，莱索托也有中国派驻的援助医疗队。他们来到项目上，给我们的员工检查身体的同时，也为当地村民义诊。我们干脆就在旁边，为每个来义诊的村民发放食物：每人一袋5公斤的玉米粉、一袋500克的糖和一瓶2升的油。这对当地村民而言是最重要也最直白的示好。莱索托的普通村民十分贫穷，很多家庭温饱尚且难以解决。同在非洲，大自然也不公平。地处热带的那些国家，如坦桑尼亚，即使人们没有收入，大自然也会不断地为他们发放“低保”，村子周围的果树一年四季结果不断，“饱”自然不成问题；而地处热带，“温”则更不是问题。莱索托则不同，这里的荒山上除了薄薄的一层青草之外什么都不产，果树和庄稼都难以生长，只能养些羊和驴。没有谷物饲喂，只能啃食青草的家畜自然生长缓慢，这使得莱索托牧民收入微薄。寒冷的高原冬季使得保暖也成为不小的负担。我们招的很多当地工人，会把中午发给他们的午饭收起来，留着拿回家给孩子吃。这固然会影响下午的劳动，但我们也很难干涉，只能“睁一只眼闭一只眼”。毕竟人非草木，作为中国人，我们也都经历过那样的年代。但是无论如何，我们的使命不是无条件的救济，按时、足额地发放工资报酬，才是对诚实的劳动者最公正的回报。

即便如此，有些矛盾仍然难以避免。正如我前面所说，业主的指令本就自相矛盾，一边要求我们增加对周边村镇劳动力的雇用，

冬天的莱索托

另一边又要求我们必须通过指定的劳务公司招聘，可是这家劳务公司却拒绝从当地村镇招人，非要从其他地方招。周边村民当然希望获得工作，但又不知道这背后的政府指令，就难免会把矛头指向我们项目部。村民把路封起来，阻碍我们施工的事情时有发生，最严重的一次甚至有人开了枪。虽然事态最后被当地警察平息，开枪闹事的人也被拘捕，但这样的复杂关系难免会影响我们的正常工作。说到底，我们只是个承包商，何况还是外国企业，对他们本国种种错综复杂的矛盾无法了解，更不好介入，只能尽我们所能释放善意，处理好与当地人的关系。

6月的一天，我正在办公室看图纸，一群穿制服的官差浩浩荡荡地闯进了项目营地。我不知道他们是来干什么的，但经验告诉我，遇到这种情况，最好的办法就是龟缩不出，最大限度地减少与他们的接触，兴许能躲过去。后来我才知道，他们是移民局会同警察局联合"办案"，移民局过来是为了查我们的工作证，这倒可以理解；警察局过来搜查是因为有人举报我们"贩卖小孩"，理由之离奇令我们感到震惊——这漫山遍野的钢筋、水泥、翻斗车，跟贩卖小孩实在是"八竿子都打不着"。哪怕举报我们走私水泥（当然我们也并没有走私水泥，我们的水泥都是从当地采购的），听起来好歹也像是那么回事吧。显然，"贩卖小孩"这个理由虽然听上去离谱，却是最能煽动围观群众情绪的，这背后的原因不得而知。

"贩卖小孩"自然是子虚乌有，警察象征性地翻找一圈就收队回家了。但是移民局可没那么好对付。他们把我们所有员工，包括中国人、南非人和其他非洲国家过来的同事全部叫到厨房里，挨个儿查工作证，谁也躲不过去。项目上其实一直在全力为员工办理工作证，但移民局的效率客观上很低，很多员工的工作证迟迟办不出来。我本人的工作证，也只是在他们过来检查的前两天才刚刚办下来的。暂时还没办下来工作证的同事们就没那么幸运了，他们被移民局集体带去莫霍特隆法院开庭受审。他们中有的人是见多识广的“老海外”，这样的场景他们经历得多了，根本不慌，应对自如。但是有些年轻的新学生，尤其是女同事，面对这样的场面很难没有情绪。虽然最后只是耽误了两天工，罚了一点钱，并且由公司来承担了这笔损失，但上庭当被告的滋味实在不好受。这一遭过后，有些同事已经很难再对莱索托甚至整个南非区域提起好感，选择调离或者回国。这样的做法非常打击士气。

更加令人难受的是，在这一批被拉去开庭受审的同事中，有一位正是我们的厨师。他其实有工作证，但工作证上的职务标注的是工程师。为什么不直接标注厨师呢？因为莱索托不允许我们从外国雇用厨师，他们认为这样的“低端工种”必须从本国雇用。然而，对于“把吃饭看得比天大”的中国人来说，厨师可绝不是低端工种，很大程度上甚至比总工程师还重要。项目部要是今天敢让中国员工们吃不上中餐，而是吃当地大厨煮的那些“一切肉炖一切菜”，明天大家还不得集体罢工？万般无奈，我们只能以工程师的名义给大厨办了个工作证，可是正在厨房做饭的他却被移民局发现了真实身份，于是也被拉了过去。大伙总不能不吃饭，于是做饭这件事就落到了员工自己头上。我们商量了几个菜，各自分头准备。

做饭是驻外员工的基本功，但是做几十个人吃的大锅饭和炒三五个人吃的家常菜根本不是一码事。负责炒菜的正是我媳妇，一大锅白菜鸡蛋炒粉条少说有 10 斤重，这口锅她是端不起来的，只能挥舞着大铁铲在锅里一通瞎扒拉。对我们这群外行来说，这口大锅里的火候根本没法儿控制，同一锅菜，一部分还没熟，另一部分已经煳了，油烟吹得满厨房都是。另外还要炖一锅红烧牛肉。那炖肉的锅看上去是个不锈钢桶，我之前只在抖音上看开饭店的博主用过。负责炖肉的会计同样没搞懂工序，炖出来的肉特别硬。就这样对付了两天，直到厨师回来。其实直到我离开项目，我都没弄清楚厨师的工作证问题最终是怎么解决的。是跟移民局解释了对中国人而言中餐厨师的重要性从而把他留了下来，还是根本就没解决，只是一直这样拖下去的？从海外众多项目的经验上看，任何方式都不稀奇，总之生命自会找到出路。

看到这里，有读者可能要问：原则上讲，不办工作证就不能进场工作，是不是我们的程序确实有问题？其实，这又是一个“鸡生蛋，蛋生鸡”的过程，因为在现实中，由于莱索托混乱的移民管理，我们如果不先进场，就根本办不下工作证。我们有一位外聘的土耳其合同专家，就是因为没有进场，所以迟迟办不下工作证，最后只能忍痛解聘。就这样，不进场就办不下工作证，不办工作证先进场就违规，如此循环往复。移民局在证件办理上处处设置障碍，但业主单位却不管那些，只是一味地催促我们的工期进度。虽然同属于政府单位，但二者之间显然没有任何的沟通协调。从业主单位到承包商，再到下面的普通员工，大家的精力都被无休止地牵扯在这些杂事上，业务精力被大量消耗。

从另一个角度看，层出不穷的麻烦事恰恰说明我们正在与当地社会发生紧密联系。像之前在坦桑尼亚项目上那样与世隔绝，固然可以节省很多精力来专注于技术本身，但那种感觉更像是把一个完全相同的工程从国内平移到了非洲。我在坦桑尼亚待了一年多，仍然对坦桑尼亚社会的深层次矛盾知之甚少，这难道不是一种遗憾吗？我本人不是个耐得住寂寞的纯粹科研人员，否则我当初就会选择在国内找一所高校任教做研究，而不是千里迢迢地跑到非洲来打灰。一样的道理，作为一家深耕国际工程领域多年的建筑承包商，我们也更应该多深入了解所在国社会，摸清他们的国情和市场规律，这样才有利于我们后续更加深入地开展业务，实现盈利。即使最后事实证明这个国别确实不行，深入的了解也有助于我们尽快作出决策，撤离市场，最大限度地减少损失。无论如何，全方位的调查和深入的研究是不会错的。

无论工作多么糟心，它终究不是生活的全部。抛开社会层面的种种矛盾不谈，莱索托的确是一片荡涤人心灵的宝地。贫瘠的山地同时意味着这里的景色极佳，步步成景。我有时在工地上检查，很容易就被风景分散了注意力，呆呆地看上许久都回不过神来。高原的阳光明亮而寒冷，翠绿的山峦与纯白的积雪错杂交替，晃得人睁不开眼。在山间，一条细细的黑色丝带飘然而上，这就是我们每天经过的1号公路，沿着公路分布的灰白色斑点就是牧民的山羊。莱索托山区的草皮实在太薄，羊群必须极其分散才能啃得到足够的青草。因此，除了每天早晚出门和回家的路上，莱索托的羊群很少聚集在一起，都是分散得很远，各啃各的草。我和同事在一起闲聊时常说，应该在这山间盖一座房子，谁抑郁了就送过来住段时间，必有奇效。

袁大师还从马塞卢代表处的房东太太那儿抱了只小猫到项目驻地。小猫刚被抱来的时候，只有两个月大，非常怕人，每天瑟瑟发抖，稍不注意就会跑到外面去，藏在不知道什么地方，让人找不见。我们十分苦恼，因为莱索托的夜晚十分寒冷，即使不下雪也有零下五六摄氏度，小猫在外面冻上一夜岂不是性命不保。几天过去，我们都以为小猫必定冻死了，没想到它又“喵喵”叫着跑了出来，又冷又饿，浑身发抖。原来，这家伙躲在了宿舍板房与地面间的缝隙里熬过了这几天，这里风吹不着、雪淋不着，温度也比外面高得多。我连忙把它抱进屋子，持汤沃灌，以衾拥覆，久而乃和。但吃饱喝足，暖和起来之后，它好像对人类的屋子无论如何也喜欢不起来，又跑了出去，几天不见踪影，下次回来又是冻得四肢僵硬不能动。总让它这么跑也不是个办法，因为这山间常有野猫、野狗出没，对它来说实在太过危险，可是屋子里它又待不住，非要乱跑不可。一个多月下来，小猫已经折腾得遍体鳞伤、奄奄一息，我们只得将它送给了山下开超市的华人老板。这位陈老板养了 7 只猫，再多一只想必也不在话下。

说陈老板其实没有什么区分度，因为莱索托的华人老板很大一部分都姓陈，他们来自同一个福建家族，生意遍布这里的各行各业。莱索托的经济体量本就很小，因此华人的存在感就显得很强。他们开的超市并非集中于首都，而是遍布各个村镇。超市里也并非只卖中国商品，而是什么都卖，与一般的综合超市无异，来这里消费的绝大多数都是当地人。应该说，他们并不是在华人圈子里做着物资供应的生意，而是早已成为莱索托国家零售行业的一部分，真正融入了当地市场。莱索托虽然深居内陆，但无论是当地商品还是中国商品的价格都比坦桑尼亚低得多。在这里，一瓶老干妈风味鸡油辣椒折合人民币只要 17 元，这已经和国内的价格相差无几了；同样的商品，在坦桑尼亚的中国超市至少要卖到 30 元，而且日期离保质期到期更近。

莫霍特隆的中国超市对面是一家加油站，老板也是华人。其实，包括莱索托在内的大部分非洲国家，成品油价格都比中国要高得多。因为，绝大多数非洲国家都没有石化工业，成品油只能依赖进口，加之交通不便，油料的运输成本也相当高，再加上石油公司的垄断，共同推高了油价。我非常喜欢在非洲的加油站加油，因为这些加油设备极为简陋，操作起来需要复杂的技巧，一不小心汽油就会喷得满地都是。每当操作起这些简陋的原始设备，开上手动挡的大皮卡在山间飞驰，我的心情就会变得无比愉悦，工作上的烦心事一扫而空，后现代社会的种种光怪陆离也在离我远去，我仿佛回到了一场工业革命初期勃勃生机的节奏中。前方不知道是何种风景，但一定是向前的。

赞比亚：中规中矩的发展之路

我在莱索托项目上只待了 4 个月，就被调往了公司非洲分局的总部任职。这一方面是公司对我的培养计划使然，另一方面也是我个人的意愿。我希望能在尽量短的时间内多去一些国家和项目。在总部任职，意味着我需要经常到不同的国家和项目上做协助和检查，对公司在非洲的整体业务要有更高层面的掌握。这是个千载难逢的认识非洲的好机会。

公司非洲分局的总部位于赞比亚的首都卢萨卡。2018 年，我曾经作为实习生到过这里；现在，我也要先回到卢萨卡，熟悉一下新的业务和工作流程。赞比亚是公司在非洲的肇兴之地。早在 20 年前，公司最早在非洲开展业务时就选择了赞比亚。当时的非洲大陆上，大多数国家的发展都还没有起步，甚至还陷于战乱的泥潭当中，相比起来，赞比亚算是比较优秀的一个。自 1964 年独立以来，赞比亚一直没有发生大的动荡，国家和平社会稳定。它的国土面积广阔，环境宜人，自然资源丰富，但是人口却很稀少。尽管高生育率使人口连年暴增，可是直到2022年，赞比亚全国的人口仍然只有1940万。地广人稀，资源丰富，就意味着生存压力相对较小，社会矛盾相对不易激化。

赞比亚的气候比坦桑尼亚和莱索托都舒适得多。坦桑尼亚的旱季还算好过，但雨季相当闷热，有些难熬。莱索托的群山深谷则是一年到头地刮着狂风，冬季的大雪夹着飞沙走石让人很难相信这是在非洲。赞比亚则介于二者之间，不冷不热，适宜人类生存。这里属于热带草原气候，年平均温度18—20摄氏度，降雨量700—1400毫米，几乎没有极端气候。它的雨季和旱季分布与坦桑尼亚接近，雨热同期，境内大部分地区为海拔1000—1500米的平整高原，很适合农作物生长。不仅如此，赞比亚境内河流众多，水网稠密，地表水储量占南部非洲地表水总储量的42%。赞比亚与津巴布韦的界河赞比西河是非洲第四大河，长达2660千米，它与它的各条支流均蕴含着极为丰富的水能资源，仅需稍加开发即可为人所用。我司承建的下凯富峡水电站就位于赞比西河的支流凯富埃河上。从专业上讲，赞比西河及其支流上地质条件优良的地方非常多，假如资金充足，只要在赞比西河流域稍作开发，再建20多个下凯富峡水电站不成问题。

在赞比亚西北部，靠近刚果（金）的铜带省，有着非常丰富的矿产资源，其中铜的储量尤其大，已探明的储量有1900万吨，约占世界铜总储量的6%。铜矿石的出口也是赞比亚的主要收入来源，国家财政很大程度上靠此维持。

2023年，我时隔5年重新踏入卢萨卡的时候，对这座城市发生的改变感到十分欣喜。严格来说，卢萨卡的城市硬件并没有发生翻天覆地的变化，绝大多数的城市建筑还是低矮且分散的独栋小楼；标志性建筑还是那几栋，甚至更旧了一点；城市的布局也没有太大的变化。但是，我能明显地感觉到，卢萨卡的街道变得干净了许多，而且新修了一些道路和立体交通系统，不那么堵车了。这意味着卢萨卡的城市发展在这几年步入了正轨。

卢萨卡超市里的一幕更让我感到欣慰。诚然，大多数的商品仍和5年前一样贵，甚至随着这5年来的通货膨胀变得更贵了一些；但是有小部分商品，包括一些食品、清洁用品和简单的日用百货，价格显著地下降到了一个合理的区间内，虽然仍比中国国内贵上一点，但相比于之前5倍、10倍的价格已经不可同日而语。无纺布袋子的价格也从折合人民币35元下降到了2元。这些商品的旁边挂着标牌，上面印着“Made in Zambia”（赞比亚制造），这就是价格下降的原因。这些简单日用品的生产线相对较短，涉及的上下游产业配合不多，不需要太过复杂的工艺和配套设施，想要成功国产化并且盈利的难度也不高。因此，从这些简单的商品开始进行国产化，并逐步建立良性的循环，是普遍认可的正确路径。

我抽空去下凯富峡水电站转了一圈。如今，水电站的5台机组已经全部并网发电，它们的转子昼夜不停地“呜呜”旋转，每天都在为赞比亚政府创造上百万美元的收益。这些钱一部分被用于偿还水电站建设期的贷款和欠款，另一部分则用于赞比亚的国家运转，从而减轻赞比亚财政对铜矿出口的依赖。我们曾经的营地已经顺利转型成了中学，附近的学生都来这里上学了，到处都是一片欣欣向荣的景象。赞比亚政府打算以这座水电站为中心建个城镇，先是就着现成的水电站建一座培训学校，批量培养一些水电站的建设和运

安装中的水电站转子 转动起来可以满足 10 万个非洲家庭用电

营维护的人才；再修几家度假酒店，把水库的旅游资源利用起来，让好风景变成现金收入；汇聚了人口之后，再根据大家的需要来配套各种服务业，凡此种种。这些规划有的已经开始实施，有的还停留在纸面上。前途是光明的，但我还是祈祷他们量入为出地搞投资，不要过度建设。

与之前的项目相比，卢萨卡总部简直就是个富贵的温柔乡，在某些瞬间甚至能让我萌生出定居此处的念头。我写作此章节时身处国内，得以冷静下来回忆卢萨卡总部的真实生活状态。平心而论，那里的生活质量和 20 世纪 90 年代的国企大院差不太多，倒也远远谈不上优越，只是从项目上刚一过来，美好的冲击实在令人头脑发昏。卢萨卡总部是个宽敞的大院，一进大门是栋大面积的单层建筑，这是我们的办公楼，平时有 20 多个同事在此办公；后面隔着草坪，是一栋3层的小楼，这是员工们的宿舍。后院有一个篮球场和一座羽毛球馆，再后面是些稀稀落落的小别墅，有些是赞比亚员工的宿舍，有些是招待所，供中转的同事或探亲的员工家属居住。院子里种着许多热带的花花草草，还有2棵柠檬树和1棵牛油果树，结出的果实甚至比外面卖的更大、更好。食堂供应的伙食仍是四菜一汤，食材与项目上无任何差异，都是最基本的肉食和蔬菜，但味道却是天差地别。这里没有复杂的厨房政治，也没有当地主厨发挥主观能动性，只有一位大厨带着4个赞比亚帮厨，做中规中矩的河南菜。甚至有时大厨不在，这几个帮厨也能把菜做得足够令人满意，至少卫生可以保证，猪毛也从未出现过。另有一件让人非常舒适的事：这里不用自己洗碗，食堂专门雇了一名清洁工给大家洗碗。她每个月的工资折合人民币不过几百元，相当于每个中国员工每天只需要付1元，就显著提高了生活幸福感，还为卢萨卡创造了一个就业岗位。而对于这名清洁工来说，她每天只需要洗洗碗，打扫一下食堂卫生，就可以获得一个在当地还算不错的收入。

从总部大院出门右转大约1公里，是一个商业综合体，这里有一家超市，几家不错的饭店，还有一家肯德基；左转大约2公里，是另一个商业综合体，这里的超市和饭店档次稍高一些。硬要比的话，这些超市和饭店所能提供的生活享受也不超过20世纪末中国普通城市的水平，但是放在非洲来看，这样的生活水准已经好得让人无可挑剔了。

《三体》里面有一个桥段，就是有关三体文明的1379号监听员的故事。有一次上级忘了给他的监听站送给养，他差点饿死；后来再给他送给养的时候，他便疯狂地吃，差点把自己撑死，即便这样还不满足，他还变态般地死死护着这些根本不值钱的食物。送给养的人觉得他很可笑，干脆送了他很多，但他还是觉得不安全。我来到卢萨卡后突然就理解了这个故事。

在之前的章节中，我已经给大家讲过项目上的伙食。应该说，食物供应是能保证的，但仅限于吃饱、吃熟、吃热、吃够标准——坐过牢的人可能对这几句话比较熟悉。这当中，第二点和第三点很多时候还不能满足，口味则完全不在考量范围内。在极少数有机会获得外界食物，比如吃到肯德基的时候，我会尽可能多地购买，并且探索出了一系列方法来储存它们，让它们可以在尽可能长的时间里代替工地伙食。当食堂罕见地做了比较好吃的东西的时候，我也会尽可能地吃到肚子里并且尽可能多地储备，虽然这种储备往往会造成身体不适，但是总比按照食堂的每日食谱去吃要强得多。即使食堂新进了一些相对光滑饱满的大蒜，我也会把裤兜塞满储存起来，因为多数情况下食堂的大蒜都很干瘪。

来到卢萨卡之后，这种匮乏状态显然在事实上已经得到了改善，但我报复性的储存欲望却没有随之消除。我在卢萨卡去吃肯德基时，仍然会不自觉地购买足够我吃 3 天的量，直到同事提醒我卢萨卡有 100 多家好吃的饭店，就算我真的这么想吃肯德基，也可以随时来吃现做的，没有必要一次买这么多。我的理智能够反应过来我的做法是没有必要的，但我在看待这些炸鸡的时候却仍然有一种融合了焦虑、愤怒与渴望的本能情绪，这种情绪无法因为我的饱腹感而消除。就在我写下这段话的 10 分钟前，我还在公司的食堂里，不受控制地往自己的碗里夹 2 元一个的肉包子，虽然这种平平无奇的肉包子在国内已经被视作一种相当普通的食品，正在减肥的同事们无不皱着眉头避之唯恐不及。潜意识告诉我这些好吃的包子即将在我的生活中消失相当长的时间，因此我必须尽可能多地把这些包子储藏起来。

匮乏给人造成的影响是极其深刻的，这种影响很可能涉及人脑中神经突触的建立，远超一般的情感挫折。它不会伴随危机的解除而自动消除，一旦建立，这种报复性的危机意识和储备欲望很可能会持续相当长的时间。在中国，许多经历过战争或者匮乏年代的老人都会有这样的反应。我越是陷入这种匮乏的折磨，就越是感觉对铲除这种匮乏负有责任。

与周边国家相比，赞比亚乡村的平民生活得相对较好。他们住的是砖或水泥砌块盖成的房子，屋顶统一由铁皮制成，原始的土坯房和茅草屋顶并不多见。他们的村落规模不大，通常只有几户或十几户，周边有成片的玉米田。显然，在赞比亚乡村，会种地并且有地可种的村民是多数。能种地，至少说明他们已经从原始的生活状态中走出，融入了现代人类社会的物质生产。除了自耕农之外，赞比亚还有不少大型农场主。他们有现代化的圆形或正方形农田，靠全自动运转的农用机械运营，在一干贫穷落后的村庄中间显得有些突兀。这些大农场大都是英国殖民时代的产物。赞比亚的国家独立进行得相对和平，没有对英国殖民者进行太多的清算，种族之间的关系较为融洽，因此，目前仍有许多白人在赞比亚生活工作，经营各种产业，其中也包括农业。

或许是因为地广人稀，资源和空间都很充足，人与人之间的矛盾不容易激化，赞比亚人的脾气性格是东南非各国当中最温和的。我与一些在赞比亚生活的华人聊过天。坦率地讲，在赞比亚无论是投资还是工作，收益都远远不是非洲各国中最高的。由于人口稀少，这里的利润率相对偏低，产业也不够丰富。如果为了发财，那么去刚果（金），去坦桑尼亚，或者去肯尼亚，或许都是更好的选择。但是他们宁可舍弃一些利益，也还是愿意留在赞比亚，就是因为赞比亚的社会环境最为温和。这里的百姓对外国人友好而且客气，政府虽然也有腐败的情况，但是很少会针对性地逼迫华商。小偷小摸在所难免，但抢劫、绑架、杀人这样的暴力犯罪相对而言并不算多。再加之气候宜人，长期生活在赞比亚，很容易对这片土地产生感情，从而不愿意离开。受英国人影响，赞比亚人大都信奉基督教，但他们信的基督教颇有非洲特色。每到礼拜日，他们会拖家带口地来到教堂，刚开始是唱诗，一边唱一边左右摇摆，这与一般的基督徒别无二致。但唱着唱着，他们的歌曲会越来越欢快，与基督教的关联也越来越小，同时身体摆动的幅度也越来越大。直到最后，他们会彻底放飞自我，跳起欢腾的非洲舞，整座教堂洋溢着快乐的氛围。

我们经常能在自媒体短视频中看到，在非洲的中国人总有一种疑惑，就是非洲人身上为什么总是洋溢着一种压抑不住的快乐。不论何时何地，即使是在劳动中，大家也在竭力压抑自己喜悦的心情，一不小心就要唱起歌、跳起舞来。这样的形容或许有一点夸张，但绝对谈不上虚假，至少在赞比亚是如此。有未经证实的科学研究认为，我们智人的抑郁基因来自尼安德特人，一个种群的尼安德特人基因越多，人就越不快乐。北欧人与尼安德特人的混血程度最高，因此最容易抑郁；而非洲人未与尼安德特人混血，所以保留了智人原始的快乐。这种说法我们姑妄听之，但有种关联却是绝对存在的，那就是一个人的烦恼总数必定与他的受教育水平高度正相关。在坦桑尼亚的一家小酒馆里，我在与托马斯和罗宾两名高才生的对话中，就能明显感觉到他们对未来生活的焦虑，那种焦虑和中国的千百万个“小镇做题家”别无二致。他们想要得到更高薪的工作，去更远的地方长见识，让孩子过上更好的生活。求而不得时，他们的生活会多出很多烦恼；得偿所愿时，他们则会对自己和孩子产生更高的要求，然后让生活平添更多的烦恼。你很难想象这些眉头紧锁的知识分子能够翩翩起舞。反倒是那些收入和前景都远不如他们的普通工人，只要让自己和家人填饱肚子（有时候甚至连家人都抛在脑后，自己吃饱了就可以）就能萌生无穷的快乐，这种快乐仿佛是先验的，不必与物质世界的基础产生什么关联。或许这就是发展的悖论，我们满心以为发展是对天堂的还原，是为了消除世间的痛苦，可现实的指向却好像是我们消除的快乐更多些。

值得一提的是赞比亚的女性地位。诚然，作为一个总体发展程度不高的欠发达国家，赞比亚的女性地位不可能与那些发达国家相提并论，但是放在非洲的尺度下横向比较已然十分优秀。在工地上，我们时常能够招到一些女工人，她们往往是驾驶塔吊、翻斗车、挖掘机的司机，甚至还有焊工，这种场景在其他非洲国家很少见到。办公室里的女员工就更多了，不管是翻译、文员还是工程师，女性都占据了一定比例。在一些华商开办的工厂里，我们还能见到更大比例的女性雇员，这些流水线工作不需要太强的体力，而她们的组织纪律性又远比当地的男性工人更强，很少“三天打鱼，两天晒网”，因此更受雇主的欢迎。有工作就意味着有收入，有收入则意味着掌控了自由的权利，无须寄生于他人。即使脱离了男人和家庭的庇护，单单依靠自己也可以生存。和大多数非洲国家一样，赞比亚的女性也是以丰腴为美，越是富裕体面的女性就会越胖，卢萨卡城里的女人们明显比外面村镇里的胖一圈儿。虽然我们的审美标准各不相同，但她们走在大街上周身洋溢着的自尊和自信很难不让人动容，因为比单一的物质占有更加宝贵的，是自食其力所带来的对世界的无所畏惧。从她们的身上，我能感觉到这个国家走向现代的希望。

我非常喜欢以赞比亚作为研究对象思考非洲国家的现代化之路，这是因为赞比亚的国家形态和客观条件相对而言是最符合发展的客观条件的。当然，这并不是说赞比亚这个国家有多么完美。尽管赞比亚已经半个世纪未遭受战争，国家政局稳定，但仍然发展缓慢，产业基础薄弱，国家运转严重依赖不可再生资源的出口，同时还深陷艾滋病的泥潭。此外，赞比亚还是个内陆国，必须依赖其他国家的出海口才能实现国家的正常运转和物资交通，极大地推高了运输成本，这意味着其发展上限可能并不高。

然而，对于绝大多数非洲国家而言，妄谈“发展上限”的概念恐怕过于奢侈。我们无法准确预知一个国家的发展上限具体在哪里，但至少对赞比亚而言，满足人民的基本需求，让全民过上现代化的生活显然不是问题。赞比亚目前的总和生育率为 4.3，亦即平均每对夫妇生育 4.3 个孩子。这个数值虽然很高，但赞比亚全国的人口只有 1940 万。按照正常的自然增长率和生育率下降趋势预估，到 2050 年，赞比亚的人口也就是 4000 万左右。这相对于赞比亚全国 75 万平方公里的土地而言，仍然不算多。

我在前文中提到，建设全套的工业产业链十分艰难，以赞比亚的力量当然不太可能实现。然而，按照赞比亚的自然禀赋和人口，原本也不必建立全套的工业产业链，只需掌握少数几个环节就足以嵌入全球产业循环，很好地养活自己的国民了。随手即可举出一些浅显的例子。赞比亚的水网遍布全国，有许多位置都十分适合建设水电站，可以以极低廉的边际成本带来充足且供应稳定的电力，这些电力既可以出口给周边的缺电国家换取外汇，也可以供给国内的工业设施。

赞比亚的支柱产业铜、钴矿的出口大方针不用改变，但是如果能够在采矿时直接配套一些选矿厂、冶炼厂、精炼厂，尽可能地把产业链留在国内，对赞比亚一定是大有裨益的。以铜为例，铜是一种比较昂贵的有色金属，一般的铜矿中铜的含量比较低，只有1%—3%。由于铜的金属活性不强，所以冶炼难度相对不高。如果有了充足的能源供给和资金，能够在铜矿附近建厂，直接把铜冶炼好，然后以粗铜的形式出口，那么不仅可以为赞比亚创造更多的就业，而且可以将更多的附加值留在国内。更重要的是，赞比亚深居内陆，交通不便，如果直接出口粗铜而不是含铜量很低的铜矿石，无异于大幅压缩了运输成本，交通不便的劣势也就大大改善了。如果在此基础上能够进一步精炼，以铜板、铜线这种形式出口，那么附加值和运输成本上的优势就会更大。而对于钴这样冶炼难度高的矿物，在赞比亚国内完成冶炼不现实，但至少可以进行部分的选矿，把矿物以含量更高的精矿形式进行出口，也可以达到提高附加值、增加就业、降低运输成本的效果。

当然，这只是一些粗略的例子，具体是否可行还要进行更加详细的成本收益测算，但这种尽可能延伸产业链的思路是显而易见的。此外，正如我们在超市中见到的那样，充足的能源供应还有助于赞比亚发展一些产业链较短的轻工业。近年来，随着下凯富峡水电站建成，电力供应逐渐充足，有些华商已经在赞比亚加大了对轻工业的投资力度。有的公司靠生产瓷砖和塑料编织袋已经赚到了数亿美元。尤其是瓷砖这种需求量大又不易运输的产品，在赞比亚本地生产，哪怕成本再高、效率再低，也必然要比从外国进口便宜得多，只要稍微提高一点生产效率，利润空间就会非常可观。

我还曾经在卢萨卡郊外拜访过一家赞比亚人开的食品工厂，这家工厂主要生产谷物制品，以及一些花生酱、榛子酱之类在当地比较受欢迎的早餐食品。在下凯富峡水电站建成前，卢萨卡的电力价格很高，并且供应处于一种“灾难状态”——不仅电压极不稳定，而且经常用电超过负荷，进而发生大规模停电。一到此时，像他们这样既“不关键”，又“不危险”的工业企业就是首先被牺牲的对象。高企的生产成本让他被迫提高商品售价，而高昂的价格又必然限制了销路。直到最近两年，下凯富峡水电站开始发电并逐步满发，廉价而稳定的电力供应让这家企业生产的食品价格得以下调，由于销量的增加，他的利润不降反升。有了稳定的现金流，这家企业给卢萨卡需要救济的儿童长期、批量地捐赠食品。考虑到那些儿童甚至连一个热水壶都没有，这种捐赠的麦片被预制成熟的，并专门打碎成细粉，可以用任何清洁的水直接冲泡食用。

“捐赠食品本身解决不了任何问题，”公司的老板汤普森直言，“这只是对眼下困境的一种疏解。”喂饱一群饥饿的孩子，等他们长大成人，继续茫然无知地生出更多的孩子，这样的救济没有任何意义，因为粮食产量的增速永远也追不上他们生育的速度，唯一的出路只有教育。汤普森出品的所有食品包装盒上，都满满地印着类似“教育改变命运”“教育是唯一出路”之类的宣传标语。

其实，汤普森内心极其清楚，他只是一个孱弱的赞比亚民族资产阶级代表，他的力量极为有限。没有一个强有力的体系庇护，他眼下的商业成功就如同浮萍一般脆弱，一如百年前我国那些在国家动荡中风雨飘摇的民族资本。当然，谷物制品的产业链是比较短的，以赞比亚经济的现状，如果产业链稍微延长一点，这些新兴的民族资产阶级就会迅速感受到脆弱的国内体系给他们造成的掣肘乃至窒息。这是未来几十年赞比亚都必须面对的深刻问题。

除了工业之外，对赞比亚而言，发展农业也是比较好走的一条路。赞比亚本来就气候宜人，土地肥沃，而且水网密布，如果能把水利设施修建起来，发展农业其实不成问题。经常有人说非洲的农业落后是因为非洲人懒惰、不会种地，其实这种说法十分片面。非洲的农业落后是有客观原因的，在工业化的农业机械得到大范围推广之前，非洲的土地确实很难开垦。耕地是需要建设的，在中国，老家的耕地早在我们出生之前就已经存在了，所以我们常常会忘记，其实这些耕地是几千年前我们的祖先帮我们建设好的，在那之前，这里也是一片充满毒虫、瘴气的密林。非洲的耕地比我们温带季风区的还要更难建设一些。

举一个最简单的例子——蚂蚁包，它的学名叫作“非洲蚁堆”，是非洲白蚁的巢穴，在赞比亚的野外广泛分布。非洲白蚁用衔来的泥土和杂草，加上自身分泌的胶液和排泄物建成了这些非洲蚁堆，它们的内部都是极为复杂的白蚁帝国，小的两三米高，大的则有十余米，宛如一座小山。因为生物胶质的作用，这些蚁堆的质地极其坚硬，甚至比人类建造的普通土坯房结实得多，而且防水性好，也不怕风吹日晒。想要摧毁它们，凭借人力几乎不可能做到。非洲蚁堆的密度极大，在有些地方，每亩地上的非洲蚁堆多达几十个，就算能靠人拉肩扛勉强拆掉几个，对于开垦耕地而言也是杯水车薪。此外，清理热带植物的藤蔓和根系也是件很大的麻烦事。

显然，非洲要想发展农业，一方面需要建立现代化的水利系统，另一方面需要大量的重型农用机械去建设耕地，二者都不是前现代社会的人力所能及的，而是需要大量的前期投资。非洲的气候十分适合农作物的生长，只要能够针对性地开发热带良种，一旦耕地建设完成，产量不成问题。赞比亚的人口本来就少，人地关系不紧张，开发土地不会受到太多的阻力，很适合发展大规模机械化农业。基于此，赞比亚可以很顺利地建设成为一个农业出口国，无论是直接出口粮食，还是后续建成良好的冷链基建之后出口肉制品，都是有利可图的生意。

在此基础上，赞比亚的经济很容易进入良性循环。过去，以赞比亚为代表的大部分非洲国家人民生活水平陷于停滞甚至倒退的本质原因，并不是经济总量不增长，而是简单依靠资源出口带来的经济缓慢增长被人口的超高速增长追平了，人均产出的停滞导致人民生活水平难以提高。同时，适宜工作的劳动人口与就业岗位之间存在巨大缺口，这意味着绝大多数人无工可做，陷于前现代的贫困蒙昧状态，从而进一步扩大生育。假如上述工业化过程可以实现，赞比亚的就业水平得到提高，那么经济增长就可以促使赞比亚政府增加教育上的投入，受教育水平的提高必然会降低人们的生育意愿。更低的人口增长率下，经济总量的增长会与人口增速之间拉开差值，这部分差值即是赞比亚人民生活水平实际提高的部分。人民生活水平的提高会进一步拉低生育率，扩大经济增长与人口增速之间的差值，同时缩小劳动人口与就业岗位之间的缺口，降低失业率。这些进入劳动力市场的高素质人口则会进一步创造价值，带来更多的经济社会发展和更多的就业，如此循环，将使赞比亚的人口逐步进入现代化的生活之中。

在这一过程中，“马尔萨斯陷阱”并不是一个过时的落后观点，而是客观存在，但可以通过经济发展而得以规避的现实风险。“马尔萨斯陷阱”认为，人的生育是不受控制的，人口持续以几何级数增长，而经济发展则只能以算术级数增长，最终人口的增速必然超过经济发展，使社会重新陷于贫困。当然，我们知道在现实中，随着工业时代经济的快速发展和受教育水平的普遍提高，人会主动节制自己的生育数量，很多高知群体甚至选择不生育。在发达国家，经济增速可以远远领先于人口增速，人民生活水平会持续上升，“马尔萨斯陷阱”早已破产。但是在非洲，由于绝大多数人仍然处于蒙昧的前现代（甚至可以称之为原始）的生存状态，人们没有节制生育的观念，生育率始终居高不下，经济增长无法填补人口高增长带来的缺口，使得社会始终陷于贫困，“马尔萨斯陷阱”成为现实——而只要进行恰当的基建投资就能够打破这一循环。

换句话说，“马尔萨斯陷阱”的悲剧究竟会不会上演，并不是一个古典学说是否过时的意气之争，而是取决于我们如何去做。如果我们通过合理的投资和工业建设让经济进入良性循环，“马尔萨斯陷阱”就会失效；如果我们放任不管，让非洲长久地陷入前现代社会的旋涡中，那“马尔萨斯陷阱”的悲剧就会长久地成为现实，最后突破非洲的环境承载力，造成危机外溢，让整个世界尝到苦果。

根据上文的描述，从理论上讲，无论是电力基建、工矿业、农业还是轻工业，对赞比亚进行投资无疑是有利可图的。但在现实中，针对赞比亚的大规模投资显然并没有发生。或者更准确地说，近年来，赞比亚的工业化和现代化虽然一直都在缓慢地进行，但是这一进展的速度并没有达到理论预估的高度。归根结底，这与投资回报周期密不可分。对于市场化的私人资本而言，投资回报周期是必须考虑的事情。个人的生命是有限的，投资者无法保有太强的耐心，如果一项投资有很好的预期收益，但是投资回报周期却很长，那么私人资本很多时候也会选择放弃。更何况，私人资本对风险的抵抗能力很差，但漫长的等待中会有大量难以预知的风险——政局的变化，经济形势的改变，任何风吹草动都有可能让投资者血本无归。因此，不论是电力基建还是大规模集约化的农业，私人资本都很容易因为对漫长投资回报周期的担忧而放弃，并且倾向于选择投资回报周期更短的采矿业和轻工业。这无可厚非，但单纯发展采矿业本身很难长久，必须在矿产资源开发完之前找到可持续的发展道路，否则后果不堪设想；而轻工业的本质则是依附于良好基建的产物，如果前一批基建所带来的发展空间被轻工业填满了，新的轻工业也就无法发展了——说得具体一点，下凯富峡水电站的发电量终归是有限的，如果过几年新兴的轻工业把这些电都用了，那就没法再建新的工厂了，还得修建新的电站。光靠私人投资，终归还是隔靴搔痒。

这些内容，显然已经超出了赞比亚这样的单一国家所能承载的范畴，我会在下一章进行更深入的展开。眼下，还是先跟随我的足迹，把东南非这几个国家挨个儿转一圈。

莫桑比克：1% 的欧洲和 99% 的非洲

莫桑比克对中国护照是免签的，可是一到海关，办事员就以我没有签证为由把我的护照扣了下来。莫桑比克说葡萄牙语，我的语言不通，只能等从首都马普托代表处前来接我的司机来与他们交涉。海关人员摆出的气势很吓人，磨磨蹭蹭地说了两个多小时。实在没有时间和他们硬耗，我最后掏了200美元（事后与莫桑比克的同事对账，发现自己给多了，正常情况下给三五十美元就足够了），总算是息事宁人了。车子要开出海关大门的时候，又被看大门的保安拦下来，又是一通软磨硬泡，最后被敲了5美元竹杠。

出了海关，外面的村子一下子“穷”了起来——崎岖的土路破败不堪，垃圾漫天飞舞，红砖和铁皮搭成的各种棚子之间常有瘦骨嶙峋的小孩穿行。从海关到马普托不过60公里的路程，车子足足开了3小时才到。这一路上的村子一个比一个穷，而且毫无秩序，更毫无特色，本质上只是一片私搭乱建的贫民窟，令我有些触目惊心。

可是车子拐了一个弯，进入马普托市区之后，景致骤变，让我大吃一惊。马普托俨然就是一座欧洲城市，这里的景致与我去过的任何一个非洲城市都不同，几乎没有一点儿非洲的痕迹。这里街道平直，主干道与次级支路交错纵横，井井有条，沿街的商铺风格统一但又不失特色，大街上十分干净，几乎看不到垃圾。商业区、住宅区、工业区的规划错落有致，联系紧密又互不干扰，规划相当合理。大街上的楼房有许多是高层建筑，颇有欧洲现代城市的风貌，而且外立面十分干净，没有热带城市那种典型的因霉菌而产生的斑斑痕迹。

从数据上看，莫桑比克是极贫穷的国家，人均GDP（国内生产总值）排在世界倒数行列。这些景致会不会是“金玉其外，败絮其中”？有没有可能这座漂亮的城市是葡萄牙殖民者当年建造的，而葡萄牙人撤走了之后，这些楼的内部就开始逐渐陷于破败了呢？如

马普托市区一角

果是那样，至少这些街道的路面和高楼的外墙不会这么干净。在接下来的时间里，我多次进入这些高楼大厦的内部，有时是办公事，有时只是去商场和饭店闲逛和吃喝。我发现，无论是办公楼还是商业综合体，抑或饭店和咖啡馆，马普托都与一座正常的欧洲城市别无二致，根本挑不出什么毛病。与之相比，莱索托的首都马塞卢则干脆就是个贫穷的县城；赞比亚的首都卢萨卡中规中矩，但绝对谈不上繁华，很难和“大都会”联系在一起；坦桑尼亚的“首都”达累斯萨拉姆虽然足够繁华，但是街道脏乱，是一个典型的人口稠密的发展中国家的大都会。只有马普托，把繁华和体面毫不冲突地融合在了一起，而这座城市偏偏坐落在东南非最贫穷的国家莫桑比克。

马普托的饭店里的海鲜异乎寻常的好吃。这里的海鲜质量极佳，渔民们每天清晨趁着涨潮，乘着单桅帆船出海捕鱼，然后赶在退潮之前回来——小帆船就停放在海滩上。每天的新鲜渔获会优先供给几家固定的饭店，剩下的则拿到海边的市场上贩售，价格低廉。这些新鲜渔获在饭店里只经过简单的烹饪之后便可售卖，味道十分可口。此外，还有些葡萄牙风味的饭店，把伊比利亚半岛的烹饪手法与马普托本地食材结合在一起，别处再难寻觅。在城里，还有无数家咖啡馆和面包房，味道无不正宗到位，葡式蛋挞更是一绝，即便离开很久，我仍然能回忆起那种甜腻却爽口莫名的上流质感。此外，在马普托还能吃到各国美食，甚至可以找到口味正宗的越南米粉，而在其他的非洲城市，要么根本吃不到这种在非洲并不大众化的东南亚特色小吃，要么为了适应非洲人的口味被改造得面目全非。

后来，我到莫桑比克西北部最大的城市太特出差，更加直观地感受到了马普托与“其余的莫桑比克”之间的天壤之别。作为一个在莫桑比克全国都排得上号的地区中心城市，太特的城市风貌与马普托根本无法相提并论，甚至很难看得出一座城市的轮廓。这里的楼房几乎都没有窗户，黄土漫天，有的楼只有半面墙，整座城市看起来像是刚刚被地毯式轰炸过的废墟。这座破烂的城市和城外那些更加破烂的乡村无比相称，只有马普托突兀地“从天而降”，像是镶嵌在一把锈迹斑斑的镰刀柄上的宝石。这种现象究竟是怎么产生的？

没错，马普托就是突兀地“从天而降”的。换句话说，马普托所依赖的经济基础，原本就与其余 99% 的莫桑比克完全不同——它们本来就是两个不同的经济体。

99% 的莫桑比克落后的原因非常简单，就是这片土地的生产力十分低下，几乎没有任何工业，农业也处于原始状态，人民没有受教育的机会，更没有就业岗位，只会在蒙昧中过度生育，让原本就非常匮乏的生活和生产资源被进一步摊薄，人民生活极度困苦。但马普托则不同，这座城市所依赖的并不是莫桑比克人民的产出，而是外国的资本和援助。只不过，这些资本和援助并不是无偿的，而是需要拿本国的矿产资源和天然气去换。

作为后发国家，出口本国资源来换取资金，进而获得宝贵的发展机遇，这当然无可厚非，甚至可以说是实现发展的唯一途径。我们之前花了大量篇幅讲述的坦桑尼亚就是其中的典型代表。但是对莫桑比克来说，这些宝贵的资金并没有转化成国家发展所需要的基础设施，而是变成了让马普托这座城市变得更加精致的燃料——换句话说，成了浮财。究其原因，莫桑比克的政府并没有能力掌控这些资金，将其重新投入国家建设。这些资金大部分落入外国资本的手里，流失到国外，小部分则留在了马普托城里，让马普托得以维持与外面严重脱节的繁华面貌。而马普托城外的贫穷和混乱，事实上并不会给城里的富裕生活造成太大影响。极度的贫困使得绝大多数莫桑比克平民缺乏迁移能力，即使马普托郊外的少部分贫民能够进入马普托，他们的活动范围也被局限在少数几个贫民区中，再有针对性地提高富人区的治安预算，就可以比较容易地缓解富裕阶层和外国人的安全关切。

马普托的发展逻辑，其实适用于非洲的许多城市，只不过这种现象在马普托体现得格外明显——这是一种典型的买办经济。

莫桑比克政府缺乏资金，或者说莫桑比克缺乏一个有能力进行较大规模基建投资的政府，所以莫桑比克的建设项目大都规模比较小。基于此，我们公司在类似莫桑比克这样的国家实行的是“项目群”管理模式——把莫桑比克国内的小项目归拢起来，成立一个国别项目部，对这些小项目进行统一管理。由于莫桑比克特殊的国情，大部分基建项目位于马普托城里和近郊，因此我的大部分同事过着比较舒服的都市生活。除了工作太忙，而且比较糟心之外，其他方面都还不错。不过，也有一些同事没这么幸运，被派到了少数几个远离马普托的小项目上。刚才提到的太特城的郊外40公里处，就有一个小项目。

项目本身没什么特别的，反倒是项目旁边一座典型的非洲村庄值得一讲。撒哈拉以南的非洲作为一片面积高达1000多万平方公里、人口多达10亿的土地，其社会的多样性很强，地方文化的差异大，而且由于西方殖民者对非洲殖民地的边界划分十分随意，这些社会差异并非严格按照国境线分界，而是犬牙参互，相互融合，相互影响，但又有矛盾冲突，个中结构相当复杂，很难用简单的篇幅对其进行概括。因此，我只能基于我的简单观察，略作描述。

这座村庄的总人口有两三百，其中近半数是小孩或明显的未成年人。村庄没有明确的边界，只是一堆形态各异的建筑散落在一起。因为地处热带，阳光充足，所以这些建筑没有统一的朝向，而是随机地朝向各个方位。在这些建筑中，比较好的是红砖加彩钢瓦的结构，有些表面还刷了一层水泥砂浆用于防水；比较差的则是黏土墙加稻草屋顶，用一些细细的木棍做柱子。无论使用何种材质，这些房屋的规模都很小，有些甚至没有窗户。它们并不是一个“家”，而只是一间“卧室”。当我进入这些屋子时，发现里面空无一物，只有一张毯子，人们就躺在这张毯子上入睡。其余的活动，无论是做饭、上厕所、社交，还是缝补等家务劳动，都是在户外完成的。

与中国的村庄相比，非洲的村庄显著的特点是，除了房屋的内部，几乎没有私人空间。换言之，非洲的村庄中没有“院子”，或者说一座村庄就是一个巨大的院子，在此之下没有内部的边界。村庄中有一些家禽、家畜——几十只鸡、十多只羊、四五头猪以及几条狗，它们在村落中自由地活动，不是某户村民的私产，而是属于村庄集体。在房屋之间，也穿插着一些仓库，有的存放着粮食和工具，有的存放着木柴，无法判定它们是属于个人的还是村庄集体的。从数量上讲，仓库少于房屋，如果它们是私有的，那意味着许多村民没有属于自己的储藏空间。房屋的间隙中有一些小块的耕地，这些耕地并没有明确的规划，土地利用率很低，也鲜有人照料，农作物看起来与杂草无异，并且任由牲畜随意践踏。显然，这些村民没有照看庄稼的习惯。

在村庄的中间，有一座简陋的亭子，这是村子的集会中心，涉及村子的公共事务都由村中的长者主持，在此作出决定，其中包括很多事关我们项目的事务，比如占地、雇用人员等。在亭子的旁边，有一台大功率的音响，这是我在村子里发现的唯一一个电器。天一亮，音响就开始工作，放出震耳欲聋的音乐，并且绝不间断，

莫桑比克的村庄

一直持续到晚上太阳落山。这些音乐由极简单的循环音节组成，乐器以非洲木琴为主，没有复杂的音效，更没有任何歌词。音乐的声音很大，即使是1公里之外的项目部也能隐约听到，在村子里听几乎震耳欲聋。对于村民们而言，音响里放出的音乐是生活的必需品，他们会伴随着音乐进行一天的所有活动，不论做什么，都要伴着节奏晃动身体，有些年轻人甚至手舞足蹈，看起来十分欢乐。

但是对于我们这些外国人而言，这种无限循环的音乐就并不是享受了。它不仅反复循环，而且循环的段落很短，几乎没有任何新鲜感，就像是在耳边大声循环十几小时手机铃声，连和旁边的人说话都听不清。我在村子里待了半小时，就被这音乐折磨得头昏脑涨，赶紧让司机开车把我带回了项目部。

村子中也没有井。事实上，非洲的村子中普遍没有井，后来我在津巴布韦、刚果（金）也观察到了相同的现象。村里的妇女每天相当重要的工作就是顶着水桶去附近的河边打水，有些村子距离水源地相当远，往返一次要花费数小时，但她们仍然这样一遍又一遍地前去打水，丝毫不觉得有什么不妥。村民们好像从未想过要打井，即使客观条件完全允许。这个村子的经济条件还算不错，因为距离我们的项目比较近，项目上不仅给了他们钱，而且雇用了很多村民当工人，他们都赚到了工资。村民们拿着这些钱盖了一些红砖房，但仍然想不到要去打井。我甚至见过有些村子，在一些中国建筑企业或者西方NGO（非政府组织）的援助下打了井，但很少去维护和清理，很快就废弃了，于是很快恢复到每天顶着水桶去遥远的河边慢悠悠地打水的状态，完全没有中国人所熟悉的“由奢入俭难”，仿佛每天花费大量的时间去河边打水是一种带有神学意义的使命一般。

有些中国人来到非洲之后，看到非洲人不打井，或者放任水井荒废，把这归咎于非洲人“懒”。可是如果真的是因为“懒”，那不是更应该好好维护水井，免得每天大老远地赶去河边打水吗？归根结底，这种所谓的“懒”，实质上是一种意识的缺乏，他们想不到，也想不通为什么要有井，为什么井需要维护，为什么要把去河边打水的时间和精力节省出来。这种意识的缺乏，或许才是非洲社会中真正值得思考、真正需要改变的地方。

这个村子里的财产究竟是公有的还是私有的？应该说，这个问题并不绝对。我与一名负责与村民沟通的同事聊过这个问题。据他了解，村子里实行的并非绝对的公有制，但很多时候财产的边界也并不十分明晰。村子里的青壮年劳动力来项目上工作，赚取工资，这些钱直接发到他们手上，当然是私有的财产。他们会拿着这些钱去城里吃喝玩乐，也会购买一些生活必需品，贴补自己的小家，或者把自己的房子翻新成红砖材质的。但是在村庄的生活中，公有制的成分就比较多了。比如我见到的牲畜、庄稼和燃料，这些确实属于村庄集体共有。至于在项目上赚到的工钱会不会上缴一部分给村里，用于必要的集体开支，我们也不清楚，因为这是村庄的内部事务，或许不同的村庄有各自不同的规矩。但想必这些规矩就算存在，执行力也不会很强，因为无论在哪里，当地的工人们拿到工资，第一时间就是吃喝玩乐全部花光，甚至因此欠了外债——这是广泛存在的现象。显然，村里也拿他们无能为力，总不能追到工地去找他们要钱。

非洲乡村的家庭关系，或者说得更直白一点——性关系，究竟是怎样的？这同样是一个相当复杂，难以一概而论的话题。从保守到开放，都能在非洲找到对应。在有些文化区，女性割礼仍然十分常见，女童在生长到月经初潮时就会被残忍地割掉阴唇，将阴道口缝起，直至结婚才可以打开。而在有些文化区，性实践则非常开放，甚至难以找到固定的家庭。因为子不知父、父不知子，这些文化区盛行“舅甥继承制”——舅舅至少可以确认自己姐妹所生的孩子与自己同源。这些各自不同的文化类型有时相互耦合，极端保守和极端开放在性实践中有时甚至可以同时存在。我对此见识浅薄，知识面狭窄，对于这些情况实在无法描绘。当然，多数情况下，人与人之间的性关系会介于保守和开放之间。人们会组建家庭，但是家庭关系并不特别稳固。无论男女，一生中先后或同时与多个人结成伴侣的情况并不罕见。与东亚农耕民族的传统社会比起来，这里确实要开放许多，但是多数情况下不至达到所谓“走婚”的程度。非洲人生育子女的数量相对较多，通常平均每个女人生育四五个孩子，生育十来个孩子的情况也不算稀奇，同母异父的情况也十分常见。一名女子现时的男性伴侣，可能只是其中一部分孩子的父亲；同时，他也有与其他女性共同生育的、现时与其他女性共同生活的孩子，他对这些孩子承担有限的抚养责任。我身边许多非洲员工的家庭结构都是如此，他们先后有多个妻子或丈夫，生育多个孩子，散落在全国各地。显然，在性观念相对开放的当代社会，这样的家庭关系其实并不稀奇，即使在性观念相对保守的中国也一定程度存在。只不过由于非洲人的子女数量多，所以家庭关系显得格外复杂。

社会不是物理学模型，任何概括性的、简单的话语都无法百分之百准确地描述社会问题，尤其是对于社区与家庭这样庞大而复杂的社会问题。常年居住在非洲，对非洲社会有了解的读者，可以很容易地举出与上述描写不同的反例，这是很正常的。以上描述仅是孤例，目的是给各位读者提供另一个观察非洲基层社会的视角，引起大家的兴趣。你如果想要对非洲社会有更深入的了解，恐怕真的要“绝知此事要躬行”了。

津巴布韦：一切还好，除了货币

津巴布韦出现在中文互联网上的频率显著多于其他非洲国家，主要是因为津巴布韦货币上面的一串“零”。津巴布韦最大面额的纸币是100,000,000,000,000元（100万亿元），有14个0，一眼看上去很难数得清楚。出于猎奇的原因，这种超大面额的纸币被很多钱币爱好者收藏。与之相比，周边的博茨瓦纳、纳米比亚、莫桑比克则要逊色一些。当然，一种货币如果贬值到了这种程度，就说明该货币的信用已经崩溃，无论再加多少个“0”，它的购买力也不会超过这张纸本身的价值。津巴布韦的人们早已弃用这种官方货币，改用外币、粮食和香烟等硬通货作为一般等价物了。

事实上，大家所熟知的这种印着14个“0”的津巴布韦纸币，已经是津巴布韦上一次，亦即第3次货币体系崩溃的产物了，如今的津巴布韦正处于第4次货币体系崩溃之中。2009年1月，津巴布韦央行发行了这种超大面额货币，随后在2月直接从钞票上删去了12个“0”，“100万亿元”变成了“100元”——这显然挽救不了津巴布韦的货币体系，无论删掉多少个“0”，这些货币仍是废纸一张。同年4月，津巴布韦币停止流通。在随后的10年里，津巴布韦一直将以美元为主的外币作为通用货币，仅在2016年发行过美元债券，但本质上仍在通用美元。直到2019年，津巴布韦央行才开始发行下一轮国家货币——新津巴布韦币，结束了10年没有本币的局面。刚发行时，新津巴布韦币兑换美元的汇率是1∶1，随后开始持续贬值。坦率地讲，这次币制改革是津巴布韦历次币制改革中最不失败的一次，因为一直到2024年4月，虽然津巴布韦元与美元的汇率已然是36000∶1，但它仍有价值，没有成为废纸。这意味着你如果持有足够大量的新津巴布韦币走在大街上，仍然有被抢劫的资格。应该承认，对津巴布韦央行而言这算得上是一次巨大的成功。

为了维持币值稳定，本届津巴布韦政府确实采取了许多措施。除了用外汇、黄金等硬通货稳定币值，以及出台一系列常见的抑制贬值的货币和财政政策之外，津巴布韦还动用国家强制力推行津巴布韦币的使用。我们在津巴布韦的工程的采购、结算，都有一定比例的款项是被要求必须使用津巴布韦元的。这给在津巴布韦的企业造成了一定的经济损失，因为津巴布韦元的官方汇率和黑市汇率一直有差异，而且贬值速度快，如果不马上花出去，留在手里的每一天都意味着一定程度的损失。不过，好的方面是在津巴布韦纳税也可以使用津巴布韦元，这或多或少地减轻了企业的损失。

各位读者可能会想，既然津巴布韦的货币体系已经崩溃到了如此地步，想必其经济应该是格外糟糕的，至少会比那些币值稳定的非洲国家更糟糕。但现实并非如此。在东南非区域，津巴布韦人的生活质量相对还算不错。津巴布韦的工农业基础较好，农田建设程度高，正常年景粮食自给有余，甚至还能出口，被誉为“南部非洲的面包篮子”，烟草的生产和出口也为津巴布韦创造了大量收益。津巴布韦也有一些制造业，可以生产食品、简单的金属制品和木材家具，有不少的产业工人。此外，津巴布韦的矿产资源也很丰富，黄金、铂金、锂矿、煤炭等资源储量在全世界都赫赫有名。尤其是锂矿，借着近年来全球新能源产业发展的东风，锂的需求量激增，储量大、品质高的锂矿出口为津巴布韦带来了大量收益。此外，津巴布韦的旅游业也值得一提。在津巴布韦北部与赞比亚的交界处，有一座闻名世界的莫西奥图尼亚瀑布（又称莫西奥图尼亚大瀑布），这座瀑布在西方游客心中地位甚高，每年到了丰水季节都有大量游客专程来此度假。尽管这座瀑布由赞比亚和津巴布韦两国共享，但津巴布韦一侧的配套设施比赞比亚一侧强上不少，交通也相对便利，故而游客们更喜欢光顾津巴布韦一侧的瀑布。瀑布雄奇壮阔是一方面，津巴布韦的地陪和导游也确实很能“整活”。他们甚至可以把游客带到瀑布悬崖的边缘，带着游客去水里游上一圈儿——旁边就是上百米高的悬崖，赞比西河从这里骤然落下，如果一不小心掉下去，怕是连尸体的碎片都找不到。这种惊险刺激的“作死”玩法深得西方游客的青睐。

津巴布韦的城乡面貌和自然环境也不错。这里很像是美国南部，气候温暖，日照强烈，土壤肥沃。乡村有大面积的平整农场和独栋的农庄别墅，城市则是体面的二三层红砖建筑平铺舒展，市中心有几栋高层建筑，虽然看起来陈旧但干净，房屋错落有致，也不显得拥挤。街道整洁宽阔，道路两旁种着茂盛的蓝花楹，轻风徐来，蓝色的花瓣撒满路面。不仅是风景，津巴布韦人的饮食习惯也非常美国化。这里的人们酷爱甜食，饭店的特色菜品大多是浓油赤酱的猪肋排、甜腻的炸鸡翅和薯条。连续吃上几天之后，难免令人口舌生疮，连我这样坚定的“蔬菜厌恶者”也顶不住，只想弄点儿菜叶子吃。自然，养成这样饮食习惯的人是很难瘦的，因此津巴布

津巴布韦街头一角

韦的胖子明显比我去过的其他几个非洲国家多得多。这种高油高糖的饮食固然很不健康，但至少说明了一点，那就是津巴布韦的物资供应并不紧张。

一边是货币体系从崩溃走向新的崩溃，另一边则是至少看上去还不算太糟糕的经济生活，津巴布韦这种矛盾现象又一次超出了我的常识。按照我的理解，货币体系的崩溃往往是社会生产崩溃、物资供应出现重大缺口的结果，它的出现本身就意味着民不聊生，比如解放前夕的国统区、第一次世界大战战败后的德国；同时，货币体系的崩溃也意味着民众的财富被剥夺，市场交易也陷入混乱，这又将进一步加剧民不聊生的状况。因此，按理说货币崩溃与民不聊生的关联程度应当是相当密切的。

的确，这套逻辑体系并没有错，放在现今社会也仍然适用，但“津巴布韦自有国情在此”。面对社会问题时我们绝不可以“一刀切”，而必须一分为二地辩证看待。津巴布韦货币体系的崩溃肇始于21世纪初。20世纪末，南非发生了曼德拉领导的种族平等运动。紧接着，与南非地理相邻、国情相似的津巴布韦也受其影响，在穆加贝的领导下发生了相似的社会革命。在南部非洲，穆加贝在黑人民众中的声望相当高，是仅次于曼德拉的重要人物。2000年至2002年，津巴布韦政府实施了“快速土改计划”，征收白人土地，用于安置无地或少地的黑人农民。这招致西方国家对津巴布韦的严厉制裁，给津巴布韦的经济造成了沉重打击，并使津巴布韦获取外汇的难度大大增加，直接造成了津巴布韦元的恶性贬值。货币信用一旦崩溃，再想重建就会非常困难，津巴布韦又没有特别“硬”的国家实力作为支持，各路资本对遭受严厉制裁下的津巴布韦都感到很悲观，且自顾不暇，没有余力再去帮助津巴布韦稳定货币。在经济全球化时代，失去了外汇资产锚定的津巴布韦元，自然很难重建信用。

然而，尽管“斗地主”在客观上对国家的生产力造成了一定的打击，但是绝对谈不上所谓“摧毁了津巴布韦的工农业基础”。一个国家的经济体系就像一座大坝，建立起来固然很难，像是个无底洞一样吞噬着大量的资源和人力；但是一旦建成，想要彻底摧毁它也很难。就算一顿狂轰滥炸，炸坏了机组和阀门，炸得它发不了电了，但大坝终究还在那里，只要局势安稳下来，有靠谱的人来略作修复，就还能恢复运转。我在前文中曾经对南非的经济发展表示悲观，主要是因为南非的经济迟迟没有恢复良好的秩序，没人“修理”。但即使跌跌撞撞衰退了30年，南非的经济实力仍然令多数非洲国家难以望其项背，就是因为南非的工农业基础已经打好，即使低效率运转，也比压根儿没有工业基础的多数非洲国家强得多。坦赞铁路的运输效率再低，也还是比依靠卡车“土路运输”强劲可靠得多。资本撤走了，人才流失了，但津巴布韦的农场还在，工厂还在，矿产也还在。即使无法完全恢复原来的运行效率，可只要恢复一部分，津巴布韦的社会就能够运转下去，老百姓的生活就不至太差。

更何况，津巴布韦的“斗地主”虽然显著降低了生产力，但在客观上确实促进了社会公平。那些分到土地的黑人贫农即使不会经营土地，也发挥不出这些耕地真正的产量，但是他们至少能依靠这些土地直接填饱自己的肚子，而不必再经历复杂的二次分配。集中生产的效率固然高，但是谁能保证这些生产出来的粮食真正能分到贫民的手上呢？将土地分给贫民，至少给予了他们生活保障，避免了因为经济动荡酿成人道主义灾难。

津巴布韦的社会得以维持运转的另一重要原因是地广人稀。津巴布韦人口只有1700万，总耕地面积却是5亿亩，人均耕地面积合30亩。凭借津巴布韦的矿产资源、已建成耕地和现有的制造业基础，即使存在国内的分配和腐败问题，依然能够以一个比较低的标准养活这些人。

正是基于以上这些原因，尽管津巴布韦的货币体系一再崩溃，国家经济处境也很难称得上好，但是普通人的生活却仍然能够维持，而且还比周边国家略强一些。说到底，对于一个国家而言，真正能够沉淀下来，算作一个国家的核心资产的，只有这些工农业基础设施。它们是一个国家真正的“信托”，不会随着国际形势的风云变幻而瞬间消弭于无形。哪怕遭遇了制裁，发生了经济危机，农田依然能长出庄稼，工厂依然能产出产品，水电站也依然还能发出电来。即使账面上的数据再惨，生活资料还是能够实实在在地分配到百姓的手里。这些真实的资产“进”可以用于出口，赚取外汇和国家紧缺物资；“退”可以在国内流通，为国民的基本生存兜底。

如此看来，在顺境中，任何国家都应该为本国多配置一些“核心资产”，多垦农田、多建工厂、多修道路，这样才能在逆境中拥有一份生存的保障。可是现实中如果没有铁一般的制度作为保障，手握分配权力的人往往并不会考虑得那么长远。对他个人来说，工厂和耕地远远不如豪华轿车和名贵珠宝来得实惠。遇到逆境时，直接卷款“跑路”，去海外的海滨别墅里悠闲度日显然比指挥国家渡过难关轻松得多。因此在现实中，许多非洲国家即使没有遇到制裁，现金流源源不断，也不会将其投入国家的建设上。就算是津巴布韦，之所以能够具备这些宝贵的工农业基础设施，也是此前殖民者本着掠夺的目的建设的，并非缘于哪位领导人高瞻远瞩、未雨绸缪。从现在开始，未来的几十年里，津巴布韦究竟是会受到启发，拿着卖资源的钱积极建设维护工农业基础设施，为国家的长远发展早作打算；还是坐吃山空，直到这些农田和工厂逐步报废停产？这要交给津巴布韦自己去选择。与之相比，能趁着国家财政盈余，为长远利益考虑主动投资修建基础设施的坦桑尼亚和赞比亚就显得十分难能可贵。

刚果（金）：苦痛沼泽

读者朋友们可能会看出，对于上述这些非洲国家，我依据主观感受的各不相同，对它们的评价褒贬不一。许多非洲国家的形态和状况都与我们想象的有所出入，有些在纸面上看起来政治制度相对健全成熟的国家，现实中却存在许多腐败和低效率，百姓生活并不尽如人意；反倒是一些基于传统部落分封制建立的绝对君主制国家，皇室出于维护统治、长期盈利的目的，对国家的管理更为上心，不仅政府的行政相对廉洁高效，百姓生活水平也相对较高，社会运转相对畅通。或许，世界的多样性必须经过我们亲身体验后才能真正认识和理解。

当然，这些只是基于我个人的见闻所形成的看法，难免有些片面。条件相对欠佳的国家也有好的一面，条件相对较好的国家也有不好的一面，这是必然的，想必各位读者都能理解。

但刚果（金），与以上我所提到的这些国家都不相同。

刚果（金），全名“刚果民主共和国”，首都是金沙萨。为了区分于旁边以布拉柴维尔为首都的刚果共和国，在国内，我们通常以首都的简写挂于其后，称之为刚果（金）；一河之隔的刚果共和国则被称为刚果（布）。虽然同以“刚果”为名，同饮刚果河水，但是两国的国情却是天差地别。刚果河右岸的刚果（布）面积小，人口少，矿产资源不丰富，只能靠一些油气资源维持生计，小国寡民，社会安定，很少登上国际新闻；左岸的刚果（金）则土地辽阔，人口众多，矿产资源的丰富程度令人咋舌，但社会动荡混乱，是国际新闻中的常客。

如果只论自然资源，那么上帝对刚果（金）这片土地的偏爱简直明目张胆。对于铜、钴、钽、铌等十余种有色金属，刚果（金）在国际市场上具有举足轻重的地位，被誉为“世界原材料仓库”。刚果（金）是世界第二大产铜国，年产量高达260万吨；钴产量13万吨，占世界总钴产量的68%。除了刚果（金）之外，其他所有产钴国的年产量都在1万吨以下。铜在现代工业中的重要地位自不消说，钴也是一种极难被替代的有色金属材料，尤其是在三元锂电池的生产中，含钴材料是稳定的锂电池正极材料，是电池的核心材料之一。可以说，以当今的工艺来看，如果刚果（金）的钴矿供应受到阻碍，那么整个新能源汽车行业都要受到沉重的打击。

不仅储量大、产量高，刚果（金）的矿产还有一个最让人羡慕的特点——品位极高。以铜矿为例，刚果（金）的铜矿品位基本在3%以上（亦即100吨铜矿中含3吨纯铜），大都在4%—5%，有些矿脉的铜矿品位甚至超过10%。这些铜矿经过选矿、提纯和冶炼后，剩下的矿渣含铜量大约在1%。这些矿渣被当作废料堆积在尾矿库中乏人问津，直到有些公司发现它们的价值，把这些尾矿再重新选矿、冶炼一遍，最后剩下的“矿渣中的矿渣”，含铜量也在0.3%—0.4%。中国的铜矿品位是多少呢？网上查到的平均数据是0.64%。一位刚果（金）铜矿上的中国技术人员告诉我，他在国内工作的铜矿的品位是0.36%。即便这样，那座铜矿还被技术人员们认为是国内铜矿中品位比较不错的。也就是说，刚果（金）“矿渣中的矿渣”的含铜量，与我国许多正在开发的铜矿含铜量相当。而在刚果（金），就连我们修路时随随便便挖出来的弃渣，含铜量都能超过2%。它们之所以被随意地丢在路边，没有得到任何利用，完全是因为眼下冶炼厂连更高品位的铜矿都炼不过来，费劲地收集这些弃渣得不偿失。当我从那位技术人员口中得知这一数据时，内心涌现出一种特别苦涩的情绪，人类的努力在上苍的公然偏袒面前显得如此不值一提。

其实，刚果（金）目前已经探明的矿产资源，只是其真实资源储量的“冰山一角”。由于社会动荡混乱，基础设施不佳，加上现有的已探明储量都来不及开采，刚果（金）的许多矿产资源尚未得到有效的勘探。可即便只是这“冰山一角”，已经足够震撼到让我说不出话了。

按理说，刚果（金）的矿产资源如此丰富，就算不能建成“非洲小沙特”，至少老百姓也不会太穷吧？只可惜，真实的情况恰恰相反。

我们公司在非洲的业务主要集中在刚果（金）东南部与赞比亚靠近的卢本巴希、科卢韦齐一带。这一带矿产资源丰富，人口多，经济活动频繁，带来了许多建设需求。从卢萨卡出发，有两种方式可以进入刚果（金）：一种是坐汽车，从卡松口岸陆路入境；另一种是先飞到赞比亚的边境城市恩多拉，再转机飞往刚果（金）的卢本巴希。早就听说进入刚果（金）要被“扒一层皮”，但毕竟不知道人家具体是怎么“扒”的，所以我决定提前问问刚果（金）的同事走哪一条路相对好些。同事听闻后叹了一口气道：“都一样，坐飞机吧，至少人能舒服点儿。”

飞机刚一落地卢本巴希机场，刚果（金）的海关工作人员就给我结结实实地上了一课。刚下飞机，我的记录着黄热病疫苗接种记录的“小黄本”就被一名穿制服的女工作人员收走了。在非洲过海关，海关人员要求检查“小黄本”属正常行为，因为许多非洲国家属于黄热病疫区，提前接种黄热病疫苗是法律要求，也是对入境者的健康负责。但在其他国家，检查“小黄本”都只是检视核对一下，只要确认旅客接种过疫苗就会放行。直接把“小黄本”收走了是怎么回事？我心里一沉——这必定是要花钱去赎了。我惴惴不安地拿着护照走向海关人员，海关人员检查了我的签证，果然没有轻易放过我，而是用蹩脚的英语告诉我，我的签证不对，不能入境。

我是在刚果（金）驻赞比亚大使馆办理的签证，上面盖着的各种印章、签名章和防伪贴如假包换，签证处在有效期内，短期访问目的也与签证类型完全吻合，怎么就不对了？海关人员装模作样地给我“上课”，大意如下：这是你在赞比亚办的签证，所以只有赞比亚认可，我们刚果（金）不认，你应该去赞比亚，而不应该来刚果（金）。随后他可能也感觉到自己这些说法太过离谱，又改口说这是金沙萨的政府签发的签证，所以我应该从金沙萨入境，而不应该来卢本巴希。

至此我已经完全明白了。显然我的签证是没有任何问题的，我入境刚果（金）完全合法。幸运的是，公司早已派了同事过来接我，我赶忙召唤同事让他来帮忙应对。他与海关人员交代半晌，我不知道他给没给钱，给了多少，通过什么方式给的，总之我终于被放行了。好不容易过了海关，同事带着我径直往车上走，我赶紧拉住他，提醒他我的行李和“小黄本”都还没取回来。同事哭笑不得，一边摇头一边叹气道：“这就是刚果（金）。咱们先回酒店，下午让司机给你送过来。具体的情况，我在车上跟你慢慢说。”

原来，刚果（金）的规矩是，任何离开手里的东西，都需要花钱去赎，“小黄本”如此，行李也如此。而且，只有打通了门路的人才能花钱赎回自己的行李，其他人想赎都没有机会。这些被扣的行李会被海关人员打开，里面任何值钱的东西都会被洗劫一空，剩下的箱子和不值钱的衣服仍然要人花钱去赎。高档烟酒、美元现金、电子产品，一丁点儿都不会剩下，这就是刚果（金）。

听完之后我目瞪口呆，没等我反应过来，同事又继续说了下去：“这些被海关洗劫的受害者大都是中国人。可是你看，就在机场的外面，就有几个中国商贩。你带来的‘中华’香烟被海关没收，这些人就会赶忙去找海关人员低价收购，帮他们销赃，然后再高价转卖给因为烟被海关没收而买不到烟的中国人。你看，产业链闭环了。”

我无话可说，只能叹了一口气。同事继续讲道：“明天我们前往科卢韦齐，目前咱们公司的主要业务在那边，陈总［刚果（金）国别的一把手］在那等你。这一路上有5个收费站，每个收费站都有移民局官员。遇到他们的时候，不要慌，也不要去对话，尤其是千万不要把护照或者任何证件交到他们手里，让我去应对。不要担心，咱们事先都已经打点好了。在刚果（金），一旦护照离开了你的手，再想要回来可就难了。不光是钱的问题，还要花费大量的时间和精力去与他们交涉。万一得罪了他们，搞不好还要去拘留所蹲上几天。咱们中途会在利卡西的一家华人医院停车一次，不出院子是安全的，但是不要在外面下车，利卡西最近经常发生枪战。”

一本正经地交代完了这些，同事放松下来，恢复了正常的“嬉皮笑脸”的模样。他热情洋溢地跟我介绍晚上要吃的一家位于卢本巴希市中心的黎巴嫩菜餐厅。他也没吃过，借着接我的机会正好可以出来吃两顿西餐。他其实是一个挺可爱的“00后”男孩，毕业后参加工作没多久，脸上还有些稚气未脱，只是被刚果（金）糟糕的社会秩序摧残得精神紧绷，显得疲惫不堪。他没去过其他非洲国家，一毕业就来了刚果（金）。在刚果（金）生活的短暂时光里，他工作的一大部分内容就是一趟又一趟地去移民局“赎人”。即使你资格完全符合条件，移民局也会卡着你，不给你批工作证；或者已经通过了审批但是迟迟不发放，造成你事实上拿不到证，然后再过来抓人。移民局的官员喜欢选在周五晚上抓人，因为周末放假，办不了手续，这样就可以让你结结实实地在拘留所里蹲上3天。此时就算有人花钱去赎人，他们也并不买账。这个男孩经常要到移民局找这些官员“求爷爷，告奶奶”，才“赎出”一个同事，又有新的同事被关进去，循环往复。

我跟他讲，在其他非洲国家，警察和移民局也会索贿，但是通过“挑毛病”的方式来索贿的。比如签证过期了，工作证没带，或者至少是乘车没系安全带。他们抓住了你的把柄，吓唬你要开单处罚，此时如果给他钱私了就可以便宜不少。但是，如果你的证件和行为确实没有问题，让他们抓不住把柄，那么他们也只好放你过去了。同事听了频频摇头道：“刚果（金）不是这样的！他们若是抓住把柄，自然不会放过你。但如果你真的一点问题都没有，他们仍然会扣下你的证件，交钱罚款也是少不了的。不过我们已经提前打点好，不会耽误事。”

从卢本巴希到科卢韦齐一线，距离赞比亚边境只有不到百公里。双方鸡犬相闻，族群相近，地理结构相同，赞比亚那边的铜带省也产铜，只是产量和品位远不如刚果（金）。按理说应该差不多的两个地方，不管是民族性格还是地理风貌却都迥然不同。赞比亚人明显要温柔和善得多；而刚果（金）人却并不友好，好像时刻准备着与人发生冲突。

同样是热带草原气候，两边的景致也大不相同。赞比亚的植被覆盖率很高，虽然人类活动和工业开发也占用了一些土地，但是一来面积小，二来不论是村庄还是工矿，规划得都相对整齐，给人的感觉也并不凌乱，大部分地方仍然是茂盛的草地穿插着高低不齐的热带树木。刚果（金）则完全是另一幅景象，土地好像被整体翻了一遍，树木还在，但树木之间原本茂密的草地却不知哪去了，漫天的破塑料袋随风飞舞，有些还挂在树枝上。村落看起来更令人揪心，它与我之前看到的非洲各国的村子都不同。在其他非洲国家，哪怕是村子里最穷的人家，房子至少是用土坯和茅草建成的。毕竟就算再穷，买不起砖块、铁皮，不要钱的黏土和茅草总归是能够获得的，大不了和几千年前的祖先一样，自己动动手，总能有个住的地方。可是在刚果（金），村落中的很多“房子”，居然是用塑料袋“建”成的！他们弄了几根木棍支在地上，然后用捡来的塑料袋在木棍上面一围，这就算是个“房子”了。从外面看上去，这些“塑料袋房子”往往东倒西歪，但里面还真的住着人，还有女人在门口煮着恩西玛。显然，这些“塑料袋房子”经不起任何风吹雨打，稍微有一点外界的扰动就会倒塌。睡在里面，比直接露天睡在外面也强不了太多。

可想而知，一个人如果住“塑料袋房子”，他面临的就已经不仅是穷的问题了，而是他对生活最深刻的绝望和对自己生命彻底的无所谓。一个人，但凡他还热爱自己的生活，都至少可以同他的祖先一样，建个茅草土坯房来遮风挡雨。这些随处可见的“塑料袋房子”反映出的恰是刚果（金）社会中比贫穷更加严重的深层问题。

刚果（金）的村庄

早上从卢本巴希出发，到达科卢韦齐的项目部时已是傍晚，我见到了陈总。不知各位读者是否还记得，这位陈总，其实就是我之前提到的大桥项目上那位胃出血的项目经理。他如今高升，做了刚果（金）的国别总经理。他还是那样又高又壮，站在那里像是一座山，让人看了就觉得踏实稳重，值得信赖。如今，胃出血的事过去了，他的生命力也完全恢复，做事雷厉风行，俨然一位优秀的领导者。

不过看了他的生活节奏，我还是替他感到担忧。他每天早晨六七点钟就与普通员工一样起床上班，白天不是在工地就是去见业主，晚上回来处理内部业务，要忙到凌晨两三点才睡，如此周而复始。他每天要抽两包多。我忧心忡忡地跟他讲，以你的才学和能力，我丝毫不怀疑你是十年之后最适合做非洲分局局长的人选，但前提是你得能“续”十年哪。

他看了一眼指间的烟头，叹了一口气，说道：“这其实也不怪我。之前在达市的医院里，大夫都跟我说了，要想活命就别再抽烟了。我也确实下定决心戒烟了。但是有个同事来看我，偏巧就把一盒‘中华’烟落在我的床头柜上了，偏巧上面还放了个打火机。那盒里只有 3 根烟，我思考了很久，最后决定就抽这 3 根。”说着，他把烟头掐灭，“然后就这样了”。

除了作息之外，另一件令人担忧的事情是，他的疟疾一直都没痊愈。长疟疾，在非洲这是很多人的通病。人在患了疟疾之后，如果医治及时对症，只需几天就能痊愈。但是此时，疟原虫并不一定已经从身体中完全消失，而可能只是被免疫系统压制了。一旦身体虚弱，免疫系统运作不良，疟疾就会复发，反复攻击人的身体。要想痊愈，就得离开疫区，长时间休养，提高免疫力，可很多人没有这个条件，生活的压力逼迫他们只能继续在非洲打拼。

抛开这些不谈，陈总的个人能力的确很强。他只比我大4岁，但是已经能把一个国别偌大的摊子打理得井井有条。再让我历练4年，我也十分确信自己达不到他的水平。别说能力，就光是精力这一方面，我也跟他差着十万八千里。让我按照他的作息去工作，不说久了，来上十天半个月我可能就得进ICU（重症监护室）。各行各业的“一把手”，无论官职大小，都是“超人”。

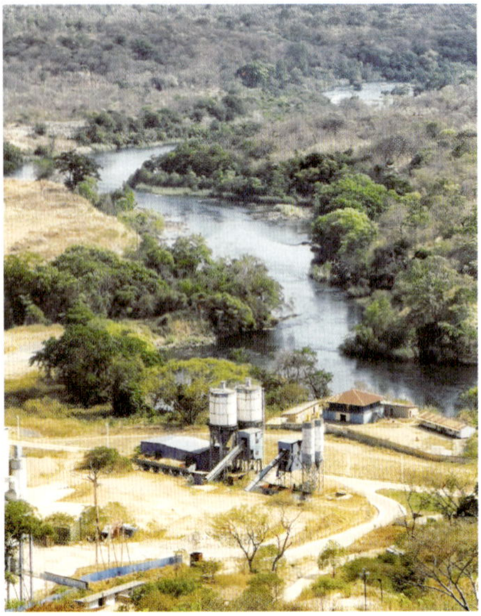

刚果（金）的某处水电工程

适逢月底，陈总张罗起项目上的员工一起去河边的一片空地烧烤。这里远离村庄和工矿，是个世外桃源，深林掩映的河水形成一道连续的多级瀑布，发出悦耳的水声。陈总本能地开始计算，如果把这座瀑布拦上，修一座水电站，至少能提供20兆瓦的电量，足够旁边的铜矿使用。烧烤摊子铺开，我们边吃边聊。跟刚果（金）的同事们在一起，我了解到许多这边的知识。

刚果（金）千不好万不好，但仍然能吸引世界各国的人们源源不断地前来冒险，归根结底还是因为有利可图。这里的中国人自不消说，无论是好人还是坏人，是修桥补路、积德行善还是坑蒙拐骗、作奸犯科，总归是有钱赚的。只要有钱赚，就有人愿意拿自己的命去赌。一河之隔的赞比亚，尽管人们的生活比刚果（金）好上许多，也安全许多，但每天仍然有成千上万的赞比亚人到刚果（金）的矿上打工，合法的有，不合法的也有。归根结底，还是因为刚果（金）的矿上工资更高。矿井之下危险又辛苦，矿井之上还有移民局和警察三天两头盘剥勒索，可是只要最后剩下的钱足够多，那一切的辛苦、危险和屈辱就都是值得的。井下的工作，许多刚果（金）人宁可睡“塑料袋房子”，上街偷窃、抢劫也不屑于做，勤劳的赞比亚人就来做。刚果（金）人弃如敝屣的现世生活，赞比亚人却视若珍宝。这些用血汗换来的收入被他们带回赞比亚去，变成房子和衣食，变成一家人的富足生活，还有一部分，至少也能变成酒吧里纵情狂欢的美好时光。

在我们吃烧烤的时候，旁边有十几个孩子，一直在远远地看着我们，小的只有七八岁，大的看身材像是已经成年。同事们早已习惯，他们说，这些孩子是在等我们吃完饭，他们过来吃些剩的。我们在这里吃了多久，他们就耐心地看了多久，直到我们收摊，他们才过来把那一点点剩肉捡去吃。我感到一阵悲哀，因为在刚果（金），至少在科卢韦齐一带，根本就不缺工作岗位。这里的经济繁荣得几乎畸形，矿上一直在招人自不必说，伴随着矿业的兴起，城里繁荣的服务业也有很多岗位缺口；哪怕吃不了苦，这一带的荒郊野岭到处都有裸露的高品位铜矿石，只要捡上一袋，背到冶炼厂，就能卖个几十美元，很多刚果（金）人就是这样做的。可以说，有等我们吃完饭的这些时间，那几个看似成年的孩子随便做点什么活计，都能挣出大伙的一顿饭钱。但他们无所事事，宁愿在这里耗上几小时，等着吃我们的剩饭。

我把吃剩的肉和饮料分门别类地放置整齐，聚在一起，尽量防止它们被沙尘弄脏，等孩子们过来取。我不敢看他们的眼睛，说不上是因为怜悯还是悲伤。

从我入境刚果（金）到离开的短短十天内，我在机场、公路和关隘上所经过的每一处卡口，每一次检查，每一个流程，都要经历不止一遍的索贿。我能心安理得、咬牙切齿地说出那句“索多玛没有一个义人”吗？很遗憾，我不能。在我脑海中回旋打转的，是黑泽明《七武士》中的一段台词：“你们把农民当作什么？以为是菩萨吗？简直笑话，农民最狡猾，要米不给米，要麦又说没有，其实他们都有，什么都有，掀开地板看看，不在地下就在储物室，一定会发现很多东西，米、盐、豆、酒……到山谷深处去看看，有隐蔽的稻田。表面忠厚但最会说谎，不管什么他们都会说谎！一打仗就去杀残兵抢武器，听着，所谓农民最吝啬，最狡猾，懦弱，坏心肠，低能，是杀人鬼。”

“但是……是谁令他们变成这样的？是你们，是你们武士，你们都去死！为打仗而烧村，蹂躏田地，恣意劳役，凌辱妇女，杀反抗者，你叫农民怎么办？他们应该怎么办？”

刚果（金）的矿产资源之富饶，是周边非洲国家不能企及的。刚果（金）人民所承受的苦难，亦非其他非洲国家所能想象。这些丰饶的资源不仅没有给刚果（金）的普通人带来福利，反而带来了深重的灾难。历史上，为了争夺这些矿产资源，刚果（金）战乱频仍，内部各方势力的内战，外部殖民者和邻国的入侵，让百姓苦不堪言。长年在“黑暗丛林”般的环境中生活，良善就意味着自杀，意味着自愿舍弃宝贵的生存资料。长此以往，人们又怎么能不唯利是图，不抓住一切机会去贪婪？

刚果（金）的人，为什么要用塑料袋“盖房子”？我想，因为长久的战乱经验告诉他们，即便辛辛苦苦盖起一座坚固的房子，也未见得就能居住长久。枪炮无眼，打起仗来，没有人会爱惜几座民房。在炮弹面前，“塑料袋房子”与砖瓦房并没有什么区别。与其如此，那么还不如“今朝有酒今朝醉”，毕竟，本就无法预知明天和意外哪一个会先来。

刚果（金）的人，为什么宁可无所事事，甚至宁可等几小时吃别人的剩饭也不去工作？我想，因为现世的幸福已经不值得他们去思考、去付出。即使打了工、赚了钱，生活也很难发生什么质的改变，手里有钱还很容易成为贼人的目标，给自己带来灾祸。与其如此，那还不如放弃思考，遵从自己的动物本能，有剩饭就吃，有树荫就睡，没有了也不过就是一切结束，现世的生活本就不值得贪恋。

偷窃这个国家的，原本也不是这些无处可逃的平民百姓。西方殖民者的政权走了，可他们的产业并没有走。他们与买办政权相互勾结，殖民者拿大头儿，买办政权拿小头儿，留给当地百姓的只有翻得底朝天的土地和漫天的污染。资源换来的收益不会留在当地变成投资和基建，不会变成道路和电力，也不会变成农田和工厂，它们只会被打包带去宗主国，让买办政权的高官在发达国家过上奢侈的生活。

上苍赋予的宝贵矿产，正是刚果（金）人最深重的灾祸。究竟到何时，刚果（金）才能走出他的苦痛沼泽？我不知道。唯一可以确定的是，任何国家想要主宰自己的命运，走出自己的现代化道路，都必须，也只能依靠本国本土人民的力量。即使真的存在负责任的良善大国愿意提供帮助，最多也只能提供一些辅助和支持，而绝无可能大包大揽地管起这个国家的一切。从历史上看，本国本土力量的崛起，无不必须经历血与火的洗礼，无不必然费尽周章，几起几落，才能最终完成蜕变，涅槃重生。刚果（金）的人民，何时能够逐渐醒悟？何时能够逐渐组织起来，又将通过何种方式组织起来，找到自己的路？这个过程，又要经历怎样的痛苦挣扎，又将有多少生灵涂炭？这一切，还是交给时间来回答吧。

第九届金砖国家青年峰会纪实

2023 年 7 月，第九届金砖国家青年峰会在南非德班市开幕，我作为公司选派的青年代表参加了这场会议。在当时，金砖国家（BRICS）尚未扩容，成员国共有 5 个，分别是巴西（Brazil）、俄罗

在南非参加金砖国家青年峰会期间与当地人在机场的合照

斯（Russia）、印度（India）、中国（China）和南非（South Africa）。每年，各成员国轮流举办金砖峰会，2023年恰好轮到南非。青年峰会，虽不像各国领导人和高级官员之间的会议那么事关重大，但仍然相当正式。除了体现金砖国家青年大团结的氛围之外，也要形成一份最终议案，呈交给接下来的领导人正式会议去评阅。中国方面派出的参会代表共有8人，除了我之外，还有中国青联的领导、北京大学的副教授、成功的青年企业家、海外名校的优秀留学生代表，以及《中国青年报》的记者。他们一起从国内出发，共同前往德班；我则是独自一人从赞比亚赶赴会场。

能不能“露脸”先不提，我首先要考虑的是别“掉链子”。接到这个任务的时候，我手头连套西装都没有。常年在工地上混，西装可能是最不需要的东西，每天穿着公司发的工服才最合适，既耐磨又禁脏，最关键的是老鼠咬不动。即便是与业主或者国内的领导开会时，穿着工服也并不显得不得体，只会让对方觉得我爱岗敬业、专业性强。我个子太高，在非洲现买西装很难买到合身的，只得连忙托家里人给我邮寄一套过来。从国内带东西过来有一套复杂的流程，首先要同综合办打听清楚，国内有哪些同事近期要来非洲，然后把东西邮寄给他，他收到包裹后，再带着一起来到非洲，把你要的东西交到代表处。然后再由代表处托人或跟着买菜车一起，送到你所在的项目上。整个过程耗时3天至30天不等，取决于近期有没有员工出国，以及过程中的衔接是否顺利。

衣服的问题总归容易解决，真正关键的是，我的能力是否足以完成这个任务。在非洲的工地上混迹了整整两年，我的思维方式已经被工程重塑，发生了许多根本性的变化。具体而言，我已经变成了一个极端的实用主义者，不论是说话还是书写，都如同思想钢印一般，只表述那些有实际意义的意见和指令。如果让我去说一些过于宏大的、站位太高的、所谓“虚”的东西，我就会陷入一种自发的羞赧当中。因为在工地上，没人会这样说话，也没人爱听这些。

至于英语，那更是一个提起来就令我头疼的问题。在非洲这两年，我虽然一直在高强度地使用英语工作和交流，但这种使用对我而言无异于一种“De-education”（去教育），越教越糟糕。我的英语原本也并不出色，但绝对谈不上差，至少没给我拖过后腿。在读博期间，我还会比较熟练地使用复杂的英文句式来撰写论文，在参加学术会议时使用专业的词语与学者交流。但现在的我已经彻底放弃了一切语法、单词和试图让口音变得标准的努力，每天甩着一口工地英语与当地员工交流，能说单词就决不说句子，能说简单词就决不说复杂词，能用手指就决不说话。原因很简单——英语也不是非洲员工的母语，长难句他们一样听不懂，最后耽误了工作还不是要自己兜着。长此以往，真正的英语早就在我脑子里被擦去了，留下的工地英语已经完全是另一种语言了。

我在峰会上是有发言任务的。我需要做一次长达 10 分钟的演讲，还要回答与会各国代表提出的问题，要与各国代表高强度交流，保不齐还要接受采访。这些内容都要提前准备，可能出现的尖锐问题和交流的话题都要考虑到。照目前看，就我现在的英语水平，想要做到不给祖国丢人实在是有点难度。但是，反正都被逼到这份儿上了，伸头是一刀，缩头也是一刀，咬着牙也得上。也罢，只要我不怕尴尬，那尴尬的就是别人，正所谓“I speak very poor English, but I dare to say.”（我英语不好，但是我敢说）。只要我张嘴说了，我不信大伙听不懂。

除了准备自己到时候要“唠”的这套“嗑”之外，我还要准备一些送给与会各国代表的礼物。这倒没有什么硬性的规定，但我毕竟是企业派来的代表。作为跨国大型承包商，既然有这个机会，还是要展现一番企业的豪气与扩展市场的雄心，给与会代表留下深刻而美好的中国企业形象。我与单位负责宣传的同事商议，最后决定从国内订购一批丝质刺绣团扇作为礼物。这批团扇确实相当精美，工艺精良，既上档次又饱含中国特色，想必会深受各国代表喜爱。唯一的问题是不能折叠，体积实在太大。我从赞比亚大包小裹地带过去一些，还有一些则拜托国内的代表们帮忙带了过来。没想到，这堆大包小裹的礼品从一开始就让我出尽了洋相。

从德班刚一下飞机，大会的记者就冲过来采访我了。我手里提着大大小小的托运纸壳箱，衣衫不整，头发凌乱，走路还被这些重物坠得一瘸一拐。本来就是一副工人形象，他们突然提问，我还结结巴巴地回答不上，脸涨得通红。这下好了，全直播出去了。意识到“脸”已经完全“丢光了”之后，我彻底没了后顾之忧，干脆挽起袖子，与前来欢迎的乐队一起载歌载舞，反正不管表现得怎么样，回去也仍旧是一样打灰。记者小伙子也不容易，我干脆多给他凑点素材。后来在开会的间隙，一位德班电视台的记者过来采访，我此时已经彻底抛开了一个东亚男人对脸面的理解，陪着她东拉西扯了20分钟，从工业化过程聊到增加基建投资，从扩大高等教育聊到提高就业率。我的语言表达已经谈不上什么符合语法了，不会说的形容词直接用最简单的“good”和“bad”来代替，辅助以表现力极强的各类手势，宛如一个黑头发的“特朗普”。我越聊越自信，把话题往我想要表达的地方去引，向南非的观众输出我的工业化思想。贵电视台用自有的资源和平台宣传我的思想，不仅不收我的钱，采访完了还要谢谢我，天下竟有这样的好事，那还犹豫什么？

说！我把想说的话一股脑儿都说了出来。

这次大会开完，我好像找到了运用语言的真谛。虽然我的英语水平并没有任何实质性的提高，但是从此之后，讲英语对我而言再也不是个问题了。

会议所在的酒店位于德班的富人区。这是一家颇具印度风情的高档酒店，装修平平无奇，但伙食颇有特色，提供各式各样的印度咖喱，种类繁多，口味出众。明档烹制的牛排和海鲜的火候也恰到好处。想到自己前一天还在项目上跟人“扯皮”，喝糊涂面，今天就“人五人六”地坐在这里冒充“上流”，我心中不免有些恍惚。德班位于南非的东海岸，与印度隔海相望。在英国殖民时期，殖民者发现这里适合种植甘蔗，但当地人不会种植，故而从印度抽调了许多农民作为契约劳工来德班种植甘蔗，有些印度富商也一并前来。这些印度人就此定居在了德班，在这里繁衍生息。久而久之，印度文化成为德班文化中不可缺少的一部分。因此，在这里能吃到正宗的印度料理不足为奇。

如今，德班已经成为南非的国际会议之都，许多国际会议都在这里举办，各国的政要名流常会聚于此，但这仍不妨碍德班成为全球犯罪指数最高的几座城市之一。大会工作人员特意叮嘱我们，不要自行离开酒店附近区域，不然安全很难保证。一直到会议结束后，组委会专门准备了车辆，组织我们参观了德班城里的几处景点，过程中安保极为严密，前后都有多辆警车保护。倘若是在其他城市，这或许只是一种对各国代表表达重视的外交礼节性待遇；但是在德班，我十分确信这是一种必须。

大会讨论了 5 个议题，分别是：发展公正能源转型伙伴关系；

面对未来的教育和技能发展；通过非洲大陆自由贸易协定释放机会；加强后疫情时代社会经济复苏和实现《2030年可持续发展议程》；加强多边主义，包括努力改革全球治理机构，加强妇女有意义地参与和平进程。我作为能源建设行业的工程师，主要负责第一个议题。大会种种议程和具体流程的政治性比较强，内容有些枯燥，我想在本书中不必展开。我仅将我本人的发言及回答他国代表提问的中文翻译稿附于本章节末尾，供有兴趣的读者参考，也方便不感兴趣的读者跳过而不影响正文的阅读。除了大会议题本身，另有许多有趣的地方值得我们深思，这些有趣的地方是我在本章节中想着重讲的内容。

大会的全过程充满了浓郁的非洲特色。一直到大会正式开幕的前一天晚上，会议的正式议程还没有最终敲定下发。第二天到底是怎么开会，哪些人讲话，我们需要准备什么，工作人员一问三不知，甚至连第二天几点开始都还没有敲定。好不容易熬到了深夜，议程终于下发，我们翻开一看，首先就把中华人民共和国的国名给写错了。我们的“the People's Republic of China”被打成了“the People's Republic of”，忘了个“China”。我们赶紧去和负责人交涉，抓紧时间修改。好在这是一个明显的笔误，没有任何恶意，万一丢的是别的单词，搞不好要酿成外交纠纷。

第二天早晨8点半开会，我们早早就去会场等候了。可是直到9点半，会议仍未开始，主持人也未进场。好不容易等到主持人进场，我以为大家要坐下开会了，没想到他像个DJ（唱片师）一样，放起了音乐，邀请大家开始跳舞！一件议程都没开始讨论，全场100多名青年代表就这么跳起了舞。

我趁机看了一下各国代表的人员组成。中国是8个人，基本都是跟我岁数差不多的年轻人，平均年纪30岁出头；巴西来了4个，年纪跟我们差不多，看起来都是30多岁成熟的老哥老姐；俄罗斯派了个整整齐齐的青春靓丽代表团，大概有20人，几乎都是大学生和研究生，平均年龄在20岁出头，除了2个男孩外，其余全是女生；印度不知出于什么原因，没有派代表团前来，只在会议结束之后派了2个官员来商讨最终的会议草案。

上述四国（准确地说是三国）代表的总人数，目测不及参会人数的20%。其余的大约80%是非洲面孔。我原本以为这里有来自南非以外的其他非洲国家代表列席参会，后来才得知，这些代表都是南非派出的。而且，南非派出的代表中几乎找不到任何的南非白人和印度裔，全是黑人。他们在把控会议议题和风格上相当强势，在台上发言和座谈的，大多数是南非的代表和专家，聊的内容很多时候是南非的国内事务。南非代表们在台下乱糟糟的，发言相当随意，大家的表达欲望都相当强，揪着自己喜欢的话题一直说，想要发言就必须得抢话，我们三国的代表经常被整体晾在一边。或许这就是南非人的会议风格，倒也无可厚非，可是这毕竟是五国会议，就这么把我们一直晾着也不是个办法，毕竟我们也有发言的任务。我们也只好跟他们去抢发言的机会。会上明着抢，会下跟组委会讨价还价，索要演讲机会。本来，我们每人10分钟的个人报告都在新的议程里取消了，全部变成了南非专家和代表们主导的讨论，还是中国青联的领导据理力争，最后把10分钟的报告压缩到了7分钟，好歹算是保留了这个环节。即便如此，我们的发言结束后，来自南非代表们的提问也非常汹涌激烈。并且，他们的“提问”其实并不是真的想要你回答，有些甚至没有明确的“问题”，而只是在借机表达自己的观点，一直到工作人员多次提醒时间，甚至上手去抢话筒，他们才肯停下。我感到有些无奈，或许这就是南非的会议风格。

让我印象最深的是俄罗斯代表团的这群年轻人。每到晚上，我们会买上一些酒，找一间空着的会议室，叫上俄罗斯和巴西的代表们一起边喝边聊。巴西的那几位老哥老姐与我们年龄相仿，大家都面临着无法回避的中年时光，中年人之间的沟通只需一个疲惫的眼神互相就能心领神会。俄罗斯的代表则不同，这帮“00后”的小青年有着无穷无尽的精力，喝了两杯之后就开始载歌载舞，完全看不出累。

我与这些年轻人攀谈起来，发现他们的水平很高。应该承认，我们这几位代表按照中国标准来看已经算是“社交恐怖分子”了，不仅十分外向敢说，而且在各自的领域也算是比较杰出的青年。但是在俄罗斯这群20岁出头的年轻人面前，我仍然能感觉到，无论是思维的敏捷性还是认识的深刻程度，他们都完全不逊色于我们，很多地方甚至比我们还要更胜一筹。他们并不像那些南非代表一样，仅仅是外向敢说，热情大胆地表达自己，而是知识面宽广，观点成熟，同时还礼貌内敛，从不会让你感觉他们过于强势，这令我感到十分敬佩。他们并非全部来自莫斯科、圣彼得堡几个大城市，而是来自俄罗斯全国各地，大部分出生于普通的城市。有几个是喀山的，最外向、最有水平的那个女孩是托木斯克的，还有个小伙子来自顿涅茨克，后来由于战乱搬到了罗斯托夫。按照中国的标准来看，除了喀山的发达程度可以算作“地级市”之外，剩下的都只能算是“县城”水平。这些年轻人的水平足以作为任何一个大型会议的主讲人，但在俄罗斯代表团中，他们中的很大一部分甚至没有机会上台发言。

我跟他们了解到，俄罗斯对青年工作，尤其是这样的国际会议很重视。他们有专门的机构负责管理青年国际会议的相关事项。会议之前，俄罗斯会在全国范围内进行公开选拔，申请人要写很长、很专业的申请书，并且要有相当优秀的个人简历，才有机会进入考核。然后，这些年轻人要经过笔试和多轮面试，科学文化知识、英语能力、随机应变能力都要得到综合的考察，最后才选拔出这 20 个人，这样的过程听起来比我们的高考还要残酷得多。自然，这样层层严格筛选出来的孩子个个都很优秀。在这一点上，俄罗斯的教育选拔体系确实有值得我们学习的地方。我们国家对精英少年的培养当然也是有的，但大多集中在北京、上海这样的大城市，尤其是在外向化的、软性素质方面，通常只有相对富裕家庭出身的孩子才有机会得到精英化的筛选和培养。在众多普通省份和普通城市，当然，真正的精英即使在应试教育中的表现也差不了，他们只要把自己的天赋匀出来一点放在应付高考上，至少也能考上所不错的大学，但这样一层层地熬下来，对这些精英少年的宝贵时光确实是种很大的浪费。更何况，人的天赋本来也不是仅仅局限在做题上，更不应该局限在理工科上。与人交流不怯场，条理清晰地阐述问题，在来自各国的一群比自己大 10 多岁的大人面前不卑不亢、游刃有余，这难道不是天赋吗？我想，人文社科领域人才的重要性，丝毫不比“大国工匠”差，放在中国目前的国情背景中看，尤为如此。

与俄罗斯的年轻人的交流十分美好，但我更感兴趣的还是非洲的情况。鉴于大会上主要是南非人在说话，我完成了自己的发言内容之后，索性把主要精力都放在了听南非代表们的发言上，并且试图理解他们的思路。很快，我发现，他们思考问题的思路，与我们中国人好像有一些本质上的不同。我尝试着概括一下这种不同，那就是，南非代表们思维的底层逻辑，是从“分配”的角度展开的，而我们中国人的思维，则是默认在考虑财富的“生产”。

举个例子，当我们讨论关于能源转型问题时，作为一个中国人，尤其是一名中国工程师，我的惯性思维是，能源转型应该如何去做。目前的能源结构有哪些问题？有多大比例可以替换成清洁能源？需要多少投资，钱怎么出？新能源应该布置在哪里？能源转型之后能创造哪些效益？即使不谈实施层面那些具体的技术细节，至少也要有个大框架，最终目的是把事做成，毕竟只有做成了才谈得上其他，做不成一切都无从谈起。

可南非人的思路好像不是这样的。听到“能源转型”，他们的第一反应是，能源转型和我有什么关系？能源转型能让我从中获益吗？我如何能参与到能源转型的过程中？我姑且认为他们这些问题中的“我”并不是指狭义的他本人，而是泛指青年人这个群体。即便如此，我还是能感受到我们之间思维方式的根本性差异。当然，他们问的这些问题涉及社会财富的分配，确实也是严肃的、有意义的，确实值得一问。但是放在南非的国情下去考虑，再结合我本人在工作中对南非能源建设市场的调研，和我本人工作的切身感受，我就会感觉到有些不对劲儿。

我并不是说关心分配问题不对，而是不同的国家，在不同的历史阶段，面临不同的主要矛盾。按照南非目前的国情，最缺乏的恰恰是能源项目的筹划和落地，是生产端的瘫痪。清洁能源也好，传统能源也罢，在南非想要推进都是寸步难行，最终导致发电量连年急剧下跌。任何一个饱受停电之苦的南非人不可能不对此有切肤之痛。在绝对的匮乏面前，新的投资和建设毫无疑问是一种帕累托改进，它会创造大量的就业岗位，青年群体当然是容易参与，并且能够从中受益的，更不必说本来就是南非所急需的能源项目，大家都有廉价的能源用，这本身不就是最标准的全民获益吗？

如果在谈到一个议题时，南非的青年人不约而同地首先想到的都是分配，那么是否存在一种可能，在当今整个南非社会的思想意识中，这种本能的分配主义思想已经占据了主流，以至人们在讨论任何严肃议题的时候，本能想到的都并不是“蛋糕”能不能做大、如何做大，而是“我”如何能从这块“蛋糕”中尽可能多地切一些下来？如果真是如此，这种思想又是如何形成的？

应当承认，曼德拉革命本质上是南非黑人的夺权革命，革命后的新南非的政策核心就是研究如何分配能够使得南非本国黑人获益。在政权建立之初，对社会资源的再分配是社会的主要矛盾，故而这一思路确实有其不得已而为之的成分，在维持社会稳定和团结上也取得了一定的效果。然而，这种国家运转思路持续的时间太久，很容易在人们心中形成思维定式，让人们忽视生产端的重要性，而把思维重心始终放在“如何尽可能多地为自己或者自己所在的集体分一杯羹”上。

然而，物质终究不会凭空产生。长期来看，一个执政党也好，一个国家的大多数国民也罢，大家工作的核心，终究要回归到发展本身上。假如“蛋糕”根本就没做出来，或者越来越小，那还谈什么“分蛋糕”呢？当今社会，固然存在生产过剩的问题，存在分配不均的问题，南非当然也是如此，但以南非目前的国情来看，在包括能源建设在内的相当多的领域中，还都远远没有达到需要操心“生产过剩”和“分配不均”的程度。与之相比，我所接触到的赞比亚和坦桑尼亚的青年人，都对国家正在发生的变化和进步感到骄傲。他们能从这些宏观的进步当中获益吗？当然是能的，国家兴亡和个人命运向来密不可分，更多的基建项目不仅意味着国家更好的现代生活，也意味着个人更多的晋升机会。但对南非的青年人而言，国家长期停滞的经济状况和运转日趋失控的社会现实可能让他们并不能清晰地看到这二者之间的联系。在这种情况下，下意识地关心“我”是否能获益，可能是出于一种自我保护的本能。

作为国家派出的青年代表，我们身上或多或少有一点外交属性，因此在会议的全过程中，我们这些中国代表都受到了东道主的礼遇。在会议中，南非的专家和青年代表也都对中国为非洲经济发展和社会进步所提供的帮助和作出的贡献给予了高度评价，这让我们 8 位中国代表发自内心地感到欣喜。祖国的强大，带给了我们实实在在的尊严，这是毋庸置疑的。

但越是这样，我越是能想起自己在非洲工地上艰难的时光，和那些仍然在工地上日复一日地辛勤劳动的工友。他们中的很多人文化程度不高，英语都说不明白，可能永远都没有机会在舞台上表现自己。他们或许并没有那么高的觉悟和理想，也不知道“一带一路”有什么深刻的内涵。他们背井离乡来到非洲，暴霜露、斩荆棘，可能仅仅是为了给家人带来更好的生活，给自己带来喘息的自由。他们每一天都在战斗中度过，他们要与粗粝的饮食战斗，要与对家人痛苦的思念战斗，要与繁重的劳动和毒辣的日照战斗，要与凶险的疟疾战斗，要与时断时续的通信信号战斗，要与被大风吹翻的屋顶战斗，要与“武装到牙齿”的业主合同专家战斗，要与“找事”的移民局和警察战斗。他们究竟有多少人，又都叫什么名字？我不知道，也没有任何一个可靠的统计渠道可以知道。知道他们名字的，只有他们的家人。

当我站在讲台上慷慨陈词时，我的尊严是国家给的。可国家的尊严又是谁给的？正是这数百万寂寂无闻的工人与工程师。没有他们生产的实实在在的产品，没有他们建设的质量过硬的工程，我的演讲只会是一纸空谈，我的观点只会被置之不理，没有人会关心中国代表说了什么，我甚至根本没有资格走上这个讲台。

当我骄傲地宣布，已有超过3000万非洲人因为中国企业的建设而用上了电时，无数张疲惫而骄傲的脸涌现在我面前。他们是扎根海外几十年，举重若轻的老工程师；是沉默寡言，但技术精湛的高级工长；是初来乍到，充满活力的新工程师。站在讲台上发出中国声音的，不是我，而是他们。他们的名字无人知晓，但水电站建成后，奔涌的电流化作灯光照进非洲的学校，那琅琅的读书声，每一声都在讲述他们的名字。

附发言稿 发展公正能源转型伙伴关系

来自世界各地的朋友们，下午好！

我是曹丰泽，来自中国的一名工程师。我十分荣幸能够有机会站在这里，与各位分享我在过去两年间在非洲能源建设行业的经历与观点。

对于一个生活在现代社会的人而言，能源是一种如同空气和水一般的物质：当它存在，随你取用时，你很难意识到它的存在；可一旦它从你的生活中消失，你会感觉度日如年——这就是我在赞比亚第一次经历大规模停电时的心情。那是在2021年，我刚刚博士毕业，并开始在非洲的一座水电站建设项目工作。当时的电力供应极其不稳定，而且每次停电，连自来水和网络也会一并停止供应，那感觉就像是我被自己熟悉的生活抛弃了，我所有的工作和个人生活都被迫停止，而我能做的事只有一件，那就是——“等”。

正是在那时，我开始意识到一个普通赞比亚人的生活是什么样的，以及我们建造水电站的工作究竟有多么重要。也正是在那时，我意识到我们的团队正在努力为非洲贡献的，不仅仅是电力，还有平等与公正。

充足的能源供应是现代社会的基石。可以说，世界的不公平，很大程度上是由能源供应的不公平带来的。能源供应的不公平，一方面是世界各国的发展程度本就不均衡，另一方面则是由化石能源本身的性质决定的。化石能源是一种不可再生资源，而且分布极不均匀，这意味着化石能源的使用具有排他性，而发达国家通过经济和武力手段，总是可以先于发展中国家获取它。从这个角度讲，能源转型不仅仅有助于保护生态环境，而且有助于促成各国发展机会的公平。

目前，绝大多数发展中国家都在清洁能源方面存在巨大潜力，包括太阳能、风能和水能。据估算，全球清洁能源储量超过 45 万亿吨标准煤，是化石能源储量的 38 倍。这意味着如果这些能源能够得到充分开发，发展中国家就可以避免与发达国家进行于自己不利的能源零和博弈。此外，因为风和阳光几乎无处不在，清洁能源的分布是非常广泛的，这意味着即使是传统化石能源国家也能从能源转型中获益，不仅能够获得更多样化、更稳定的能源供应，而且能够创造更多的工作岗位。以我工作过的水电站为例，如今已经建成并且投产发电了。它的发电量相当于至少 10 座传统的火电站。你能想象吗？仅这一座水电站就将赞比亚全国的总发电量提高了 38%，让赞比亚从一个严重电力短缺的国家变成了电力出口国。靠着这座水电站，至少 100 万赞比亚人用上了电，享受到了现代生活。有了充足的电力，赞比亚可以加速发展本国的制造业和服务业，创造更多的工作岗位，并给赞比亚人带来更多的，通过自己的双手勤劳致富的机会。清洁能源可能是欠发达国家实现跨越式发展的最优路径。

中国曾经是一个传统产煤国，但近年来，中国一直把能源转型视作最优先的课题之一。2022 年，中国新增可再生能源装机规模 1.52 亿千瓦，占国内新增发电装机容量的 76%。中国是全球可再生能源发电新增装机容量的最大贡献者，占全球新增发电装机容量的 52%。

在非洲的能源转型过程中，中国扮演了相当务实的角色。中国政府将对非洲的电力投资视为"一带一路"倡议中一个重要和优先的合作议题。在"一带一路"倡议的推动下，中国企业已在约 70% 的非洲国家开展了电力合作。从 2010 年到 2020 年，中国企业在非洲参与了约 150 个电厂和输配电项目的建设。非洲有 1 亿多人通过电网用上了电，其中中国企业的贡献率达到 30%。根据国际能源署 2019 年的预测，到 2024 年，中国将在非洲完成 49 个发电项目，其中大部分是可再生能源项目，相当于同期该地区总装机容量的 20%。《达喀尔行动计划（2022—2024）》指出，中非双方将加强务实合作，共同提高非洲电气化水平，提高清洁能源比例，逐步解决能源短缺问题。

正如我之前所说，清洁能源是一种公平的能源。它无法像化石能源那样被掠夺，只能通过公平合作的方式来发展。作为中国的工程师，我在下凯富峡水电站的建设中亲身经历过这种温暖的合作氛围。在水电站的 5000 多名建设者中，95% 是赞比亚人，只有 5% 是中国人。我被赞比亚的同事们深深感动，他们大都是非常勤奋的人，为能够有幸建设自己国家最大的水电站而深感自豪，并且深切期盼他们的孩子在未来能够生活在一个更好的赞比亚。尽管项目已经结束，如今我们都已经去到了各自的全新岗位工作，但我们基于共同的崇高目标所建立的友谊会永世长存。

我有一个名叫托马斯的朋友，他是大坝上的质量工程师。随着我们之间的交流逐渐加深，我发现我们之间的共同之处远超我们的不同。和我以及我大多数的中国同事一样，他是一个在赞比亚农村普通家庭长大的勤奋的小孩儿，只能依靠自己的聪明和勤奋来为自己赢得一个更好的未来，但我们最终都成功考上了大学。他现在已经是一位成熟的、收入颇高的工程师了，同事们都很尊敬他。

托马斯是赞比亚普通人的一个缩影。命运在最开始对他们并不公平，他们的童年十分贫穷，但他们抓住了国家发展的机遇，靠自己的双手成为体面的人，享受到了现代的生活。托马斯是我最尊敬的那一类人，我非常确信随着清洁能源投资的逐渐增加，越来越多像托马斯这样受人尊敬的工程师会在世界上所有的发展中国家涌现，把他们的国家建设得更好。

在中国文化中，平等和正义被视作社会上最为重要的事情。能源转型，就是教科书一般的实现发展中国家社会公平的机会。在清洁能源的时代，享受现代生活不再是富人和富国的特权，而应当成为所有人类与生俱来理应享有的基本人权。这是我们所有清洁能源产业工程师愿意为之奉献一生的伟大事业。

如今，我们很欣慰地看到越来越多的清洁能源项目开始在东南非区域实施，其中包括我们尊敬的此次峰会的东道主——南非。仅就我们一家公司而言，这里面就有南非开普敦和赞比亚基特韦的太阳能项目，有南非德阿的风电项目等。我本人也有幸参与其中的一些项目。我有充足的理由相信，在不远的将来，清洁能源将成为发展中国家能源供给的主力，这些能源项目将成为我们友谊与努力的见证。

感谢您的聆听，以上来自一位在清洁能源领域工作的骄傲的工程师。

会上其他国家代表的提问及我的回答大体整理如下。

问题：首先，青年人作为社会中相对弱势的群体，如何才能确保他们在能源转型中获得利益？其次，以南非为例，南非的能源建设为什么始终不尽如人意，为什么明明拥有丰富的能源潜力（包括化石能源）却发展不起来？我们青年人应该如何发挥作用来实现这种公平？我们想听听中国的经验。

回答：谢谢大家的提问！我想表达的是，同样作为青年，虽然我们的国籍不同，但我们的立场是一致的，各位想问的问题也正是我想说的。作为一个工程专业的博士和一名工程师，我将从技术的角度而非政治的角度回答这些问题。

针对各位提到的问题，我认为为了实现高效健康的能源转型，首先应该制定明确的能源转型时间表。能源项目从立项到投产再到盈利，需要的时间很长，必须提前规划。制定明确的时间表可以未雨绸缪，给新能源人才的培养和工程的建设留出时间，不然等到缺电的时候再开始筹划建设，那就晚了。新能源产业是高度技术密集型的，只要有了清晰的规划，青年人就能获得大量的工作岗位。

其次，应该进行理性的决策。刚刚有嘉宾提到了南非的化石能源发展，我想说的是，新能源的发展与化石能源发展并不矛盾，它们都为人们的现代生活服务，强调新能源是因为它更好、更优。能源的转型不能一蹴而就，盲目地大干快上，指望一夜之间替代化石能源。决策应该是理性的，要考虑到财务状况和项目的营利性。如果财政健康程度不足以承担大型项目，那么做一些中型、小型的项目同样也是有益的。青年人应该在此过程中发挥监督的作用，向发展过程中的不理性决策和腐败说“不”。

最后，能源转型必须照顾公平，向穷人和偏远地区倾斜。贫穷地区相比于富裕地区和大城市更需要电力，但往往更难获得电力。我想举一个中国的经验作为例子，就是分布式电网。在那些主电网触及不到的地方，采用太阳能或者风能发电，搭配储能设施建立小型供电网络，可以极大地降低用电成本，照顾到偏远地区和穷人的发展权。这在中国和许多非洲国家——像肯尼亚和尼日利亚——都有采用。

旅行碎片：足迹与关隘

除了这些“主线剧情”之外，在过去3年的驻外时光里，我还遇到了许许多多的“支线故事”。这些故事并不足以说明什么宏大的主题，但同样有趣，值得拿出来与各位读者分享。

出于工作需要，我走访了东南非区域大大小小的许多项目，小项目的运转模式与大项目很不相同。有一个地处深山中的大坝项目，前期只有10个人，没有厨师，全靠项目部的工作人员轮流做饭，公司按照规定发给每人每月200美元的下厨补贴。说是轮流，但由于工作繁忙，大部分人根本没有时间和精力做饭，大多数情况下都是项目经理亲自来做。这位项目经理的资历深厚，曾在埃塞俄比亚工作多年。他有个特点，就是不爱吃肉，也喝不了奶，就连鸡蛋也不怎么吃。当他按照自己的饮食习惯做饭时，自然也是素得令人叹息。他在海外20余年，至今未适应任何一种西餐，在饮食上秉承着极端的“河南菜瓦哈比主义”。来这个项目部之前，他让那个已经被他带成半个中国人的埃塞俄比亚帮厨给他烙了整整20公斤大饼，装在行李箱里背了过来。项目上除了他之外，全都是30岁上下的年轻男子，每天陪着他吃素，个个饿得“前胸贴后背”，却不好说什么，一来他是领导，二来大家都被工作折磨得也没有心情挑剔，毕竟挑剔的结果会是“你行你上”，与其亲自做饭，那还不如饿着。

我也不会做饭，但是不吃肉是真的顶不住。好在我没有他们那么忙，偏巧那两天项目经理有事出差了，我决定给大伙做点肉吃。我在邻近的镇子上买了几包冷冻的鸡腿，又买了几盒鸡蛋。我把鸡腿洗净用刀剖开，鸡蛋煮熟剥皮，然后一口气倒进大锅里。我也不懂什么烹饪技巧，干脆在大锅里加水，倒进去一罐“老干妈”，再把看得到的调料七七八八倒一些进去，盖上盖子煮半小时。到出锅时，味道却异乎寻常地好。十来个肚子里刮不出一滴油的壮汉聚在一起，一顿就把这一锅鸡腿炖鸡蛋给“炫”完了。后来，我又用这种方法做了几次肉吃，直到我走后两天，厨师进场，这群老哥的肉才算是续上了。

我们公司海外业务做得比较多。除了非洲之外，在亚洲、南美洲也有不少项目，分别由各自的区域部和分局管辖。2023年10月，我被派到亚洲区域部出差，第一站是伊拉克。我们在伊拉克的项目是建学校。这是一个庞大的项目，项目的整体规划是由多家中国企业共同为伊拉克建设总计 1000 所学校。具体到我们公司，负责的是位于巴士拉附近的 80 多所中小学的建设和装修。目前，伊拉克有 320 万学龄儿童无法接受正规教育，建设这 1000 所学校正是为了弥补这一缺口。

此时，距伊拉克战争爆发已经过去了整整 20 年，我原以为伊拉克已经从战争的泥潭中走出来了。在电视上，也经常可以看到伊拉克灯红酒绿、车水马龙的景象。可是巴士拉呈现在我眼前的样貌却并非如此。20 年过去了，战争的痕迹已经逐渐消弭，但战争的影响仍在持续。从机场出来，仍然到处都是荷枪实弹的警察，大家神情紧张，说明危险并没远去。在伊拉克的机场登机，需要经过 4 次安检，最外面的一次在距离机场 2 公里远的公路闸口，连人带车都要安检，任何可能存在爆炸危险的东西，甚至包括充电宝都不能带上飞机。从机场到市区的道路早已修缮一新，但是远处的建筑有的仍然是断壁残垣。车子逐渐开到市区，道路状况却越来越糟糕，路旁还有些破破烂烂的住房，不知道是不是 20 年来一直荒废着，从来没修过。市区里黄沙弥漫，几乎没有什么行道树，太阳显得格外刺眼。

直到如今，许多伊拉克人仍然很恨美国。这不是出于复杂的政治诉求——他们对于政治体制并不关心——而是单纯的对于美军作恶的仇恨。美军在伊拉克的许多行为，并非出于复杂的政治或者军事目的，而更像是单纯的作恶取乐。随意屠杀平民的事情屡见不鲜，许多伊拉克人都有亲人死于美军之手，美军的这些罪行罄竹难书，已无须我再赘述。我想提的是伊拉克的椰枣树。椰枣是一种枣状果实，通常晒干后食用，味道极甜，热量很高，是阿拉伯国家的一种传统甜食。战前，伊拉克全国遍布椰枣树，最多时总数超过 3000 万株，椰枣的出口量最高时占到全球总出口量的 80%。

然而，在伊拉克战争中，超过半数的椰枣树被美军烧毁。许多时候，这些椰枣树并未对美军打击军事目标造成什么阻碍，美军焚烧这些椰枣树，很难说是出于有组织的正式目的，而仅仅是随意的破坏。椰枣是一种农产品，它的经济价值跟石油相比不值一提，却是许多伊拉克普通百姓的生计来源。美军的这种行为，一下子把许多原本完全不关心政权更迭的伊拉克平民推到了对立面，变成了反抗美军的主力。

伊拉克的天气极热。我到达巴士拉的时候，伊拉克早已过了最热的季节，即便如此，白天的温度还是轻松超过了50摄氏度。每天中午吃完饭，踏出住处的大门，我就感到好像有一把炽热的大锤劈头盖脸地向我砸来，震得我脑袋生疼。从住处走到车上的那短短50米，我都感觉自己要被毒辣的太阳“杀”死。听伊拉克的同事说，在七八月份，巴士拉中午的温度可以超过60摄氏度。我很难理解，在这样的温度下，人类应该如何生存。不过好在伊拉克的沙漠气候极度干燥，只要避开太阳，进入室内，温度就不会太过离谱。

也是为了尽可能地降低强烈的日照造成的炎热，我们承建的学校都要粉刷成纯白色，尽管刺眼，却可以最大限度地反射日光，这样一来，教室里便没有那么热了。学校被设计成2—3层，中间有通透的天井，有助于空气流通，而且有很强的阿拉伯特色。我很庆幸这些体面的建筑能够作为学校。

另一个给我留下深刻印象的亚洲国家是尼泊尔。对相当一部分同事和旅游爱好者而言，尼泊尔是他们人生中的期许之地，这里不仅风景秀美，而且人民非常友善，尤其是对中国人相当亲切。与我们这些在非洲每天“鸡飞狗跳”，跟各方势力“战天斗地”的“纯牛马”不同，许多派驻尼泊尔的同事都有一种“不辞常作尼泊尔人”的感叹。但是对我来说，尼泊尔给我留下的回忆却相当离谱。

飞机到达尼泊尔首都加德满都时已是深夜，我刚一出机场，就闻到了一种不太吉利的味道。我很难形容这种味道，它是一种浓郁而诡异的香料味儿，但是莫名地透着阴森恐怖。我之前从未闻过这种味道，所以也没法儿识别，只能问来接我的同事有没有闻到。同事已经在尼泊尔待了多年，矢口否认这种味道的存在，并拍胸脯保证尼泊尔的空气质量相当之好，让我尽管放心。他如此笃定，我也不好意思再说什么，只能回到代表处，在这种神秘味道的包围下惴惴不安地睡下。

第二天，我们启程前往水电站项目。这一路上道路虽然崎岖颠簸，但风景极佳，远处的珠穆朗玛峰在云层的掩映下时隐时现。有时云会突然散开，阳光照耀在峰顶发出金灿灿的光芒，那是一种不属于这个世界的美丽，一种神性油然而生，这也难怪每年都有那么多人宁愿冒着生命危险，花费巨额的金钱也要前赴后继地攀登珠峰。尼泊尔的餐食也很好吃，它更像是在卫生上得到了改良的印度

尼泊尔的雪山

菜，把咖喱和各色尼泊尔食材集合在同一个盘中，十分规整，看起来就有一种遵守秩序的安全感。随着人迹逐渐罕至，那种阴森的气味也逐渐稀薄，我本来也快要淡忘这件事了。

到了项目上，检视工地、审查资料等一干细节自不必提。就在工作快要结束的时候，某一天午饭之前，我正要前往食堂，突然隐约又闻到了那股熟悉的恐怖气味。这时，同行的同事神神秘秘地过来叫我："曹博士，我带你去看个东西。"我懵懂地跟他们一起走过去。那是我们宿舍的方向，我本人的宿舍就在项目营地最靠边的位置，紧挨着项目外围的铁丝栅栏。过了栅栏是一条狭窄的公路，紧挨着就是一条湍急的河流。我顺着同事手指的方向看过去，发现河滩上有一个正在燃烧的高耸柴堆。柴堆或许有些潮湿，伴随着燃烧，还冒出滚滚浓烟，一群人正围着柴堆站立。我仔细看向柴堆，里面有一具影影绰绰的人形。我突然明白了，这是尼泊尔人的葬礼，我闻到的恐怖味道就是这个火葬柴堆散发出来的。

火葬是尼泊尔人的传统，但通常情况下，尼泊尔人不会选择现代化的"柴油炼人炉"，而是更偏爱这种传统的柴堆火葬方式。在尼泊尔的文化中，生与死的界限并不像中国文化中那么明晰，他们的葬礼也并不像我们那样需要背开人群，而是可以在人员稠密的场所进行，比如我们营地门口的河边。柴堆燃烧的温度远远不及专业的火化炉，因此很难将尸体火化干净。人体组织并不会直接被烧成灰烬，而是会在不高不低、恰到好处的"文火"中发生美拉德反应，散发出难以形容的诡异气味，最终烧成一具佝偻的人影。至于伴随的香气，应该是来自尸体火化时一起加入的香料和香油。

见到这幅震撼人心的火葬场景之后，接下来的几天里，我都很难再心安理得地吃下烤肉。比较糟糕的是，此地可能是一片当地人钟爱的火葬场所，在接下来的几天里——可能因为天气较好——几乎每天都有当地人前来此处火化尸体。我每天晚上躺在宿舍里，闻着从河边飘来的火葬的味道，心中五味杂陈，甚至会做梦梦到自己穿越回去高考，重新选择一遍专业，这次打死也不学土木工程了。

临走的前一晚，项目部招待我们去当地的高档餐厅吃饭，我仍然很难接受烤肉。好在桌上有一盘小炸鱼，又酥又脆，十分好吃，算是弥补了我这几天蛋白质摄入的不足。除了我之外，这盘炸鱼很少有人吃，我干脆一个人吃掉了半盘。我招呼坐在我对面的同事尝尝这盘好吃的炸鱼，他并没有动筷，而是几次好像要对我说些什么，但每次都是欲言又止，不然就是被前来敬酒的同事打断。酒过三巡，他终于找到机会，告诉我大家不怎么爱吃鱼的原因——每次尼泊尔人火化完尸体，都会直接把剩下的骨灰推入河中，让逝者回归大自然……

小贴士

归根结底，这些不过是趣谈。作为一名唯物主义者，我原本并不相信世上有鬼；退一步说，就算有，我认为也应该不会比人更难对付。就我的海外经历而言，最难对付的或许就是各国的海关、警察和移民局。我想，这些内容如果让那些漂泊多年的“老海外”去写，光是如何对付这些官差就足以写成一部书，甚至印成教材，给大学里有志参与“一带一路”建设的学生们开设一门 32 学时、2 学分的专业必修课程。我见识有限，只能写个引子，帮各位读者入个门。

在包括但不限于非洲的相当一部分欠发达国家，过海关都是一件麻烦事。原则上讲，我们必须拒绝一切行贿行为，对任何形式的腐败现象说“不”；从节省个人金钱的角度来讲，我们也应该尽量避免掏自己腰包，这些都没错。所以，我先给各位读者介绍一下海关的伎俩，以便大家遇到时能够有所准备，进而从容应对。

海关向你索贿的一切方式，归根结底都是要把你唬住，让你感到害怕，进而乖乖掏钱。在没有出过国，或者之前只去过发达国家、只通过正规海关的旅客看来，海关是个比较神圣的场合，如果海关人员对你挑刺儿，你会本能地思考是不是自己真的有什么问题。停止！当你开始反思自己时，你就已经输了。你要做的，是在自己的头脑中坚定自己绝对没有任何错误的信念。面对海关人员，切记不要被他们的官威吓倒，他们只是普通人，家里也有妻儿老小，只是试图跟你要一点钱。即使进了所谓的“小黑屋”，也不要害怕，“小黑屋”里通常不会有什么人身伤害，他们这样做往往只是为了避人耳目，方便跟你讨价还价。

他们也会发明很多话术，其中多数话术极为离谱。比如我之前在刚果（金）章节提到的“赞比亚发的签证应该回赞比亚用”就是其中的典型。还有一次，我从坦桑尼亚前往赞比亚，海关人员为了索贿，居然跟我说“你拿的是中国护照，不能从坦桑尼亚去赞比亚，你只能回中国，然后从中国前往赞比亚”。对于这些离谱的言论，最好的办法就是干脆不要听，直接坚定不移地摇头，直到他耗不下去不耐烦地给你盖章放行，寻找下一个倒霉蛋。你只要稍有犹豫，他们就会发现你的不熟练，然后集中火力来对付你。

除了卡护照之外，搜行李也是一种常见的海关卡人方式。很多人出国回国，都是大包小裹地带着很多行李，甚至还有很多纸壳箱。或许你的行李里并没有违禁物品，但拆开这些行李会十分麻烦。海关人员就是利用了你这种怕麻烦的心理，先大张旗鼓地做出要拆包的样子，再看似要退一步，告诉你如果不想拆包，就要给钱。我从埃及出差回国时，要带一些水泥和建筑材料的样品回国化验，海关就以此为由向我索贿，不然就要开包检查。建筑材料不是违禁品，我随便他们检查，就是不给钱，海关恼羞成怒，把我的水泥袋子戳得稀巴烂，但也毫无办法，只能放行。我丝毫不慌，拿出事先准备好的透明胶带，把水泥袋子缠好，安全带上飞机。

当然，以上我说的这些情况，仅仅适用于除了刚果（金）之外的其他国家。因为在这些国家，只要你确实占理，签证完全合法，并且真的没有违禁品，那海关人员就只能虚张声势，最多吓唬你，拖延你的时间，让你担心自己误机，进而赶快掏钱息事宁人。但事实上，你如果就是硬扛着不给钱，他们也不敢让你真的误机，最后只能咒骂你一顿给你放行。归根结底，在这些国家，法治仍然存在，只是执行起来“睁一只眼，闭一只眼”。你如果非要认个死理儿，他们也没有办法，因为他们表面上还得是清廉的。但是在刚果（金）不行，这里的海关人员不会和你讲任何道理。你如果接受不了，又没有稳妥的渠道去应付他们的话，最好的办法就是不要前往，毕竟这世界上值得一去的地方还有很多。

04

在“一带一路”的毛细血管之间

我们建塔的目的并不是从地上登天，而是把天搬到地上来。

——陀思妥耶夫斯基《卡拉马佐夫兄弟》

迷茫的建设者

截至2024年，如果把各行各业全都算上，究竟有多少中国人在非洲工作？几十万？几百万？还是上千万？很遗憾，我没有找到任何一个可靠的调查数据来说明这个问题，甚至连数量级都很难估计。这些人都是做什么行业的？他们在非洲待了多少年？他们都是抱着怎样的目的来到非洲，又都在关切些什么？这些问题，恐怕更难回答。我们必须承认，国内的学界也好，政府部门也罢，大家对"一带一路"这个宏观概念的关注度或许很高，但对这些具体的人（即使是个数字）的关注实在太少了。

在我本人看来，前往非洲工作和生活的中国人，与那些前往发达国家的，有一个本质的区别，那就是对当地的归属感，或者说融入倾向。前往欧美发达国家生活的人往往对当地融入倾向较强，不论是去上学、工作，还是做生意，许多人都是以尽可能地拿到当地合法身份，从而能在所在国长期生活为目的的。

但前往非洲的人却并非如此。大多数前往非洲的中国人，无论他们在非洲待上多久，3年、5年，还是10年，对当地社会也不会有任何的认同感。大多数人来到非洲的目的只有一个——赚钱，尽可能多地赚到钱，然后拿着这些钱头也不回地回家。他们对非洲的社会没有兴趣，对当地人也没有交流的欲望，在非洲的每一天，都是掰着手指、数着日子度过。他们来到非洲数年甚至十数年，只要有糊涂面在，就不愿意主动地吃一次当地特色的美食。不仅是在工地上打工的中国工人师傅，甚至很多在非洲做生意的有钱人也是这样的观念。他们在非洲社会混得很成功，与当地的各方势力都建立了友好的联系，并且获得了不错的金钱回报。即便如此，他们当中认同非洲，愿意在非洲长期生活下去的仍旧算不上多。

当然，这种差异的出现是不难理解的。人都渴望得到良好的生活环境，钱只是其中的一种中间递质。许多在国内，或者在发达国家可以轻易享受的生活服务，在非洲即使花了大价钱也很难享受到，这样一来，即使你赚到了钱，实际的生活幸福感和获得感也并不高，钱这种“中间递质”也就失去了意义。治安就是一个典型的例子，在非洲的许多城市，糟糕的治安是无法改变的现实。作为有钱人，除非你能做到永远待在富人区不出来，否则你只要有事离开富人区，来到城市的中心区域，就必然要面临很大的人身安全风险，你的神经必须高度紧绷，这是即便你花钱也很难弥补的部分。

另外，前往非洲的人群和前往发达国家的人群之间，原本就存在一定的差异。不论真实的比例如何，但有一点不难想到，那就是来非洲打拼的人当中，绝大多数不是做生意的大老板，而只是普通的打工者。不论是在国企、中国人开的私企，还是所在国当地企业工作，这里的绝大多数中国人都是以薪资为生的劳动者。非洲在国际产业链上的地位决定了这里所能容纳的高级岗位并不多，因此大部分的中国打工者从事的并非高端职业，相应地，他们的文化程度也不高。文化程度不高，以男性为主，经济压力大，在任何一个国家，这样的人群都是相对保守的那一部分，对自己本来的文化和生活方式认同程度更高。我有很多的工友，即使已经在海外工作生活多年，也仍然对非洲的一切毫无兴趣，即使有离开工地出门转转的机会，他们也不想去。他们甚至会对厨师做的同属河南省，仅仅是不同地级市口味的菜肴表达强烈的反对，更别说去尝试粤菜或者川菜了。有的同事在广州停留 5 天，硬是可以做到一口粤菜不吃，每天只靠泡面充饥。让他们去接纳非洲的菜肴，现实吗？

当然，上述我所提到的只是普遍情况。现实中，总归有少数特例的存在。有一些中国人在非洲娶妻生子，组建了家庭。在家庭的影响下，思维方式和饮食习惯难以避免地发生改变，融入当地。在相对温和的赞比亚，愿意长期定居的中国人也相对较多。我认识的一位中国老板，跟我讲他来赞比亚安家就是为了实现他在国内实现不了的 3 个梦想——豪宅梦、豪车梦、用人梦。豪宅梦，指的是赞比亚的土地价格低廉，自建住宅不受限制，只需要三五百万元就可以建一座巨大的庄园，不仅房子大，还有巨大的院落，不必和邻居挤挤挨挨。豪车梦，指的是赞比亚的汽车管理法律不严，车子可以随便改装、随便上路，不用像在国内那样受到严格的限制，办理复杂的手续。用人梦，指的是赞比亚的劳动力价格便宜，每月花几千元，就可以雇到五六名女佣伺候他的饮食起居，而且这一工资水平相对于当地标准而言还相当高，这使得女佣们十分珍惜这份工作，干活儿认真负责。他的这 3 个梦想固然是俗得不能再俗，却相当实在——赞比亚能够给他一些他在意的、国内给不了的东西，所以他选择留在了赞比亚。而对于那些不在意这些东西的人而言，赚钱，然后回国，恐怕才是默认的选项。

绝大多数中国人来到非洲，目的很纯粹，就是赚钱。他们对扎根非洲缺乏兴趣，也并没有什么成形的所谓“国际主义理想”。但这丝毫改变不了他们的存在为非洲的发展作出了巨大贡献的事实。

从我 2018 年第一次来非洲，到 2024 年我写作此书时为止，短短 6 年，我就能通过肉眼见到非洲社会的巨大发展。非洲社会的底子极差，基础极其薄弱，也正因为如此，任何一项成规模工程的完工都会让一个非洲国家的面貌发生巨大改变。以水电站为例，一座下凯富峡项目这样规模比较大的水电站可以让赞比亚全国的总发电量提高 38%。在未来的若干年里，电力这一心腹大患的解除会使得赞比亚新的工业投资变得更加容易。

而要想成功兴建一座这样的工程，非洲国家几乎只能依靠中国企业的力量。最近数十年来，大部分西方国家都在去工业化的道路上走得飞快。这些国家本国的基建数十年前就已经基本完成，这个行业很自然地逐渐萎缩掉了。坦率地讲，包括水电站设计和施工在内的大部分工业门类都并不是什么高科技，想要掌握这些技术也不需要太高的文凭。只要有足够的人愿意学，很多技术细节无非就是一层“窗户纸”，看两个，做两个，也就学会了。问题在于，水电站的建设涉及几百万个技术细节，上到流量如何设计，下到钢筋怎么绑，每个地方都是事儿。任何一个人都不可能事无巨细地掌握所有这些技术细节。要想有条不紊地建成一座水电站，必须有大量的、有实际水电站设计和施工经验的人员参与。上到项目经理、总工程师，下到钢筋工、塔吊司机，这些人员必须配齐，而且要能够轻易配齐——总不可能全国悬赏去招聘 20 名钢筋工吧？

这就是所谓的“工业体系”。工程能力不可能靠少数几个天才维持，它依靠的是海量的天资平平的专业人员，而这些专业人员则是靠庞大的工业需求维持的。中国的巨大体量和世界工厂的地位决定了它会长期维持很大的建设需求，相应地也就会有大量的专业技术人员。他们只不过是一群普通人，但在他们的领域内十分专业。只要有需求，任何一家平平无奇的中国建筑企业都可以迅速拉起一支精干的建设队伍，以一个相对低廉的价格，迅速地、保质保量地完成建设，甚至自己还能从中获得一些盈利。这对于当今高度去工业化的西方发达国家而言是不可想象的。由于长期缺乏工程实践，现在这些西方国家的建造能力早已不比当年。老的技术人员逐渐退休、死去，新的技术人员则逐渐转行，大部分的技术事实上就这样逐渐失传了。同样一个项目，如果让西方企业去干，很可能是成本严重超支，工期严重拖延，同时质量还无法保证。德国勃兰登堡机场的建造过程就是西方国家工程能力衰退的典型代表。这座机场的工期拖延了 14 年，超支 300 亿欧元，最终建成了也仍然存在大量的质量缺陷。因此在当今的非洲基建市场上，西方企业早已不再强势，甚至成批地撤出了非洲市场，这只是缘于单纯的经济理性。

水电站这样的非标准工业产品是如此，那些浩如烟海的标准工业产品就更是如此了。非洲国家的现代化和工业化需要大量的生产设备，而目前只有中国能够以相对较低的价格提供质量可靠、门类齐全的生产资料。大到生产线，小到运输车辆，正是这些五花八门的廉价生产资料，让非洲国家的初等工业体系得以逐步建立。

在此过程中，这些身在非洲的中国人发挥了不可替代的作用。其中有相当大一部分是最直接的建设者，他们掌握着各式各样的技术，修桥修路、建设电站、搭建工厂、生产产品，不仅亲自贡献技术，而且在生产的过程中还自然而然地将这些技术传授给非洲当地的学徒和工程师。这些人对非洲社会发展的贡献有目共睹，毫无争议。在过去的 3 年中，我本人也是他们中的一员。另有一些人是以间接建设者的身份存在的，他们或许不直接参与生产，但是作为经营者和投资者，他们间接地将中国的技术和资源引入非洲社会，帮助非洲的社会生产走向了良性的循环，他们的作用同样重要。

这些对非洲社会作出了重大贡献的人是什么理想主义者吗？或许他们中确实有，但绝非主流，他们中的绝大多数是以赚钱为唯一目的的俗人、普通人，同你我一样。他们吃苦受累，担着疾病和安全的风险，有时候甚至还要牺牲尊严，为的是他们个人的幸福生活。一个好的社会模式正是如此，可以让一大群只考虑个人利益的俗人自动自发地去做对社会有益的事，获得个人利益的同时，也为社会作了贡献，让大多数人从中获益。在这样的模式下，中国与非洲的关系越发走近，经济上的联系也可以逐渐上升到文化上甚至政治上，反过来再促进经济上的联系和互补，形成良性循环。

这样的模式，在未来能够长期维持下去吗？这是一个复杂的问题，我个人对此持谨慎乐观的态度。之所以说乐观，是因为单从数据上看，中非之间的经济互补性非常强，经济往来会越来越紧密，合作的空间也会越来越大。之所以谨慎，则是因为在微观层面，确实存在着许多令人担忧的问题。

首先是人的问题。如我前文所述，大多数在非洲的中国人对非洲并无认同感。无论他们待上多久，都并不打算在非洲扎下根，融入当地社会，而是终有一天赚够了钱就要离开。这种个人现象上升到企业层面，就是企业往往不愿意在非洲做太多的长期投资，而更喜欢做一些短线的、回本快的生意。这里面固然有对投资安全的顾虑，因为非洲国家往往政局不稳，投资回报周期太长确实有一定的风险。此外，这里面也有文化的因素，对于大部分中国企业而言，由于文化差异实在太大，融入非洲社会确实难度很高，只要利润能维持得下去，许多中国企业就不想节外生枝，继续扎根。

这也带来了另一个问题，就是中国企业对当地人才的培养往往缺乏连续性。出于成本和工作便利考虑，中国企业当然也会尽可能地雇用当地员工，但是这种雇用却很难随着时间的积累而逐渐深化。不论在哪个国家，想要在一地长期扎根，获得足够的市场势力，都势必意味着要培养一批忠诚度高的本国员工，尤其是要花时间、花资源培养出本国的高管来。但中国企业却好像大都没能力，也没意愿这样做。有些企业即使已经进入非洲市场多年，雇用的当地员工却仍然在底层高频率流动，始终难以出现能够扎根一家企业升入高层的员工。当企业确实需要当地高管时，就花高价临时雇一个。但是，高管毕竟不是卡车司机，他们是能影响公司命运的核心员工，临时雇来的高管显然并不可靠。在这种处境下，中国企业自然就容易出现“其兴也勃焉，其亡也忽焉”的现象。

这种现象从企业上升到国家层面，问题则更加严峻。中国与许多非洲国家的经济联系始终是浮着的，没有办法扎下根来。繁荣的时候，经济往来程度可以很高；但是一旦经济不景气，大部分的人和企业就会迅速撤出，不会有丝毫留恋。那么等到下一次经济热潮回来的时候，这个市场还能仍然属于你吗？中国的潜在竞争者仍然不少。西方国家虽然当前未必有能力伸手，但他们有针对性地搞点破坏还是游刃有余的。扎根不易，这在短期内是难以改变的现实。

在非洲，中国企业对当地员工的使用效率低，这只是反映中国企业人事管理混乱的一个侧面。事实上，中国企业对中国员工的使用模式也到了不得不改的生死关头。不论国企还是私企，很多企业管理者对人事管理的理解还停留在20世纪。老一代工人极度吃苦耐劳，只要有金钱的激励，他们可以做到在极长的时间里以极高的强度连续工作。我们必须承认，这一代农民工确实非常了不起，他们为我们国家的高速发展作出了难以磨灭的贡献。但我们也必须意识到，放到世界的范围内看，甚至放到整个人类发展的历史中看，他们的这种工作模式是极不正常的，也是绝对不可能持续的。

现在，这一代工人正在逐渐老去，作为企业管理者，愿意也好，不愿意也罢，只要还想让企业生存，就必须去雇用新一代的工程师和工人。平心而论，即使放到世界的范围内去横向比较，新一代的中国年轻工程师和工人仍然是最能吃苦的一群人。即便如此，他们也无论如何都不可能接受老一辈那种极端的管理模式。他们或许能够接受经常发生的加班或者剥夺休假，但是无论如何也不可能接受长年的、没有任何周末节假日的“连轴转”。在生活需求方面，他们也不可能做到像老一辈那样，只要有饭吃、有觉睡就可以，他们必须享受定期的社会生活，需要参与城镇娱乐，需要与外部社会发生往来。这些如今已经被视为基本人权，如同人的四肢、内脏一样，是无法用钱收买的，并不是只要涨了工资就可以直接剥夺。

通过简单的调查即可发现，像我在非洲工地上经历的“连轴转”工作节奏并非孤例，而是广泛存在于各行各业驻外企业的普遍现象，甚至不仅局限于建筑施工行业。很多时候，这种“连轴转”并无十分的必要，大部分工作并不会要求特别长的连续性，按时休假原本也不会对工作造成什么影响。很多时候，就连员工本人也在低效率地空转。他只是不被允许休息，但并不意味着他在工作。长时间的“连轴转”会造成工作人员疲惫，严重损害工作效率，提高工作出错的概率，最后造成更大的损失，还要投入资源去弥补。这对企业而言有何好处？显然是没有的，这种现象之所以存在，仅仅是由于企业管理者落后的管理理念。这些企业管理者通常也是在上个年代成长起来的，他们对这种“连轴转”的工作节奏早已适应。在他们的思维逻辑中，定期的休息原本就不是人的必需品，他们从内心深处并不理解新一代员工对休息的需求，因为他们自己也不需要这种休息。

相对于老一辈工人，新一代工人和工程师面对企业的议价能力也在变强。当今中国的社会保障程度已经远非当年可比。老一代工人当年没的选择，如果不接受眼下的工作，他们全家就要面临生存的危机。而新一代工人则有很多选择，当前国内外就业市场有无数的机会，到哪儿都能混口饭吃，无非是赚多赚少的区别。就算真的什么都不干，回家待着，生活成本也可以压缩到极低，生存总归不成问题。总之，无论如何都没有必要像他们的父辈那样苦苦忍受，挨累受气。正因如此，像驻外这样的辛苦工作，人员流动性非常大，很多应届毕业生来了，很快就会因为忍受不住辛苦而辞职跑回国。即便有些能吃苦的，在海外忍受几年，也不过是为了攒钱。只要攒够了钱，终有跑回去的那天。这对企业而言，实际上是一笔难以估量的重大损失，甚至无法用金钱来衡量。因为培养人才需要投入极高的资源，还需要拿出许多实际的机会给他们试错，这些都需要大量的成本。如果他们因为忍受不了高强度的工作走了，对企业而言，这些投入也等于打了水漂，同时还会因为人才的断档而陷入混乱。这显然是得不偿失的。

话说回来，中国企业对当地人才的培养不力，在很大程度上也与这种思维有关。中国的工作文化与非洲是不同的（甚至可以说与全世界都不同）。在非洲，多数雇员根本不愿意为了金钱牺牲自己法定的休息时间，即使补偿再多也不行，在他们看来这是在剥夺活着的意义。在中国的企业管理者口中，这些要求法定休息的非洲员工就变成了“生性懒惰”“不堪使用”之徒。更有甚者，一些生意失败的老板会将责任归咎于“当地员工懒惰”，思之令人发笑。

以人为本，是企业立足的根本。人可以对恶劣的环境忍耐一时，却不能忍耐一世。在这样的管理理念下，无论中外员工，都很难同企业建立起任何感情，一旦时机成熟，就会毫不留恋地离去。如若不能立即扭转这种管理思路，这些企业的生存也就必不能久长。借着时代的东风，或许能够做成几个项目，赚到一些利润，但在长期很难逃过“其亡也忽焉”的下场。

如今，随着进入非洲市场的中国企业越来越多，各行各业的竞争也变得越来越激烈。竞争激烈，就意味着利润率会迅速下降，买方的议价权会提高，中国企业在非洲的生存会进一步承压。当前，这些竞争往往与外国企业关系不大，而是来自中国企业之间的互相杀价。竞争是正常的市场行为，良性的竞争有助于市场的健康发展。但是，就目前来看，客观上确实缺乏一些有效的协调机制让中国企业间避免恶性竞争。这些恶性竞争如果长期持续，对企业和所在国市场都将造成伤害，最终是没有赢家的。

在竞争激烈、利润收缩的大背景下，很多中国企业的生存模式也必须发生转变，原来的粗放式管理已经维持不下去了。过去，建筑企业只要能把活儿干完，贸易企业只要能把东西卖出去，就能赚得到钱，无非是利润高低的差别。但现在，在利润空间收窄的情况下，就必须使用更高级的人才，进行更精细的管理，只有如此，企业才能够生存发展下去。否则，原本就不高的利润空间很容易会在低效率的损耗下变成负数，企业很快就生存不下去了。

在这种环境下，许多企业很容易陷入一种恶性循环。由于利润率下滑，企业负担不起太高的人员开销，就开始琢磨“向管理要效益”，试图“减员增效”。剩余的员工工作量陡增，很多工作照顾不到，工作就会出现漏洞，进而给公司造成更严重的损失。举个简单的例子，在建筑施工合同中，承包商的索赔事件需要专业的、既有经验又有闲的合同人员盯着，挖掘出每一点可能的蛛丝马迹去为自己的企业争取利益。相比于外国企业，中国企业在这方面原本就处于劣势，合同人员偏少、能力偏弱，如果再进一步缩减人员，势必导致很多对我方有利的索赔事件挖掘不出，或者由于准备仓促而导致说服力减弱，索赔失败，进而给企业造成更大的损失。这种损失绝不是几名员工的工资可以比拟。另外，见识到了海外过高的工作强度，也让许多有才能的人望而却步。大家宁可少赚一点，也不愿意出来受这份罪。这就使得海外的工作人员不仅数量减少，连质量也在下滑，工作出错、企业蒙受损失的情况就会更多。同时，为了维持市场规模，在明明不盈利的情况下，许多企业还在接更多的订单扩展业务；更多的工作内容又进一步摊薄了人员，员工无暇兼顾业务，导致工作更容易出错；企业的损失越来越多，就要进一步给员工加压，从此陷入恶性循环。

其实，在这种比较不利的市场环境下，比较正确的对策是理性应对，适度收缩，集中人力把少数比较优质的项目或者业务干好。相对低迷的市场，其实是休养生息、培养人才、精进业务的好时机。人员集中后，工作压力减轻，可以把原本比较粗糙的活儿干得更精细，也可以发掘出更多的盈利点，把原本不盈利的项目干得盈利，这才是“向管理要效益”。同时，人员的收缩集中也有利于培养新人才。老的、有经验的人才可以抽出精力来教育新员工，形成有梯度的人才储备。同时，更少的业务也意味着更低的成本。同样处于市场低谷期，业务收缩可以帮助企业活得更久，而不是在茫然无措的赔本项目中耗尽现金流。等到下一个比较好的大环境到来时，可以把这些储备的人才平移出去，做盈利的项目。如此一来，企业生存的概率将会显著地提升。大浪淘沙，我相信终有一部分中国企业能够在非洲市场赢得未来。

漫灌还是滴灌？

在第三章中，我简单介绍了多个不同东南非国家的情况。应该不难看出，即使同属东南非，各国之间的实际情况也是天差地别。如果按照政治体制、民族构成、历史沿革等方式对这些国家进行分类，无疑有很多种分法。然而，这些差异并非本书关注的核心内容。我本人是一个工程师，同时也是一个企业管理人员。我的站位不够高，政治理论能力也趋近于零。在我看来，对于这些一穷二白的非洲国家而言，脱离经济基础去谈论那些形而上的所谓“差异”过于奢侈。我所能考虑的，一是哪个国家能把项目干好，能把纸面上的规划最终落地，变成实实在在的经济效益；二是哪个国家能在长期从纯粹的经济角度把国家产业发展好，让国家走上良性的经济循环。从这个角度讲，我将东南非的这些国家分为“发展主义”和“非发展主义”国家两类。在这些国家中，能够作为“发展主义”国家代表的，就是坦桑尼亚、赞比亚两国。从我的直接观察来看，“发展主义”国家的特征主要有以下几点：

1. 国家意志存在，并且能够对本国的产业造成影响。

这一点就习惯于中国模式的人而言好像不需要单独拿出来强调。在我们看来，存在一个强有力的中央政府，并且由它来为国家制定产业政策是一件司空见惯的事情。但在非洲，要做到这一点并不容易。比如刚果（金），它的金沙萨政府甚至不能对全国实行有效的统治，许多地方还处于军阀割据的状态，战乱不休。再比如莱索托这样的国家，虽然名义上是独立的主权国家，但是具体的事务却受到南非的深刻影响。还有很多非洲国家，固然表面上没有什么战乱，但是实际体制却相当原始，中央政府、地方实权派、大大小小的酋长之间形成了酷似古代分封制的政治模式，“朕与士大夫共天下”。中央政府与地方实权派本质上只是一种合作关系，政令甚至出不了首都。在这样的体制下，想要推进一个项目的落地，显然也是寸步难行的。只有那些中央政府既能独立运转，同时又能够有效地管理全国（至少大部分区域）的国家，才能把主要精力放在经济建设上，才能推动成规模项目的落地——换句话说，“把事做成”。

2. 有足够负责任的领导者，带领国家意志去主动推进国家发展。

发展经济学里有一项著名的“大推进”原理。简单来说，对于严重落后的国家而言，完全依靠自由市场是很难实现国家发展的。因为工业不是一个点，而是一个体系。要想发展一个产业，就必须有上下游的一系列配套产业，很多看起来很不起眼的小工业品背后需要有漫长的产业链才能生存。即使你不想做别的，仅仅是想种地，也需要农业机械去开荒，需要化肥厂来生产化肥，需要稳定的育种机构来提供种子。在产业的起步阶段，往往还涉及尴尬的自我循环，比如我在之前章节中曾经提及的“要想发电，首先要有电”，从0到1的这一步极为困难。如果完全依靠自由市场，产业就会一直落后下去，难有改善。这就需要国家在产业的起步阶段，尽可能地集中资源去推进公共设施的发展，像电力、公路铁路交通、港口、农业灌溉、供水、教育、基础医疗等。这些公共设施是一切工业和现代生活的基础，投资巨大，回报周期长，私人资本很难承担，基本上只能由政府来做。但是一旦做起来之后，资本会自发地过来投资建厂，让经济迈上良性的循环。这就是“大推进”原理。至于这个获取资金的过程，卖矿也好，卖劳动力也罢，总之需要强有力的政府去想办法解决。

一个比较现实的困难是，在很多情况下，政府中的绝大多数人并没有那么负责。比如刚果（金）等国，通过卖矿等方式艰难获得的资金，并没有变成国家发展的投资，而是到了大大小小的官员们个人的腰包，变成了他们移民海外的资本。而像赞比亚、坦桑尼亚这样的“发展主义”国家，腐败固然存在，但在腐败之余，还是有足够的力量能把事情推动下去落实的。处于工业化初期的国家也有一点好处，就是正因为国家的开发程度低，所以可以优先选择容易干、投资回报率高的项目，“难啃的骨头”可以先往后放放。即使过程中存在一些腐败低效，但只要事情能做成，最后还是会有相当不错的收益。

3. 国家制定比较现实的政策和发展规划。

东南非的“发展主义”国家有一个特点，就是通常不会盲目上马标准过高的特大项目，而是先“完成”后“完美”，重视项目的普惠性。比如，同样的钱，可以修建遍布全国的低标准公路网，也可以绕着首都修一条高标准的环线，那就应该毫不犹豫地选择前者。先解决“有无”问题，把事情做成，让人民先用着，等后面有了钱再去解决“好坏”问题，逐渐修缮升级。而有些国家则会对各种流程和标准卡得很严格，导致工程迁延日久仍然迟迟开不了工，即使开工了也动辄因为种种吹毛求疵的理由停工。多年下来，别的国家已经发展得小有起色了，它一条路都还没修完。

从工程组织的一般规律上讲，站在业主单位普通职员的立场上，他们是有足够的利益动机去延缓工程进度的。要想制衡这一点，尽快把项目干完、干好，一方面需要国家更高层面的力量持续跟进，保障项目顺利实施；另一方面也需要各层执行人员在内心怀抱国家大义和正义感。在坦桑尼亚的项目上工作时，我就能明显地感受到，虽然出于个人利益的考虑，业主的少数工作人员也有故意找麻烦，甚至谋取私利的倾向，但是多数人还是非常正直的。他们十分了解这座大型水电站对国家的重要意义，也有着很强烈的使命感把它干好。单从技术上讲，这座水电站按期完工没有任何难度，但以我的了解，这座水电站如果不是在坦桑尼亚，而是在其他非洲国家，很难想象是否能够这样顺利地按期完工。

此外，这些“发展主义”国家在制定雇用政策时也比较现实。他们有一个共同的思路，我将其总结为“低工资，高雇用”模式。相对来说，这些国家的最低工资标准定得不高，并不一味地要求雇主给雇员发多么高的工资。但是，他们对本地雇用数量的要求非常高。这些国家大都执行相当严格的属地化用工比例，平均每雇用一个外国员工，就要招聘20个以上的本国员工，其中既包括本国工人，也包括本国大学生。但同时，他们又不像南非市场那样，对本国雇员制定根本实现不了的离谱指标，而是坦率地接受大部分本国雇员都缺乏经验，无法胜任工长等对经验要求极高的工作。这有几个很明显的好处，一是能显著扩大就业，让发展的成果尽可能地惠及本国人。无论在哪个非洲国家，大部分的青壮年劳动力都是无法获得正式雇用的。获得一份正式的工地工作，可以显著提高他们的生活质量，同时也能让项目推进的民间阻力尽可能缩小。二是可以加快工程进度，当地工人工作效率低下的问题可以通过增加人数的方式来适当弥补。三是可以积累起比较多的熟练工人和工程师。建筑工程中的各个工种往往都有一定的技术含量，需要积累一定的经验方能干好。这个项目完工后，坦桑尼亚国内就能积累下至少上万名有实践经验的工人和工程师，国家如果想要投资下一个项目，实施的难度就会降低很多。

然而在有些国家，比如南非和莱索托，他们的雇用制度就制定得并不理性。在本国劳动力素质明显达不到特定岗位需求的情况下，这些国家却忽视这些岗位对人才技能的客观要求，制定强制雇用当地员工的岗位制度，较大程度上影响了生产活动本身。对本国企业和劳动者的保护，应当结合企业和劳动者素质的真实情况，尽可能地多在分配端进行，这也是“发展主义”国家做事的思路。生产端的核心永远是生产和技术，这些唯物主义的问题。如果企业和劳动者的能力不足以组织起有效的、保质保量的生产，而政府仍然强制他们直接参与乃至主导生产，结果必然是“蛋糕坯还没烤成就已经煳了”，还谈什么“分蛋糕”呢？

4. 对自己的长期福祉负责的普通民众。

在坦桑尼亚和赞比亚，有相当一部分劳动者与互联网上某些刻板印象中所谓“懒惰的黑人”截然不同。他们相当勤劳，而且干活儿很守规矩。只要你愿意教给他们，他们就会原原本本地按照你说的流程认真完成。从整体上讲，大部分当地工人都性情温和、吃苦耐劳。非洲整体的雇用率都很低，一旦有了正式工作，大部分工人都会非常珍惜，获得了工作报酬之后，这些员工也愿意把其中的相当一部分带回家里，用于家人的生活改善和孩子的教育。“今朝有酒今朝醉”的刻板印象，在这些国家尽管也存在，但绝非主流。

当然，在这些国家，社会中原始、落后的一面也随处可见，腐败更是毋庸赘述。但你仍可以清晰地感受到其社会向前发展的强烈意愿。长期来看，决定一个国家前途命运的，归根结底还是这个国家最多数人的思想意识。如果大多数民众都愿意对自己的长期福祉负责，而不是顺从身上原始的自然性随波逐流，那么不论过程多么曲折，这个国家终归是能够走上发展之路的。

研究通常认为，经济增长与人口的出生率之间呈现高度的负相关性。有研究表明，人均 GDP 每提高 1%，出生率会下降 0.06%。根据联合国的数据，2015—2020 年，高收入、中高收入、中低收入和低收入经济体的总和生育率分别为 1.7、1.9、2.7 和 4.5，生育率随收入的降低逐次上升。除经济增长之外，民族、宗教、文化等因素对人口出生率亦有影响，但影响程度均远不如经济本身。“越穷越生”在世界范围内是铁的事实。

人口究竟是资源还是负担？这并不是一个可以“一刀切”回答的问题，我们不能做意气之争。人口具有资源和负担的双重属性，究竟哪个属性占据矛盾的主要方面，取决于是否有足够的资源满足这些人口的生存和发展需要，以及是否有足够的社会岗位供这些人口发挥出他们的价值。更重要的是，人并非物品，而是有情感、有主观意志的高等生物。他们有各自不同的愿望和自己理想的生活方式，这些主观的需求不仅局限于物质世界，而且很难通过简单的数字矩阵进行量化。

然而，如果仅就非洲的经济发展和社会进步而言，人口问题确实是一个值得研究的现实问题。非洲人口的过快增长已经实实在在地阻碍了非洲经济的发展，甚至威胁社会稳定。

我在前文中已经初步介绍过，总和生育率，是指平均一对夫妇生育的子女数。如果总和生育率低于 2，就意味着在长期，人群维持不了世代更替，人口的总数会逐渐下降。当今世界，我们能够叫上名字的各主要国家和地区，其总和生育率都低于 2。比如，欧盟的总和生育率为 1.4，美国为 1.6，中国为 1.2。保守的伊斯兰国家伊朗，其实只有 1.6；而我们通常认为经济相对落后的印度，其实也只有 1.9，都低于世代更替生育率。因此上述这些国家，都不至因为人口的过快增长而影响社会经济发展，一些发达国家甚至面临生育率过低导致的人口老龄化问题。正因为如此，在这些相对比较发达国家的社会中，大家已经不把人口增长视作严峻的问题了，对这个课题的讨论也逐渐凋零。

然而在非洲，总和生育率则是另一幅场景。如今，全球总和生育率最高的国家是西非的尼日尔，高达 6.8。我上文提到的国家中，混乱落后的刚果（金），总和生育率是 6.1，坦桑尼亚是 4.7，莫桑比克是 4.6，赞比亚是 4.3，相对富裕的津巴布韦是 3.4，斯威士兰是 2.8，南非是 2.3。按照现在的人口增长率，只需十六七年，刚果（金）的人口就能增长一倍，从 1.1 亿变成 2.2 亿；坦桑尼亚、赞比亚的人口，只需 25 年左右也能翻一番。

这些非洲国家的工农业基础都相当薄弱，每年新增加的就业岗位和经济增量都很小。尤其是新增就业岗位与新增人口之间的差距过于悬殊，这就使得大部分非洲国家每年都要新增大量的失业人口。这些新增的失业人口衣食无着，很容易打破非洲国家原本艰难形成的经济循环。假如这种生育形势一直持续下去，也就意味着非洲国家好不容易形成的经济进步不断地被呈指数级增长的人口抹平，仍然改变不了挣扎在生存线以下的贫困人口越来越多的现实。长期来看，非洲的贫困问题会随着人口的迅速增长而外溢，没有哪个所谓的“发达国家”能够置身事外。

生育率问题的背后，是教育与就业的问题。一个人如果能够受到充足良好的教育，见过更大的世界，他就更不容易懵懂地放任自然性对自己命运的摆布，而是会尝试夺回对自己人生的控制权。教育会帮助人思考，过多的生育数量不仅意味着自己的人生更容易陷于贫困的旋涡，同时也意味着子女的幸福生活难以得到保障。此外，如果能够得到稳定的就业，人的生育意愿也倾向于变得更低。工作本身会占用人的精力，减少人对生育事项的精力投入。在工作中，人也会不可避免地同社会接触，视野得到开拓，会通过社会化的工作意识到不同生活的可能性，这些都会降低人的生育意愿。反之，人就很难意识到长久以来的过度生育会给自己的生活带来哪些问题。在国家层面，这就会造成人口数量和社会形态的巨大分野。

幸运的是，随着非洲国家社会的进步和教育的普及，非洲国家的生育率也在逐渐下降。从数据上看，以赞比亚为例，1975 年总和生育率高达 7.4，随后逐年下降，到 2022 年已经低于 4.3。下降速度虽然缓慢，但显然，赞比亚经济增长对生育率的平抑效果是明显的。未来，随着赞比亚的经济进一步发展，生育率还会进一步下降，赞比亚的经济增速就能跑赢人口的增长，人口可以获得相对充分的就业，赞比亚就能够进入良性循环的增长路径。但是，对于那些始终处于贫穷和混乱中的国家而言，总和生育率则始终居高不下。比如刚果（金），近半个世纪以来的生育率始终盘踞在 6.1—6.8

之间。在可以预见的未来，刚果（金）很可能仍会在“社会混乱—经济落后—人口暴增—社会混乱”的恶性循环中打转，走出旋涡的时间遥遥无期。

结合上文不难看出，即使同在东南非区域，不同国家之间的国情也相差巨大。有些国家政局相对稳定，政府行政有力，社会矛盾可控，人口循环相对良性，已经在本国工业化、现代化的道路上开了个好头，对于外国投资者而言更为友好；而有些国家政局则相对混乱，政府统治薄弱，社会矛盾激烈，人口增长陷入恶性循环，进入工业化、现代化的时间还遥遥无期，对于外国投资者而言风险巨大。造成不同国家之间分野现状当然有很多复杂的原因，但归根结底，长期能够主导一个国家命运走向的还是本国最广大的人民。

我曾经在上文中叙述过“大推进”原理。从工业发展的效率上讲，将同样的资金用于对少数优秀国家的相对集中投资，远比“大水漫灌”的收益更加丰厚可靠。所谓“集中投资”，指的是在不违背经济规律的前提下，在相对短的时间内，对对象国的基建、能源、支柱产业进行相对大量的投资，确保这些项目平稳落地，并进行一段时间的扶持，让其产业能够从 0 到 1 初步成形。

这些国家本身的发展前景更好，对其进行集中投资，资金的利用效率会更高，因为各种原因造成的浪费和破坏会较少。对于对象国而言，这一批短时间高强度的投资，可以帮助其跨越现代化过程中最艰难的起步区间，让其至少形成一个产业，形成良性循环，而不是各种生产要素由于短缺而互相掣肘，最终陷于失败。对于投资者而言，则可以在该市场建立起产业优势，资金的回报率会更高，也能排除一些潜在的破坏势力。

对非洲而言，中国是一个遥远的域外国家，文化相隔。如若在一个区域内，能够有少数两三个国家建设成为本区域内的发展样板，就可以形成很强的示范效应。这些国家可以作为工业化的种子，为区域内国家提供宝贵的稀缺工业基础，帮助它们适应新的经济模式。同时在文化上，也可以引导周边国家逐步摒弃混乱的零和博弈，走向安定和发展。

同时，“滴灌”也意味着更加科学合理的产业规划。凡事“预则立，不预则废”，投资的规划固然离不开市场化的调节，但完全自由市场环境下的投资往往带有一些盲目性和短视性。那些投资回报周期长、风险较高的能源、基建类项目，往往因为缺乏资金而难以落地，而缺乏能源、基建类项目保障的轻工业项目则失去了依托，发展前景也有限。例如，新建的电力设施可以轻易地带动用电工业的大规模投资，新建的四通八达的宽阔街道可以促进居民更多地买车，但这些结论反过来却无法成立。如果能够有更高层面的协调力量，对投资进行统筹和引导，让基建、能源、普通工业和服务业等各行业的投资比例趋于协调，那么这些投资就可以发挥出事半功倍的效果，对投资者和投资所在国而言都是有益的。在合理的产业规划下，重复建设、过剩建设、不合理建设的情况也能减少，宝贵的投资更不容易被浪费。长期来看，这种“优先集中，逐步放大”的投资模式，可能会取得很好的效果。

假性过剩：在“一带一路”之外

当今时代，“生产过剩”是一个被炒得火热的话题。的确，如果仅以发达经济体以及中国作为考察对象进行分析，那“生产过剩”恐怕确实是个真命题。在发达国家，近半个世纪以来，伴随着农业技术革命和大规模机械化生产的推广，每名农业工人借助机械所能耕种和管理的农田已经达到了几千甚至上万亩。如今，绝大多数人口已然被联合收割机和植保无人机从土地的束缚中解放了出来。在发达经济体中，工业制造业正在逐渐进入和农业相似的阶段。先是作为体力劳动者的产业工人被机械化、自动化的机器人流水线逐步替代；伴随着AI技术的快速崛起，程序化的脑力劳动者也正在被机器迅速替代。过去的劳动者尚且可以自嘲“实在混不下去了就找个工厂去打螺丝”，如今这个玩笑已经不再好笑——很快就没有工厂可以给你打螺丝了，工厂里都是机械臂。区区几名工程师就可以管理一间硕大的“关灯工厂”，然后生产出可供数以百万计人口使用的工业产品的场景，正在逐渐成为现实。

当前这种物质生产的过剩，与马克思那个年代的“悖论过剩”还有所不同。19世纪的“过剩”，很大程度上是由资本主义初始阶段的分配不公导致的，生产力并非真的能满足每个人的物质需求，而是绝大多数人的贫困导致了有效需求的不足。当年，伴随着旧行业与旧的就业岗位的消亡，新行业与新的就业岗位还在不断增加，二者的速率在总体上还算相互适应。

然而，如今的情况恐怕不同于19世纪。当今世界固然也存在着种种分配不公，但生产力的高度发达已然不是简单的一句“分配不公”所能概括的。不论是农业产品还是工业产品，但凡大众生活所涉及的必需品，而不是私人定制的奢侈品和服务，生产效率都早已达到了相当的高度，满足全世界人口的使用不成问题。由于高度的自动化，生产上述产品所需要的全部劳动力已经远远小于适龄劳动人口。同时，伴随着人工智能的飞速发展，旧岗位正在以极快的速度消亡，这种消亡的速度是新岗位的增加无论如何也不可能追得上的。如果从这个意义上讲，当今发达经济体中不断发生的过剩，就是绝对意义上的过剩，是“真过剩”。

物质层面发生的变革，会随着时间的推移逐步传导到社会文化和价值观的层面。物质过剩在文化层面的影响，就是物质生产者逐渐不再受到重视和尊敬。这倒并不是因为物质生产不再重要，而是因为物质不再稀缺，使得物质生产者的可替代性增强。这就像空气比黄金对人类而言重要得多，但黄金十分昂贵，而空气却是免费的一样。物质生产所涉及的劳动力数量太少，可替代性太强，物质生产者也就自然如同空气一般不受重视了。

在中文互联网上，关于生产过剩的一个典型案例就是“劝退学”的发展。所谓劝退学，简单来讲就是熟悉一个行业的人向外行和刚刚入行的学生揭示本行业的恶劣工作前景，包括但不限于收入低、发展空间小、工作环境差等，进而规劝新人不要入行或尽快转行。它的兴起最早可以追溯到2010年左右，最开始针对的是生物学科，后来逐步扩展到化学、材料、环境等不容易就业的理工科专业，随后在2015年前后扩展到工作条件艰苦的土木工程、机械，最后是一切“传统工科”。近年来，伴随着科技企业裁员潮，连当年一枝独秀的计算机专业也难逃被劝退的命运。2024年，当前找工作的热门选项是“考公”，因此与“考公”相对应的法学等学科暂时还算火热。然而，公务员系统能够容纳下多少就业？绝大多数的参与者注定只是陪跑，这是所有人心里都应该清楚的事情。

一两门学科的劝退或许是个别行业的问题，可能是高等教育改革滞后于社会用工需求而导致的暂时性资源错配。然而，那么多学科都遭到劝退，恐怕意味着当今整个就业市场都出了问题。或者说，也许并不是就业市场出了什么“错”，而是社会发展的客观现实罢了。

前些年，中文互联网上经常会有人嘲讽欧美发达国家的人“白左”，指责他们不关心物质生产，而只沉溺于种族、性少数、意识形态等“无用问题”的争斗，笑话他们是“认为食品是从超市货架上长出来的一代人”。然而，尽管我们可以指斥这种社会形态的愚蠢，却不得不承认，这种社会形态恐怕是物质丰盈之后的某种必然。由于生产力的快速进步，发达经济体中的大部分人确实可以做到一辈子——从摇篮到坟墓——都不接触生存必需品生产的任何一个环节，而只需享用这些必需品。美国的食品之丰富，甚至可以达到每天给大街上完全不参与劳动的流浪汉免费发放的程度，尽管这些食品本质上只是大工业生产的“残羹剩饭”，口味和品相也令人敬而远之，但维持人的生存显然绰绰有余。在这样的环境下，整个社会把物资供应看作理所应当，对物质生产者蔑视甚至无视，并转而把主要精力投入所谓“对物质生产毫无益处”的事情上，恐怕并不稀奇。

伴随着中国经济的快速发展和工业化水平的提高，中国的社会形态如今也有走向这一方向的趋势。不光是食品，其他与人的生活息息相关的工业品，包括服装、日用品、小家电乃至汽车这样的耐用品，你如果不关心它们的品牌和“面子属性”，只关注它们的功能和实用性的话，就会发现它们的价格都谈不上贵。想要满足基本的生活需求，实在是一道很低的门槛。在这样的背景下，大多数人的精力被从生存线上解放出来，转而关注生存以外的内容是在所难免的。这些内容在不同的国家和不同的文化中会被异化为不同的表现。在美国，它是种族，是LGBT（性少数群体）；而在中国，它是“人上人”，是“内卷”。它们的共同点就是，不会随着经济的进一步发展和生产力的持续进步而被消磨。种族的差异永远都存在，“人上人”则干脆就是个相对概念。换句话说，这是个永远也玩不够的漫长游戏。它们或许就是在本书的开头令我本人感到窒息的根源所在。

这也就是“做题家”“内卷”这些概念，在当今引发越来越多的年轻人共鸣的原因。在当今这个物质生产过剩的时代，越来越多按照物质生产者培养的人逐渐发现自己不再真正被社会需要了。在这个大背景下，他们如果还秉承着那种传统的“做工—储蓄—致富”的价值观来指导自己的人生选择，就会不可避免地在社会中变得多余，成为“需要社会靠以工代赈来安置的对象”。当今时代，稀缺的不再是物质价值，而是情绪价值。在网上“整活”、直播在美国要饭、铁锅“炖”自己，为社会中他人带来的正效用反而比进厂打工、进行重复研发的科研活动还要大。相应地，社会对于这些提供情绪价值的人的金钱回报自然也比“欲求参与物质生产而不得”的所谓“小镇做题家”大得多。网络小丑被社会需要，名利双收；只会物质生产的劳动者则成了多余的人，这是当今时代发达经济体必须面对的社会问题。

然而，上文中所说的“生产过剩”，真的能够代表我们这个时代吗？我们如果能把视野放得更加开阔，不仅关注自己眼前的这些发达经济体，而是望向整个人类社会的话，就会发现这个所谓的“生产过剩”背后所隐含的欺骗性。当地球上30亿生活在较发达经济体的人口已经深陷生产过剩的苦恼时，还有50亿人口正在为生存资源的不足而发愁。在地球上的大多数地区，人们普遍缺乏基本的生活物资，包括食品、衣物、充足的电力、清洁的饮用水、基本的医疗和教育等。在非洲工作生活的3年里，每每在互联网上看到“生产过剩”这个概念时，我都会有一种深深的内疚感油然而生。我时常感到自己对这超出半数的、正陷于稀缺困扰的人类所肩负的责任还不够。

单从技术层面来讲，上述这些资源的获取原本不应该存在什么障碍。非洲存在大量适宜开垦的土地，各种农业机械、化肥和良种的技术在发达国家早已成熟。然而现实中，这些土地并未得到合理的利用，上亿的非洲人仍然陷于长期的饥饿。在非洲，适宜修建水电站的河流峡谷广泛存在，水电站和供电、供水系统只要采用20世纪的技术就可以轻松建成，几乎不涉及任何“卡脖子科技”。然而现实中，有超过半数的非洲人在日常生活中根本得不到电力供应，同时非洲每天都有价值上亿美元的水能资源被白白浪费，流入大海。非洲人身患的各种疾病当中，有很多都是简单易治的常见病，只需要经过简单的诊断，服用药物就可以治愈。除开各种疑难杂症，绝大多数治疗常见病的药品生产的边际成本都不高，只要这些药品能被分发到人们手上，然后定期服用，就可以解决非洲相当一部分病人的病痛。然而现实是，非洲的大多数病人仍然深陷缺医少药的泥潭，在病痛的折磨中无能为力。

在超过半数的人类仍然面临生存资源的匮乏时，我想我们还没有资格去妄谈“生产过剩”。发达经济体的生产过剩，在发达经济体内部确实是真过剩；但放在整个人类社会的尺度上来看，却是不折不扣的“伪过剩”。从这个角度来看，时至今日有效需求不足理论并未过时，只不过理论主体从发达经济体内部的人们，变成了世界上的不同主权实体。发达经济体的30亿人口因物质生产过剩而引发的一系列后现代行为原本情有可原，但放在50亿第三世界人口的绝对贫困的对照下，就变得荒诞可笑起来。

在生产力高度发达的今天，这种广泛存在于大半个世界上的绝对贫困究竟是如何产生的？我想，问题并不出在技术上，也不出在生产力上，而是出在技术之外，出在生产关系上。

首先，当今世界，生存资源的占有与需求是分开的。少数发达国家占有着物质财富的生产能力，进而相应地占有着物质财富的分配权力。以非洲国家为代表的广大第三世界国家，虽然客观上有非常迫切的生存资源需求，却因为并不直接掌握生产资料，从而无法决定社会生产，不能主宰自己的命运。在大多数非洲国家，精英阶层和统治群体往往严重依赖于西方发达国家，尤其是前宗主国而生存。他们帮助前宗主国从本国获取矿产等资源，前宗主国获取主要利益，他们则获取次要利益。前宗主国负责对这一精英阶层和统治群体提供保护和支持。他们在统治结束后，往往会选择移民到这些前宗主国，他们的财富也相应被转移。殖民关系虽然名义上已不存在，但实际上仍然通过既有的模式持续着。这些财富无论是到了前宗主国，还是到了本国统治群体手中，都无法转变为国家财富，为国家的再生产作出贡献，自然也就无法用于满足本国普通人的生存和发展需求。

那么，这些前宗主国，或者说泛西方发达国家，对以非洲国家为代表的第三世界国家是否有援助呢？客观地说，确实是有的，这也恰恰是非洲发展陷于困境的另一层原因。每年，国际社会都会投入相当大的财力用于对非洲国家的援助，其中有食品、工业品，也有药品，品类不可谓不广泛。然而在现实中，这些援助品对非洲国家而言意义并不大，有时甚至适得其反。究其原因，非洲国家本身严重缺乏物资生产能力，这些援助物资只是工业生产的终端制成品，并不能转化为再生产的生产资料。同时，非洲国家的生育率普遍很高。在缺乏就业和教育的前提下，过高的生育率难以抑制，这些援助物资事实上只能不断推高非洲的人口数量，而起不到任何促进社会进步的意义。人口越多，所需要的援助物资越多；援助物资越多，人口增长就越快。非洲国家始终缺乏独立的造血能力，只能不断地接受输血。这样的恶性循环持续下去，非洲人口贫困落后的生活却得不到根本的转变，非洲国家好不容易才建立的脆弱的本土工业还会被这些外来援助物资冲垮。

非洲国家需要的，绝不仅是这些末端的工业制成品，而是靠近产业链前端的工业生产能力，比如基建、电力、工业设施和基础教育。只有通过这些基础性的投入，才能让非洲人口亲身加入现代工业循环的过程，而不是单纯地接受救济。现代化的教育和就业可以培养人的现代意识，激发人对现代生活的向往和理性掌控自我人生的主观能动性，这些才是非洲社会走向现代化最为急缺的要素。从长远看，对非洲国家进行系统性的工业投资带给投资者的回报也将远远大于单纯地销售工业制成品，再通过某些政府或基金会采购等方式运往非洲国家。

有观点认为，国际社会每年对非洲国家进行的大量末端制成品援助，本身就是一些西方跨国商业寡头的阴谋，意图把非洲国家的新兴产业扼杀在起步阶段，维持自己的产业优势地位。也有观点认为，蓄意扼杀非洲国家本土产业对这些商业寡头而言毫无意义，这种阴谋论式的观点并不能站住脚。不论背后的真相如何，非洲国家的“援助破坏经济”都是亟待解决的现实问题，而有能力帮助非洲国家摆脱这一处境的我们毫无疑问应当肩负起改变现状的责任。这既符合全人类的长远利益，也符合商业理性。

以非洲国家为代表的第三世界国家长期陷于贫困还有另一层原因，就是现代组织模式的缺乏。以我上文所述的非洲国家缺医少药的问题为例。治疗常见病的药品本身确实并不昂贵，如果只是把这些药品从生产厂家运输到各个非洲国家的首都，成本并不高。但是，如何才能把这些药品层层分发下去，送到真正需要的人手中？让什么组织来负责此事？如何应对这层层分发过程中的腐败问题？常见病的诊断和药品发放或许不需要太多的专业医生，但是至少需要大量的具备初级医疗知识的卫生员，这些人员从哪里来？处于原始状态中的百姓不信任现代医药，与医务人员发生冲突时又该怎么办？就算暂时把这些常见病治好了，下一步，又该如何教民众预防这些疾病？这些都是面临的现实问题，它们叠加在一起，要比简单地分发药物难得多。

如我前文所说，很多非洲国家的村子里并不是没有井。一些外部的组织帮村子打了水井，但是在井中取水并不符合他们多年来程序化的生活习惯，他们也没有维护水井的意识，只会放任水井逐渐堵塞失效，然后恢复到之前去河边一趟趟打水的状态。要想让这样的百姓逐渐接受现代的生活方式，需要教育去一步步地推广普及，这注定是一个漫长的过程，不可能一蹴而就。一口水井的背后尚且涉及那么多需要克服的困难，一座水电站呢？一条铁路呢？它们的建设过程所涉及的阻力，足以让任何一家标准的私人资本企业望而却步，直接退出。在非洲国家，想要做成一件事，技术之外的阻碍才是最严峻的。

为什么相比于周边国家，坦桑尼亚的现代化进程相对顺利？很大程度上是因为，在尼雷尔时代，坦桑尼亚在全国建立了具有一定功能的基层组织。这些基层组织或许不够完备，不能面面俱到，在实际执行的过程中也遇到了一些问题，但它们至少有效地将坦桑尼亚的大多数人口成功地纳入了国家的管辖之内。在此基础上，国家的行为和意志可以输送到末梢的基层组织上，国家治理中出现的各种问题至少可以逐步着手解决，而不会出现束手无策的情况。

欠发达国家不直接掌控生产资料，末端制成品的援助破坏了工商业起步，现代组织模式的缺失又阻碍了现代化要素的传导：此三者结合，共同促成了当今人类社会物资过剩与物资不足的矛盾局面。一边是极端的物资富足导致发达经济体的人民丧失对物质进步的兴趣，转而寻求种族、性别、“人上人”等后现代内耗议题去消磨掉多余的精力与生产力；另一边则是生产力的极端落后使得落后经济体的人民身处前现代困境中，甚至连基本生存都难以保障；而能够将二者衔接起来的，工业的扩散，资金的流通，以及一种脚踏实地的生产与分配的努力，却总是出于这样或那样的原因而受到阻碍。

面对这样不公的局面，我们应该做些什么？我想，这是一个漫长而艰巨的课题。这种极端化局面的形成并非某个个体的责任，它背后的成因根植于资本主义全球化的大背景之中。我们首先要做的，应该是坚定与这种局面长期共存、斗争的决心，不能幻想“毕其功于一役”地解决这种不公。

在国家层面，我国正在持之以恒地推进这项工作。作为一名“一带一路”倡议的亲历者，在我看来，我们的各项工作正在尽力地弥合这两个极端。它并非试图在区区数年或者一代人之内彻底消灭世界范围内的贫困和落后，而是尽可能地将两个极端衔接起来，利用发达经济体现成的产能帮助欠发达经济体逐步渡过危机，进入良性的经济循环，在过剩与匮乏之间架起一座纤细的桥梁。我在上文中提到，相比于“大水漫灌”地对非洲国家进行投资，或许更好的方式是在每个区域内选择两三个国家，进行集中的、高效率的投资。这少数国家往往掌握一定的生产资料，具备一定的工业基础，能够高效地利用外部的援助而不至于破坏本国的民族工业；社会组织相对健全，能够更顺畅地承接新增的产业。同时，要给相对落后的区域内国家一些建立基层组织、推广基础教育的时间。我们可以为这些国家提供必要的协助以加速这一进程，但是归根结底，任何国家的基层治理都必须主要依靠本国各阶层人民的力量。

对于青年人来说，参与“一带一路”建设更像是一种双向的“拯救”——既是救人，也是救己。没有人喜欢食不果腹、疾病缠身的生活。对于在落后经济体中生活的人们而言，我们口中所谓的“过剩产能”或许恰恰是他们求而不得的救命稻草。由于文化差异，我们与非洲人对于幸福生活的定义或许不同，我们每个人想要达成的目标也各不相同，但我想，人至少要拥有选择的权利。一个人可以选择终日躺在河边的树下乘凉，不追求更多的物质享受，但那应当是在他已然经历过多种不同的生活之后出于本人的意愿作出的选择，而不是自出生起就懵懂迷茫地被迫重复这同样的人生。

对我们自己而言，这也是找回价值感的一种方式。或许你也会有和我相似的体验，那就是，工作本身带来的疲惫感，是容易通过简单的休息消除的；真正难以消除的痛苦在于，看不到自己工作的价值和意义，以及整日沉浸在无休无止的后现代议题中消耗自己。我们可以在参与“一带一路”的工作中清醒地看到，对于这个世界上的大多数人来说，物质生产并非没有意义。恰恰相反，物质生产是他们最需要的，而作为物质生产者的我们也是被需要的，是能够为这个世界作出实际贡献的。

只不过，要想真切地为这个世界发挥价值，我们需要的不仅是生产，不仅是简单的工时投入和单纯的技术进步；而是对生产关系进行持之以恒的革新和改良，是对国际关系具有更深刻的认识和理解，更是对无数个细碎难解的问题保持锲而不舍但又不失灵活的解决态度。

我不知道非洲的现代化进程是否存在一个无法突破的“天花板”，也不知道这个可能的“天花板”在哪里。但我想，对现在的我们而言，谈论这个问题未免过于奢侈。我唯一可以肯定的是，非洲的未来与我们的努力是密不可分的。我们如果能够以更高的效率推进非洲的产业发展，加快组织形成的速度，非洲就能以更快的速度安定下来，步入发展的正轨，过快的人口增长所带来的贫困和失业问题就能得到有效的遏制，由于物资的匮乏导致的悲剧就能少发生一些。不论非洲的“天花板”位于何处，当今的非洲都与这层所谓的“天花板”相隔万里。这是一片万物萌始的大陆，不论选择何种路径、何种事业，只要能够坚定前行，都是在向上走。这里的一切都异乎寻常地艰难，但也都异乎寻常地饱含希望。

无论如何，我们都不能企图在地上建立天国，也不能幻想历史的终结。发展就是这样，它就像人的成长，我们焦头烂额地解决了一个问题，紧接着就会涌现出成百上千个问题，令我们应接不暇。我相信，随着非洲的逐步发展，在未来，也会有数不尽的艰难险阻在这片古老的大陆上不断涌现。这些问题中有我们在自身的发展中经历过的，但更多的恐怕是我们也未曾经历的。我不知道这些问题是否能够解决，不知道未来的我们该如何解决这些问题，甚至不知道这些问题是什么。但我想，发展的问题不应当是我们逃避发展的借口，而应当是我们进一步发展的驱动力。

对我们这一代青年人来说，非洲又仅仅是非洲吗？我想并非如此。在一千个渴望摆脱内耗向上走的青年人心中，也许有一千个不同的非洲。它可以是世界上急需建设的其他地方，是东南亚、中东和拉丁美洲。它可以是一个全新的行业或领域，为人类的未来生活带来不一样的福祉。它可以是对当今国际秩序中那些不公正、不公平等架构的小小撼动。当然它也可以脱离这些宏大叙事，只是丰盈自己内心的一方小小天地而已。

但无论如何，我们的“一千个非洲”应该都是不确定的、是未知的、是需要探索的。一个战士，在他决斗之前，也会向上苍祈祷，祈求上苍赐予他勇气与决断，但他从来不会祈求胜利本身。在我看来，祈求胜利本身是一种懦夫的行为，因为这意味着缺乏足够的好奇心来面对属于自己的未知——但你不觉得这种未知本身就很吸引人吗？我们不知道自己的未来将向何处去，也不知道我们将以怎样的面貌来挑战这些未知，但这本身不就是生活的意义吗？在我们为人生的“意义”负责之前，还是先为人生的“意思”负责吧——过一个没有意义的人生还没那么可怕，但是要过一个没有意思的人生，那可真是太恐怖了。

祝愿所有的青年朋友，愿上苍赐予你勇气与决断，让你能够如旁观者一般，平静地看着命运的车轮载你驶向远方。

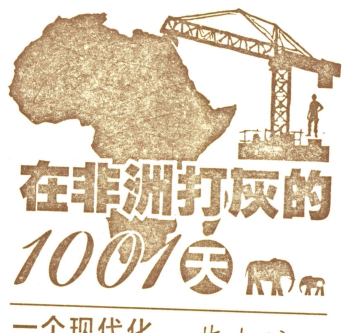

在非洲打灰的1001天

一个现代化的故事

费丰泽 著